Markiz de Sad
PRIČE I KRATKE PRIČE

IZABRANA DELA MARKIZA DE SADA

Knjiga 5

Priredio
JOVICA AĆIN

DONATJEN ALFONS FRANSOA

MARKIZ DE SAD

PRIČE I KRATKE PRIČE

Preveo
KOLJA MIĆEVIĆ

RAD

Izvornik

MARQUIS DE SADE
Historiettes, contes et fabliaux

Zmijac

Sav svet je početkom ovoga stoleća znao gđu predsedni-kovicu od K..., jednu od najljubaznijih i najljupkijih žena u Dižonu, i sav svet je video kako miluje i javno drži na svome krevetu belog zmijca koji će činiti predmet ove zgode.

— Ova životinja je najbolji prijatelj koga imam na sve-tu — govorila je jednog dana, jednoj stranoj dami koja je došla da je vidi, i koja je bila radoznala da sazna razloge pažnjama koje je ta ljupka predsednikovica ukazivala svo-me zmijcu — volela sam strastveno pre mnogo godina — nastavi ona — jednog mladog milog čoveka, prinuđenog da se udalji od mene kako bi nesmetano mogao brati lo-vore; nezavisno od našeg sređenog dogovora, zahtevao je od mene da se, u određeno vreme, povučemo svako na svoju stranu na usamljeno mesto kako bismo se jedino ba-vili našom nežnošću. Jednoga dana, u pet sati po podne, hitajući da se sklonim u sobu cveća na samom kraju mo-ga vrta, kako bih održala zadatu reč, sasvim sigurna da jedna životinja takve vrste ne može ući u moj vrt, opazih najednom pred sobom ovu milu zverčicu čija sam, kao što vidite, obožavateljka. Htedoh pobeći, ali zmijac se ispruži ispred mene, izgledao je kao da traži milost, izgledao je kao da se zaklinje da je daleko i od pomisli da mi nanese ikakvo zlo; zaustavim se, osmotrim tu životinjicu; videći da sam se smirila, on mi se približi, poče da se uvija ne može biti umilnije oko mojih nogu, nisam mogla da ne spustim ruku na njega, on je tanano okrznu glavom, uzeh ga, čak ga stavih na svoja kolena, on se tu sklupča i učini se kao da spava. Osetih čudnu uznemirenost... Suze su protiv moje volje tekle iz mojih očiju i natapale tu milu životinju... Probuđen mojom patnjom, on me posmatra... on jeca... usuđuje se da podigne glavu do mojih prsa... on ih miluje... i pada iscrpljen... Oh, pravedno nebo, svršeno je, kriknuh, moj ljubavnik je mrtav! Napuštam to zlokobno mesto, noseći sa sobom tog zmijca s kojim me nekakvo tajno osećanje kao povezuje uprkos meni... Sudbinske opomene jednog nepoznatog glasa čije poruke možete tumačiti kako vam je volja, gospođo, ali osam dana nakon toga saznajem da je moj ljubavnik ubijen, upravo u trenutku kad mi se zmijac pojavio; i nikad nisam poželela da se odvojim od te životinje, samo će me smrt rastaviti od nje; udala sam se kasnije, ali pod isključivim uslovom da mi je ostave.

I završavajući te reči, ljubazna predsednikovica uze svoga zmijca, spusti ga na svoja prsa, i navede ga da poput psa prepeličara učini stotinu maznih pokreta pred damom koja ga je posmatrala.

O Proviđenje, kako su neobjašnjivi tvoji naumi, ako je ova priča tačna onoliko koliko čitava kneževina Burgonja to tvrdi!

Gaskonjska dosetka

Neki gaskonjski oficir dobio je od Luja XIV poklon od sto pedeset pistola, i, s rešenjem u ruci, ulazi, bez najave, kod g. Kolbera koji je bio za stolom s nekoliko gospode.

— Koji je među vama, gospodo — reče naglaskom koji je odavao njegovu domovinu — koji je, molim vas, g. Kolber?

— Ja, gospodine — odgovori mu ministar — čime vam mogu biti na usluzi?

— Sitnica, gospodine, samo jedan poklon od sto pedeset pistola koje mi odmah treba izbrojati.

Gospodin Kolber, kome je odmah bilo jasno da se sa čovekom moglo našaliti, zamoli ga za dozvolu da završi ručak i još ga, kako se ne bi dosađivao, pozva da sedne za sto s njim.

— Vrlo rado — odgovori Gaskonjac — tim prije jer nisam ručao.

Završivši s jelom, ministar, koji je imao vremena da upozori svoga prvog činovnika, reče oficiru da se može popeti u kancelariju i da ga njegov novac čeka; Gaskonjac dolazi... ali mu predaju samo stotinu pistola.

— Šalite li se, gospodine — reče činovniku — ili ne vidite da je moje rješenje na sto pedeset?

— Gospodine — odgovori zapisničar — veoma dobro vidim vaše rešenje, ali zadržavam pedeset pistola za vaš ručak.

— Do đavola, pedeset pistola, u svojoj gostionici ne košta me više od dvadeset sola.

— Slažem se s vama, ali tamo nemate priliku da ručate s ministrom.

— E dobro — reče Gaskonjac — u tom slučaju, gospodine, zadržite sve, dovešću sutra jednog svog prijatelja i bićemo kvit.

Odgovor i šala koja ga je izazvala zabavljali su neko vreme dvor; dodali su pedeset pistola Gaskonjčevoj nagradi, koji se pobednički vratio u svoju zemlju, hvaleći ručkove g. Kolbera, Versaj i način na koji tamo nagrađuju dosetke iz Gaskonje.

Srećna varka

Ima mnogo nepromišljenih žena koje zamišljaju da, ukoliko ne dođu do kraja s kakvim ljubavnikom, mogu bez opasnosti da će povrediti svoje muževe dozvoliti sebi bar malu galantnu igru, a često se dogodi da je razvoj stvari opasniji nego da se išlo do kraja. Ono što se dogodilo markizi De Gisak, imućnoj ženi iz Nima u Langedoku, pouzdan je dokaz onoga što ovde postavljamo kao pravilo.

Luckasta, nepromišljena, vesela, puna duha i ljubaznosti, gđa De Gisak je pomislila da nekoliko galantnih pisama, izmenjanih između nje i barona D'Omelasa, neće imati nikakvu posledicu, prvo, jer niko i neće znati za njih, a kad bi na nesreću i bila otkrivena ne bi zaslužila muževljevu nemilost, jer bi mu lako mogla dokazati svoju nevinost; ipak se prevarila... Gospodin De Gisak, preterano ljubomoran, sluti nešto, ispituje sobaricu, uspeva da se dočepa jednog pisma, prvo ne nalazi u njemu išta čime bi opravdao svoje strepnje, ali veoma mnogo toga što podjaruje njegove sumnje. U tom okrutnom stanju neizvesnosti, uzima pištolj i čašu limunade, ulazi kao razbešnjen u sobu svoje žene...

— Ja sam prevaren, gospođo — viče na nju u besu — čitajte ovo pisamce: ono mi sve razjašnjava; nemamo vremena da se natežemo, ostavljam vam da sami izaberete kako ćete umreti.

Markiza se brani, kune se svome mužu da se on vara, da je možda, to je tačno, kriva zbog nepromišljenosti, ali da joj se ne može pripisati nikakav greh.

— Nećete mi to više nikada učiniti, bestidnice — odgovara muž besan — nećete mi to više nikada učiniti, požurite se da izaberete, ili će vas ovo oružje u trenutku lišiti života.

Jadna gđa De Gisak, prestrašena, odlučuje se za otrov, uzima vrč i ispija ga.

— Čekajte — reče joj muž čim je ispila jedan deo — nećete umreti sama; mržen od vas, prevaren od vas, šta hoćete da radim na svetu? — i to rekavši, on guta ostatak iz čaše.

— Oh, gospodine — kriknu gđa De Gisak — u strašnom stanju u koje ste doveli i sebe i mene, ne odbijte mi ispovednika, i, isto tako, da poslednji put zagrlim svoga oca i majku.

Odmah su poslali po osobe koje želi da vidi ta nesrećna žena, ona se baca u naručje onih koji su joj dali život i ponovo dokazuje kako uopšte nije kriva. Ali šta se može zameriti mužu koji veruje da je prevaren i koji ne kažnjava okrutno samo svoju ženu nego žrtvuje i sebe? Može se samo očajavati, i suze teku na sve strane.

Međutim, ispovednik stiže...

— U ovom okrutnom trenutku moga života — kaže markiza — želim da bih utešila svoje roditelje i spasila svoju čast da se javno ispovedim.

I u istom trenutku počinje da se optužuje naglas za sve što joj savest prebacuje otkako je rođena.

Muž pažljiv i ne čujući da se pominje baron D'Omelas, a nema sumnje da bi u jednom takvom trenutku njegova žena imala hrabrosti da išta prikrije, ustaje sav presrećan.

— O dragi moji roditelji — uzvikuje grleći istovremeno svoga punca i svoju punicu — smirite se, i neka mi vaša kćerka oprosti greh koji sam joj naneo, zadala mi je dovoljno nespokojstva zbog čega mi je bilo dozvoljeno da je malo uplašim. Nikada nije bilo otrova u ovome što smo oboje popili, neka bude mirna, budimo svi mirni, i neka jedino upamti da jedna poštena žena ne samo da ne treba da čini zlo nego ne sme izazivati ni najmanju sumnju.

Markizi je bilo veoma teško da se povrati iz tog stanja; tako je bila poverovala da je otrovana da joj je snaga mašte predočila sve strahote smrti; diže se drhteći, grli svoga muža, radost zamenjuje patnju, i mlada žena odviše kažnjena tim strašnim prizorom čvrsto obećava da će ubuduće izbegavati i najmanju priliku da pogreši. Održala je reč i živela je više od trideset godina sa svojim mužem a da ovaj nije mogao da joj bilo šta prebaci.

Kažnjeni G ***

Desio se pod Regentstvom jedan događaj u Parizu, dovoljno izvanredan da ga i dandanas sa zanimanjem prepričavaju; taj događaj, s jedne strane, otkriva jedan tajni razvrat, koji nikada ništa nije moglo osvetliti, s druge, tri strašna ubistva, čiji počinitelj nikada nije bio otkriven. A prema... nagađanjima koja su prethodila strahoti, pripremljenoj od strane onoga što ju je zaslužio, možda će vas manje užasnuti.

Pretpostavlja se da je g. De Savari, stari momak, kažnjen prirodom*, ali pun duha, prijatan u društvu, i kod koga se u Ulici Dežener okupljao najbolji svet, došao na zamisao da svoju kuću iskoristi za jedan od najneobičnijih kurveraja. Dobrostojeće žene i devojke isključivo koje su želele, pod senkom najdublje tajanstvenosti, bez posledica uživati u zadovoljstvima strasti, nalazile su kod njega izvestan broj ortaka raspoloženih da ih zadovolje, i nikada se ništa nije stvorilo od tih trenutačnih zapleta, u kojima je svaka od tih žena ubirala samo ruže bez ikakve opasnosti od trna koja inače prati takva zbivanja, kada poprime javni izgled urednog trgovanja. Žena ili gospođica susretale su sutradan među svetom čoveka s kojim su bile prethodni dan, ne izgledajući da ga poznaju kao što ih ni on nije ni po čemu izdvajao od ostalih žena, tako da uopšte nije bilo ljubomore među supružnicima, niti besnih očeva, niti razvoda, niti manastira, rečju, ničega od onih zlokobnih zbivanja koja neizbežno prate takve stvari. Bilo je teško zamisliti nešto pogodnije, a tako nešto bi bez sumnje bilo

_____
* Bio je bogalj.

veoma opasno ostvariti u naše vreme; neosporno je da bismo se mogli uplašiti kako jedna takva zamisao nije naišla na otpor i strogost u jednom stoleću u kome je izopačenost oba pola prevazišla sve poznate granice, kad ne bi bilo tog užasnog događaja koji je postao kazna za onoga koji ga je izazvao.

Gospodin De Savari, tvorac i izvoditelj projekta, ograničio se, ali sasvim udobno, na samo jednog slugu i jednu kuharicu da ne bi umnožavao svedoke bludničenja u svojoj kući, ugleda jednog jutra na vratima njemu poznatog čoveka koji zatraži da nešto pojede.

— Bogami veoma rado — odgovori g. De Savari — i da bih vam potvrdio zadovoljstvo koje mi činite vašom posetom, narediću da vam donesu najbolje vino iz moga podruma...

— Jedan trenutak — reče prijatelj čim je sluga dobio naređenje — hoću da vidim da li će nas La Bri prevariti... razumem se u burad, idem s njim da vidim hoće li stvarno uzeti najbolje.

— Dobro, dobro — reče gazda primajući šalu na najbolji način — da nisam u ovako jadnom stanju i ja bih pošao s vama, ali učinićete mi zadovoljstvo ako utvrdite da nas taj lupež nije prevario.

Prijatelj izlazi, kreće u podrum, uzima jednu polugu, ubija slugu, odmah se penje u kuhinju, obara kuharicu na popločani pod, ubija čak psa i mačku koji su mu se našli na putu, vraća se u stan g. De Savarija, koji, nesposoban u svome stanju da pruži bilo kakav otpor, biva ubijen kao i njegove sluge, a taj nemilosrdni umoritelj, nimalo uznemiren, ne osećajući ni najmanje kajanje zbog dela koje je počinio, mirno opisuje do najmanje pojedinosti, na beloj stranici neke knjige koju nalazi na stolu, način kako je sve izveo, ne dodiruje ništa, ne odnosi ništa sa sobom, izlazi iz kuće, zatvara je i iščezava.

Kuća g. De Savarija bila je odviše dobro posećena da bi to užasno klanje moglo ostati neprimećeno; neko je zakucao, niko ne odgovara, sigurno je da gazda ne može biti odsutan, razbijaju vrata i otkrivaju jezivo stanje u domu tog nesrećnika; ne zadovoljivši se samo time da iznese pojedinosti svoga dela, hladnokrvni ubojica je stavio na klatno časovnika, ukrašenog mrtvačkom glavom, i sa devizom; *Gledajte ga i podesite svoj život,* stavio je, kažem, preko ove izreke komad papira na kome se moglo pročitati: *Pogledajte svoj život, i nećete biti iznenađeni njegovim završetkom.*

Jedan takav događaj nije mogao proći bez odjeka, puno se tragalo, a jedini nađeni predmet koji je imao veze sa tim užasnim prizorom bilo je pismo jedne žene, nepotpisano, upućeno g. De Savariju, koje je sadržavalo sledeće reči:

»Izgubljeni smo, moj muž je sve saznao, tražite leka, samo Paparel može umiriti njegov duh, izvedite nekako da razgovara s njim, jer nam inače nema spasa.«

Jedan Paparel, opunomoćeni rizničar ratne blagajne, čovek ljubazan i prijatan u društvu, bio je ispitan: on je priznao da je viđao g. De Savarija, ali kako je više od stotinu ličnosti s dvora, kojima se na čelu nalazio g. vojvoda od Vandoma, išlo kod ovoga, on je među njima svima bio taj koji ga je najmanje viđao.

Više osoba bilo je zatvoreno, i gotovo istog trenutka oslobođeno. Najzad se toliko toga doznalo da se shvatilo da ta afera ima nebrojene rukavce, a koji bi sramoteći čast očeva i muževa polovine prestonice mogli istovremeno ugroziti veliki broj ljudi iz najviših krugova; i prvi put u životu, u sudijskim glavama, opreznost zameni strogost. Stalo se tu, tako da smrt tog nesrećnika, odveć krivog bez sumnje da bi ga časni ljudi žalili, nije mogla naći nikoga ko bi je osvetio; ali ako vrlina nije plakala zbog tog gubitka, može se verovati da je porok bio dugo ucveljen, i da su nezavisno od vesele družine koja je znala da pobere toliko mirtinih cvetova kod tog blagog Epikurovog deteta, lepe Venerine sveštenice koje su, na oltarima ljubavi, svakodnevno palile tamjan, morale plakati zbog uništenja njihovog svetilišta.

I eto kako se sve sredilo; filozof bi mogao reći čitajući ovu priču: ako je, od hiljadu osoba koje je pogodio ovaj događaj, pet stotina bilo zadovoljno a pet stotina ožalošćeno, stvar je nezanimljiva; ali ako na nesreću račun daje osam stotina bića nesrećnih zbog uskraćivanja zadovoljstva uzrokovanog tom strahotom, protiv samo dve stotine koje smatraju da su na dobitku, znači da je g. De Savari činio više dobra nego zla i jedini krivac je onaj koji ga je žrtvovao svojoj želji za osvetom; vama ostavljam da odlučite i brzo prelazim na jedan drugi predmet.

Zaglibljeni episkop

Prilično je čudnovata stvar ta ideja da neke pobožne lično-
sti imaju svoje psovke; one zamišljaju da izvesna slova al-
fabeta raspoređena u takvom ili takvom smislu mogu isto
tako dobro u jednom od tih smislova da se beskrajno do-
padnu Večnom nego da ga vređaju okrutno, uzeta u dru-
gom smislu, a ovo predubeđenje bez sumnje je jedno od
najzabavnijih od svih koja bacaju senku na bogomoljački
svet.

U mnoštvu tog sveta osetljivog na razna p i j nalazio
se i nekadašnji episkop iz Mirepoa koji je važio za sveca
početkom ovoga stoleća; idući jednoga dana da vidi epi-
skopa iz Pamijea, njegova kočija se zaglibi na tim strašnim
drumovima koji razdvajaju dva pomenuta grada: sve je bi-
lo uzalud, konji nisu hteli ni da se pomaknu.

— Vaša Visosti — reče na kraju besni kočijaš — sve
dok Vi budete ovde moji konji neće krenuti napred.

— A zbog čega to? — upita episkop.

— Zato što je apsolutno neophodno da psujem, a
Vaša Veličina se tome protivi; međutim, moraćemo spava-
ti ovde ukoliko mi Ona to ne dozvoli.

— Dobro, dobro — na to će episkop blagim glasom
praveći znak krsta — psujte onda, dete moje, *ali samo malo.*

Kočijaš opsova, konji povukoše, Njegova Visost se
pope... i stigoše bez teškoće.

Utvara

Utvare su jedna od onih stvari na svetu kojoj filozofi pridaju najmanje vere; ako, međutim, ova izvanredna crtica koju želim da saopštim, crtica potvrđena potpisima više svedoka i pohranjena u poštovanja dostojnim arhivama, ako ta crtica, kažem, i na osnovu tih podataka i zbog uverljivosti koju je imala u svoje vreme, može da se učini verodostojnom, moraćemo ipak priznati, uprkos skepticizmu naših stoičara, da iako sve priče o utvarama nisu istinite, postoje u tome neke stvari veoma izvanredne.

Neka debela gđa Daleman koju je čitav Pariz smatrao veselom, iskrenom, bezazlenom i prijatnom u društvu ženom, živela je već više od dvadeset godina otkako je bila udovica, sa izvesnim Menuom, poslovnim čovekom koji je stanovao pokraj Sen-Žan-an-Greva. Gospođa Daleman nalazila se jednoga dana na ručku kod jedne gđe Diplac, žene slične njoj i izgledom i poreklom, kad usred partije koju su započeli nakon što su ustali od stola, jedan lakej stiže i zamoli gđu Daleman da pređe u susednu sobu, budući da je jedna njoj poznata osoba neodloživo želela da joj saopšti nešto u vezi s nekim poslom isto toliko hitnim koliko i značajnim; gđa Daleman reče da je pričekaju, da ne želi prekidati svoju partiju; lakej se ponovo vraća, i toliko navaljuje da sama domaćica nagovara gđu Daleman da ode i vidi o čemu je reč. Ona izlazi i prepoznaje Menua.

— Kakva je to hitna stvar — reče mu ona — zbog koje ste morali doći čak ovde da me uznimirujete u kući gde vas niko i ne poznaje?

— Jedna veoma bitna stvar, gospođo — odgovori posrednik — a moraćete poverovati da je zaista takva, jer sam dobio dozvolu od Boga da razgovaram s vama po poslednji put u životu...

Na te reči koje očigledno nije izgovarao čovek sasvim pri čistoj svesti, gđa Daleman postaje uznimerena i, pažljivo posmatrajući svoga prijatelja koga nije bila videla nekoliko dana, uplaši se još više videći ga bledog i izobličenog.

— Šta je to s vama, gospodine — reče mu ona — koji su razlozi stanja u kome vas vidim, i groznih stvari koje mi saopštavate... objasnite mi sve što brže, šta vam se dogodilo?

— Ništa neobično, gospođo, nakon šezdeset godina života bilo je sasvim prirodno doći u luku, zahvaljujući nebu tu sam; platio sam prirodi danak koji joj svi ljudi duguju, žao mi je jedino što sam vas zaboravio u svojim poslednjim trenucima, i upravo zbog te greške, gospođo, dolazim da vas zamolim za oproštaj.

— Ali, gospodine, vi buncate, vaša nerazumnost nema granica; ili se priberite, ili ću zvati u pomoć.

— Nikoga ne zovite, gospođo, ova neprijatna poseta neće biti dugačka, još malo pa ističe rok koji mi je odredio Večni; čujte zato moje poslednje reči i onda ćemo se zauvek rastati... Ja sam mrtav, kažem vam, gospođo, uskoro ćete razaznati istinu koju vam izlažem. Zaboravio sam vas u svome testamentu, došao sam da popravim svoju grešku; uzmite ovaj ključ, otidite za trenutak kod mene; iza tapiserije iznad mog kreveta naći ćete jedna gvozdena vrata, otvorićete ih ključem koji vam dajem, i uzećete novac sadržan u ormaru zatvorenom tim vratima; ta svota je nepoznata mojim naslednicima, one su vaše, niko vam ih neće tražiti. Zbogom, gospođo, nemojte ići za mnom...

I Menu iščezava.

Lako je zamisliti u kakvom se uzbuđenju gđa Daleman vratila u salon svoje prijateljice; bilo joj je nemogućno da sakrije o čemu je bila reč...

— Stvar zaslužuje da bude proverena — reče joj gđa Diplac — ne gubimo ni trenutka. Poručuju konje, penju se u kola, voze se kod Menua... On se nalazio na ulazu, počivajući u svome kovčegu; dve žene se penju u odaje, domaćinova prijateljica, odviše poznata da bi je u tome sprečili, prolazi kroz sve sobe kako joj se dopada, dolazi do one naznačene, nalazi vrata od gvožđa, otvara ih ključem koji je dobila, prepoznaje blago i odnosi ga.

Evo bez sumnje dokaza prijateljstva i zahvalnosti čiji primeri nisu tako brojni i koji, ako već utvare bude jezu, barem mogu, složićete se, učiniti da im oprostimo strahove koje nam mogu zadati, u korist razlogâ koji ih vode prema nama.

Provansalski besednici

Pojavi se, kao što je poznato, za vreme vladavine Luja XIV jedan persijski ambasador u Francuskoj; taj princ je rado pozivao na svoj dvor strance iz svih nacija kako bi se divili njegovoj veličini, i odnosili u svoju zemlju nekoliko iskrica zraka slave kojom je prekrivao dva kraja zemaljske kugle; ambasador je, prolazeći kroz Marsej, bio veličanstveno primljen. Zbog toga, Gospoda magistrati Parlamenta u Eksu odlučiše da, kad bude došao i kod njih, ni po čemu ne zaostanu za tim gradom ispred koga stavljaju svoj bez mnogo opravdanja uostalom; posledično, prvi od njihovih nauma bio je da održe pozdravni govor Persijancu; obaviti besedu na provansalskom ne bi bilo teško, ali ambasador ne bi ništa shvatio; ta teškoća ih je dosta zadržala. Savet je većao: treba im samo malo da bi većali o parnici seljaka, ponašanju u kakvoj komediji, a posebno kad je reč o droljama, sve su to veliki predmeti za te dokone sudije, naročito otkad im više nije moguće, kao pod Fransoa I, da haraju mačem i ognjem po pokrajini i da je natapaju talasima krvi nesrećnog sveta koji stanuje u njoj.

Većali su dakle, ali šta učiniti da ta beseda bude prevedena, uzaludno su većali, nisu nalazili načina. Zar u društvu trgovaca tunjevinom povremeno obučenih u crne jakne, od kojih nijedan ne govori francuski, nijedan ne govori persijski? Beseda je, međutim, bila sročena; tri slavna advokata sastavljala su je tokom šest sedmica; na kraju nađoše, možda u lučkoj gomili, možda u gradu, jednog mornara koji je dugo vremena boravio na Istoku i koji je govorio persijski gotovo isto toliko dobro koliko i svoje narečje. Objasniše mu sve, on prihvati ulogu, nauči besedu i s lakoćom je prevede; kad je osvanuo dan, ogrnuše ga starim plaštem prvoga predsednika, dadoše mu najveću sudsku periku, i tako obučen u pratnji sudijske pratnje priđe ambasadoru. Međusobno su se dogovorili oko svojih uloga, a besednik je posebno napomenuo onima koji su ga pratili da ga nikako ne ispuštaju iz vida i da apsolutno čine sve ono što budu videli da on čini. Ambasador se zaustavlja u sredini dvorišta gde je bilo dogovoreno da će ga dočekati; mornar se klanja i slabo naviknut da ima tako lepu periku na svojoj ćeli, od naklona čupava vlasulja odlete pred noge Njegovog Visočanstva; Gospoda magistrati, koji su obećali da će ga oponašati, spuštaju istog trenutka svoje perike i nisko povijaju svoje ćelave i možda čak malo perutave glave; mornar, bez znaka zbunjenosti, popravlja svoju kosu, sređuje se, i započinje pozdravni govor; izražavao se tako dobro, da je ambasador pomislio da su zemljaci; ta misao ga je žestoko razbesnela.

— Nesrećniče — povika ovaj — stavljajući ruku na svoju sablju, ne bi mogao tako govoriti moj jezik da nisi kakav Muhamedov otpadnik; moram te kazniti zbog tvoje greške, moraćeš je odmah platiti svojom glavom.

Siroti mornar se uzaludno branio, niko ga nije slušao; mlatarao je, kleo se, i nijedan od tih pokreta nije bio izgubljen, sve se to u istom trenutku i složno ponavljalo u sudijskoj pratnji koja je išla za njim. Na kraju ne znajući kako da izvuče živu glavu, on se doseti bezuslovnog dokaza, to jest da otkopča svoje hlače i pred ambasadorove oči izloži pouzdan dokaz da u svome životu nije bio obrezivan! Taj novi pokret je u istom trenutku oponašan, i evo odjednom četrdeset ili pedeset provansalskih magistrata, otkopčanih šliceva i s glavićima u rukama, dokazujući tako da je mornar, ništa manje nego svi oni, hrišćanin koliko i sam sveti Kristifor. Može se lako zamisliti da li su se dame koje su sa svojih okana posmatrale ceremoniju slatko smejale za vreme jedne takve pantomime. Najzad izaslanik razuveren tako nedvosmislenim razlozima, videći dobro da njegov besednik nije kriv i da se uostalom nalazi u gradu gde se nose hlače, prelazi preko svega dižući ramena i govoreći bez sumnje sam sebi: Ne čudim se što ovaj svet uvek ima podignuta vešala, jer strogoća koja prati budalaštinu mora da je nasleđe ovih tu životinja.

Htedoše napraviti sliku od ovog novog načina da se potvrdi svoja veroispovest, neki mladi slikar već je bio načinio crtež prema onome što je video u prirodnoj veličini, ali sud je proterao umetnika iz provincije, a crtež je osudio da bude spaljen, ne vodeći računa da spaljuje i samoga sebe jer je njegov skupni portret bio na crtežu.

— Možda smo ispali budale, rekoše ozbiljni magistrati; čak i da nismo to hteli, ima već dosta vremena kako to dokazujemo celoj Francuskoj; ali ne želimo da jedna slika o tome govori potomstvu: ono će zaboraviti ovu plitkost, sećaće se jedino Merindola i Kabrijera*, a bolje je zbog časti tela biti ubojica nego magarac.

---

* Merindol i Kabrijer, imena dve komune u Provansi gde su se za vreme vladavine Fransoa I, 1545. godine, dogodili strašni pokolji nad vernicima sekte zvane vodoa (prema utemeljivaču, izvesnom Valdu, iz XIII v.). *Prim. prev.*

Dajte mi još toga

Na svetu ima malo bića tako bludnih kao što je kardinal od *** kome ću, dozvolićete, budući da je još uvek zdrav i snažan, prećutati ime. Visost je imala dogovor u Rimu s jednom od onih žena čiji je zvanični posao da raskalašnike snabdevaju predmetima neophodnim da nadražuju njihove strasti; svakog jutra ona mu dovodi devojčicu od trinaest do petnaest godina najviše, ali u kojoj monsenjor uživa na onaj neumesan način kojim se Italijani uglavnom naslađuju, tako da mlada vestalka, izlazeći iz ruku Njegove Visosti ništa manje nevina nego dok je ulazila u njih, može biti preprodata kao nova po drugi put nekom uljudnijem poročniku. Matrona savršeno sledeći kardinalova pravila, nemajući jednoga dana pri ruci uobičajeni predmet koji je morala uručiti, dođe na pomisao da obuče u devojčicu jednog veoma lepog dečaka iz hora crkve vođe apostola; uredili su mu kosu, kapicu, suknjice, i svu onu gizdu potrebnu da se dopadne svetom čoveku predstavniku Boga. Nisu mu ipak mogli dati ono što bi mu obezbedilo sličnost sa spolom koji je podražavao; ali ta okolnost nije posebno zabrinjavala podvodačicu... Nije nikada spustio ruku na to mesto, govorila je jednoj od svojih pratilja koja joj je pomagala u podvali, sigurno je da neće ići dalje od onoga po čemu ovo dete liči na sve curice sveta; prema tome nema šta da se plašimo...

Mamica se varala, ona bez sumnje nije znala da jedan italijanski kardinal ima odveć tanan osećaj, i proveren ukus, da bi se prevario u sličnim stvarima; žrtva dolazi, veliki sveštenik je posvećuje, ali pri trećem trzaju:

23

— Per Dio santo — povika božanski čovek — sono inganato, questo bambino e ragazzo, mai non fu putana! I on proverava... Ničega neprijatnog nije bilo u tom događaju za stanara svetoga grada, visost nastavlja svoje, izgovarajući možda isto ono što je izgovorio onaj seljak koga su poslužili najskupocenijim gljivama umesto krompirima: Dajte mi još toga. Ali kad je posao bio završen:

— Gospođo — reče kardinal poslužiteljki — ne ljutim se na vas zbog vaše greške.

— Monsinjore, oprostite.

— Ma ne, ne, kad vam kažem, uopšte se ne ljutim na vas, ali ukoliko vam se to još dogodi, treba da me upozorite, zato što... ono što ne vidim u prvom slučaju, videću u ovom drugom.

Predusretljivi suprug

Čitava Francuska je znala da princ od Bofremona ima gotovo isti ukus i navike kao i kardinal o kome je upravo bilo reči. Oženili su ga jednom veoma neiskusnom gospođicom, kojoj su, prema običaju, dali uputstva tek uoči venčanja.

— Da ne objašnjavam dalje — reče majka — pošto me pristojnost sprečava da ulazim u izvesne pojedinosti, mogu vam posavetovati samo jednu stvar, draga kćerko, čuvajte se prvih predloga koje će vam ponuditi vaš muž, i odlučno mu recite: Ne, gospodine, jedna poštena žena ne uzima se tako, *kako god hoćete drukčije, ali tako nikako ne...*

Legoše u krevet, i zbog pravila stidljivosti i poštenosti u koje niko nije mogao posumnjati, princ, željan da obavi stvari po propisu bar u toj prvoj prilici, okružuje svoju ženu tek nevinim zadovoljstvima braka: ali mlada devojka dobro podučena, prisećajući se onog saveta:

— Za koga me vi to smatrate, gospodine — reče mu — zar ste i pomislili da ću pristati na takve stvari? *Kako god hoćete drukčije, ali tako nikako ne.*

— Ali, gospođo...

— Ne, gospodine, sve vam je uzalud, nikada se na to neću odlučiti.

— Pa dobro, gospođo, treba vas zadovoljiti — reče princ dočepavajući se njenih milih mesta — naljutio bih se kad bih ikada čuo kako sam želeo da budem neprijatan prema vama.

I neka nam sada iko kaže kako je nepotrebno poučavati mlade devojke o onome što će jednoga dana dugovati svojim muževima.

Događaj neshvatljiv i potvrđen od cele jedne provincije

Nema tome ni sto godina kako su u mnogim krajevima Francuske ljudi imali ludosti da poveruju da je dovoljno dati svoju dušu đavolu, za vreme izvesnih ceremonija isto toliko okrutnih koliko i fanatičnih, da bi se dobilo sve što se želi od tog paklenskog duha, a nije prošlo ni jedno stoleće otkako se zbio događaj koji ćemo prepričati povodom toga, u jednoj od naših južnjačkih provincija, gde se još uvek nalaze potvrde o svemu u arhivama dva grada i o kome postoje dokazi dovoljni da ubede i najsumnjičavije. Čitalac može verovati, govorimo tek pošto smo sve proverili; svakako da mu ne tvrdimo da se stvar zbila, ali može biti ubeđen da je preko sto hiljada duša poverovalo, i da više od pedeset hiljada može još uvek potvrditi istinitost sa kojom je uveden u pouzdane zapisnike. — Zamenićemo ime provincije i imena, neka nam to bude dopušteno.

Baron od Vožura mešao je od svoje najranije mladosti sa najneobuzdanijom raskalašnošću ljubav prema svima naukama, a posebno s onima koje čoveka mogu navesti na grešku, i učiniti da u sanjariji i zabludama straći dragoceno vreme koje je mogao upotrebiti na neki neuporedivo bolji način; bio je alhemičar, astrolog, vračar, prizivač duhova, prilično dobar astronom i osrednji fizičar; u dvadeset četvrtoj godini baron, gospodar svog bogatstva i svojih postupaka, našavši, tako smatraše, u svojim knjigama da žrtvujući dete đavolu, upotrebljavajući izvesne reči, izvesna grčenja tokom te gnusne ceremonije, način da se pojavi demon i da se dobije od njega sve što se želi, ukoliko mu se obeća duša, odlučio se na taj užas, podstaknut

27

jedino željom da živi srećan do svoga dvanaestoga lustra[*], da mu nikada ne nedostaje novca i da isto tako do tog doba raspolaže plodonosnim sposobnostima na najvišem stepenu snage. Nakon tih obavljenih bestidnosti i prihvaćenih dogovora, evo šta se dogodilo. Sve do svoje šezdesete godine baron, koji je imao petnaest hiljada livri rente, neprestano je trošio dve stotine, i nije nikada imao ni jednu paru duga. U skladu sa svojim sladostrasnim junaštvima mogao je, do tih godina, petnaest ili dvadeset puta posetiti jednu ženu tokom noći, odneo je stotinu lujeva na opkladi u četrdeset petoj godini prijateljima koji su se kladili da neće biti u stanju bez prekida zadovoljiti dvadeset pet žena jednu za drugom; učinio je to i ostavio tih stotinu lujeva ženama. U toku jednog drugog obeda nakon kojeg su zvanice započele da se kockaju, baron reče da neće moći učestvovati u igri, jer nije imao ni prebijene pare uz sebe. Ponudiše mu novac, on odbi; načini nekoliko krugova po sobi dok su se drugi kockali, vrati se, zauze svoje mesto i stavi deset hiljada lujeva na jednu kartu, smotane od po deset do dvanaest komada u njegovim džepovima; niko ne prista, baron upita zašto, jedan od njegovih prijatelja u šali reče da nije dovoljno uloženo na tu kartu, na što baron doda još deset hiljada lujeva. — Sve te stvari su ostale zabeležene u poštovanja dostojnim gradskim arhivama i mi smo ih pročitali.

U pedesetoj godini baron požele da se oženi; uzeo je jednu ljupku devojku iz svoje provincije, sa kojom je živeo veoma dobro, uprkos neverstvima koja su odviše odgovarala njegovoj prirodi da bi zbog toga izbijale svađe: imao je sedmoro dece od te žene, a od nekog vremena prijatnost koju je osećao u društvu svoje žene sve više ga je vezivala za dom, živeo je zajedno sa svojom porodicom u tom dvorcu gde je u mladosti dao ono strašno obećanje o kome smo govorili, primajući ljude od pera, želeći da ih po-

---

[*] Lustar, razdoblje od pet godina; baron je dakle želeo da doživi šezdeset godina potpune sreće. *Prim. prev.*

dučava i da se druži s njima. Međutim, kako se približavao kraju šezdesete godine, prisećajući se svog zlosrećnog ugovora, ne znajući da li će se đavo zadovoljiti u tom trenutku ili da mu oduzme sve bogatstvo, ili da mu prekrati život, njegovo raspoloženje se potpuno menjalo, postajao je odsutan i tužan, i gotovo da više nije napuštao svoj dom.

Određenog dana, baš u trenutku kad je baron ulazio u svoju šezdesetu godinu, jedan od slugana najavi mu nekog nepoznatog čoveka koji, pošto je čuo za njegove sposobnosti, moli da mu ukaže čast i susretne se sa njim; baron, koji u tom trenutku nije mislio na ono što ga je, međutim, neprestano zaokupljalo tokom nekoliko poslednjih godina, reče da ga uvedu u njegovu radnu sobu. Pope se tamo i vide stranca koji mu se, prema načinu kako je govorio, učini da je iz Pariza, jedan čovek lepo obučen, vrlo lepog izgleda, i koji odmah započe da razgovara s njim o tajnama nauka; baron odgovaraše na sve, razgovor se razvijao. Gospodin od Vožura predloži svome gostu šetnju, ovaj prihvati i naša dva filozofa izlaze iz dvorca; bilo je vreme radova kada se svi seljaci nalaze u poljima; neki, videći g. od Vožura kako sam lutara, pomisliše da je izgubio glavu, i odoše da obaveste gospođu, ali im niko nije odgovorio u dvorcu; ti dobri ljudi se vratiše i nastaviše da osmatraju svoga gospodara koji, umišljajući da razgovara s nekim, mlataraše rukama kao što obično čini u sličnim slučajevima; napokon naša dva naučnika dođoše do senika na kraju jednog puteljka, odakle su se mogli vratiti samo istim pravcem. Trideset seljaka je moglo videti, trideset ih je bilo ispitano, i trideset ih je odgovorilo da je g. od Vožura sam ušao mlateći rukama pod to skrovište. Nakon jednog sata osoba, sa kojom misli da se nalazi tu, reče mu:

— I šta, barone, ne poznaješ me, zar si zaboravio obećanje iz mladosti, zaboravljaš li način kako sam ga ispunio?

Baron zadrhta.

— Ništa se ne plaši — reče mu duh s kojim je vodio razgovor — ja nisam gospodar tvoga života, ali ja sam tu da ti oduzmem sve tvoje sposobnosti, i ono što ti je najdraže; vrati se u svoju kuću, videćeš u kakvom je stanju, tamo ćeš videti pravednu kaznu za svoju nepromišljenost i za svoje zločine... Ja volim zločine, barone, ja ih želim, ali me moja sudbina primorava da ih kažnjavam; vrati se svojoj kući, kažem ti, i pokaj se, imaš još jedan lustar života, umrećeš za pet godina, ali ne bez nade da ćeš jednoga dana biti prihvaćen od Boga, ako promeniš ponašanje... Zbogom.

I tada se baron, našavši se sam iako nije video da se iko oprostio od njega, brzo vraća natrag, pita sve seljake koje susreće da li ga nisu videli kako ulazi u senik s jednim čovekom takvog i takvog izgleda; svi mu odgovaraju da je ušao sam, da su, uplašeni videći ga kako mlatara rukama, otišli da obaveste gospođu, ali da u dvorcu nikoga nema.

— Nikoga — povika baron sav uzbuđen — tamo sam ostavio šest slugana, sedmero dece i svoju ženu.

— Nikoga nema, gospodine — odgovoriše mu.

Sve više uplašen trči svojoj kući, kuca, niko ne odgovara, razbija vrata, ulazi, krv koja teče po stepeništu nagoveštava mu nesreću koja će ga uništiti, otvara jednu veliku dvoranu, tu vidi svoju ženu, svoje sedmero dece i svojih šest slugana, sve zaklane i razmeštene po podu u različitim položajima, usred lokava vlastite krvi. Onesvešćuje se, nekoliko seljaka čije izjave postoje ulaze i vide isti prizor; pomažu svome gospodaru, koji malo-pomalo dolazi sebi, koji ih moli da toj nesrećnoj porodici ukažu poslednju pažnju, i koji tog istog trenutka peške odlazi u Veliki Kartezijanski manastir, gde je umro nakon pet godina u najvećoj pobožnosti.

Zabranjujemo sebi bilo kakvo razmišljanje o toj neshvatljivoj činjenici; ona postoji, ne može se poreći, ali je neobjašnjiva. Treba izbeći verovanju u priviđenja bez sumnje, ali kad se dogodi jedna stvar koju svi potvrđuju, i kad je ovako neobična, treba pognuti glavu, zatvoriti oči, i reći: Ne razumem kako svetovi plove kroz prostor, mora da na zemlji ima još stvari koje ja ne razumem.

Kestenov cvet

Smatra se, mada ne bih tvrdio, ali nekoliko naučnika nas ubeđuje da kestenov cvet ima potpuno isti miris kao i ono rasplodno seme koje je priroda milostivo smestila između čovekovih kraka za proizvođenje njemu sličnih.

Jedna mlada gospođica od otprilike petnaest godina, koja još nikada nije bila izišla iz roditeljske kuće, šetala je jednoga dana sa svojom majkom i jednim kaćipernim opatom perivojem kestenova čiji se mirisavi cvetni zadah širio vazduhom u onom sumnjivom smislu kako smo upravo uzeli slobodu da ga opišemo.

— Oh, moj Bože, mama, čudan miris — reče mlada osoba svojoj majci ne opažajući odakle dolazi... — osećate li ga, mama... ja poznajem odnekud taj miris.

— Ma ćutite, gospođice, ne govorite o tim stvarima, molim vas.

— A zašto, mama, ne vidim da ima išta loše ako kažem da mi taj miris nije nepoznat, a sasvim je izvesno da nije.

— Ali, gospođice...

— Ali, mama, ja ga poznajem, kažem vam; gospodine opate, kažite mi, molim vas, kakvo je zlo ako tvrdim mami da poznajem taj miris.

— Gospođice — reče opat čupkajući svoj grudnjak i tanjeći boju svoga glasa — izvesno je da zlo samo po sebi ne znači mnogo; ali mi smo ovde pod kestenovima, a mi prirodnjaci, mi prihvatamo u botanici da kestenov cvet...

— Pa šta, kestenov cvet?

— Pa šta, gospođice, on miriše na j...

Učitelj filozof

Od svih nauka koje ulivaju u glavu kakvog deteta dok rade na njegovom odgoju, misterije hrišćanstva, iako su jedna od najuzvišenijih strana tog odgoja bez sumnje, nisu ipak one koje se s najvećom lakoćom uvlače u njegov mladi duh. Ubediti, na primer, jednog mladića od četrnaest ili petnaest godina da Bog otac i Bog sin čine jedno, da je sin istovetan sa svojim ocem i da je otac takav prema sinu, itd., sve je to, bez obzira na to koliko neophodno bilo za životnu sreću, teže učiniti razumljivim nego čak račun i ako se želi uspeti neophodno je koristiti izvesne fizičke obrte, izvesna materijalna objašnjenja koja, ma koliko da su nesrazmerna, olakšavaju ipak jednom mladom čoveku poimavanje tajanstvenog predmeta.

Niko nije bio prožetiji tom metodom od g. opata Di Parkea, domaćeg učitelja mladoga grofa De Nerseja, starog otprilike petnaest godina i ne može biti milije pojave.

— Gospodine opate — govorio je svakodnevno mali grof svome učitelju — ta istovetnost je zaista iznad mojih snaga, potpuno mi je nemogućno pojmiti da dve osobe mogu činiti jednu: pojasnite mi tu misteriju, zaklinjem vas, ili je bar učinite dostupnom mome nivou.

Časni opat, željan da uspe u svome odgajanju, zadovoljan što može olakšati svome učeniku sve ono što bi mu jednom moglo biti zanimljivo, smisli jedan prilično zgodan način da otkloni teškoće koje su zbunjivale grofa, a taj način budući uzet u samoj prirodi neizbežno je morao uspeti. Doveo je sebi jednu devojčicu od trinaest do četrnaest godina i nakon što je dobro podučio lepoticu, spojio ju je sa svojim mladim učenikom.

— E dobro — reče mu — sada, moj prijatelju, zamislite misteriju istovetnosti: razumevate li s manje muke kako je mogućno da dve osobe čine jednu?

— Oh moj Bože, da, gospodine opate — reče lepi pohlepnik — sada sve razumem sa začuđujućom lakoćom; uopšte se ne čudim što ta misterija, kako se kaže, stvara toliko veselje nebeskim ličnostima, jer je mnogo lepše kad smo udvoje zabavljajući se da stvorimo jedno.

Nekoliko dana posle, mali grof zamoli svoga učitelja da mu održi još jedan čas, jer, smatrao je, bilo je još nešto u misteriji što nije sasvim dobro razumeo i što se nije moglo objasniti ukoliko je ne proslavi još jednom, kao što je već učinio. Ljubazni opat koga je ta scena najverovatnije zabavljala koliko i njegovog učenika, ponovo dovede devojčicu i čas opet poče, ali ovoga puta opat, neobično uzbuđen slatkom mogućnošću koju mu je lepi mali De Nersej pružio poistovećujući se sa svojom družicom, ne uspe da se savlada i ostane po strani u objašnjavanju evanđeoske parabole, a lepote koje njegove ruke moraju dodirivati zbog toga na kraju ga sasvim zapališe.

— Čini mi se da ide nekako prebrzo — reče Di Parke obavijajući struk maloga grofa — previše gipkosti u pokretima, zbog čega je spajanje manje neposredno i manje dobro predstavlja sliku misterije koju treba pokazati ovde... Da učvrstimo malo, tako, da — reče lupež čineći svome đaku isto što je ovaj činio devojčici.

— Ah! oh moj Bože, kakav mi bol nanosite, gospodine opate — reče mladi dečko — ali ovaj mi se obred čini nekorisnim; čemu me više uči po pitanju misterije?

— Eh pobogu — reče opat mucajući od zadovoljstva — zar ne vidiš, moj dragi prijatelju, da te odjednom učim svemu? To je trojstvo, moje dete... danas ti objašnjavam trojstvo, još pet ili šest sličnih časova i bićeš doktor na Sorboni.

Stidljivica
ili nepredviđeni susret

Gospodin od Sernanvala, star otprilike četrdeset godina, raspolažući sa dvanaest ili petnaest hiljada livri rente koje je na miru trošio u Parizu, ne mešajući se više u stvari na kojima je ranije radio, i zadovoljavajući se kao jedinim priznanjem počasnom titulom građanina Pariza koji cilja na mesto u opštinskom savetu, bio se pre nekoliko godina oženio kćerkom jednog od svojih saradnika, koja je tada imala otprilike dvadeset četiri godine. Ništa tako sveže, tako punačko, tako nasladno, tako belo kao gđa od Sernanvala: nije bila načinjena kao Gracije, ali je bila privlačna kao majka amoriâ, nije imala ponašanje jedne kraljice ali imala je toliko sladostrasti u celini, oči tako nežne i tako pune čežnje, tako ljupka usta, prsa tako čvrsta, tako zaobljena, i sve drugo tako načinjeno da izazove želju, da je bilo malo lepih žena u Parizu koje bi iko poželeo pre nego nju. Ali gđa od Sernanvala, sa toliko telesnih privlačnosti, imala je jednu veliku duhovnu manu... jednu nepodnošljivu stidljivost, jednu preteranu pobožnost, i jednu vrstu tako smešno preterane sramežljivosti da je njenom mužu bilo nemoguće privoliti je da se pojavi u društvima u kojima se on kretao. Predana do krajnje mere svome pobožništvu, gđa od Sernanvala je retko pristajala da provede čitavu noć sa svojim mužem, a čak i kad bi se smilostivila da mu to priušti, činila je to s preteranom suzdržanošću, u košulji koju nikada nije htela da svuče. Jedna rupica umetno načinjena na pragu bračnog hrama dozvoljavala je ulazak samo u određenim uslovima i bez ikakvog nečasnog doticanja, bez ikakvog putenog spajanja; gđa od Sernanvala bi se razbesnela kad bi se pokušalo preći granice koje je nametala njena skrušenost, a muž koji bi to poželeo izložio bi se opasnosti da više ne uživa u čarima ove mudre i vrle žene. Gospodin od Sernanvala smejao se svim tim izmotavanjima, ali kako je obožavao svoju ženu, morao je poštivati njene slabosti; nekoliko puta je ipak pokušao da je razuveri, dokazivao joj je na najjasniji mogući način kako jedna poštena žena ne provodi život po crkvama i ne ispunjava stvarno svoje dužnosti družeći se sa sveštenicima, da su njene prve dužnosti one koje ima u svome domu, koje preterano bogomoljstvo zanemaruje, i da bi neuporedivo više ugodila pogledima Večnoga živeći na jedan doličan način u svetu, nego zatvarajući se iza samostanskih zidova, da postoji mnogo više opasnosti sa *Marijinim uzdanicima* nego sa tim iskrenim prijateljima čije društvo smešno odbija.

— Mora da vas dobro poznajem i da vas volim ovoliko koliko vas volim — dodavaše g. od Sernanvala — kad se ne brinem za vas za vreme svih tih pobožnih službi. Ko će mi potvrditi da se ne zaboravite ponekad na mekom jastučiću sveštenika, radije nego na mramornom oltaru pred bogom? Ništa nije tako opasno kao ti lupeži od sveštenika; govoreći o Bogu oni u stvari zavode naše žene i naše kćerke, i sve u njegovo ime nas obeščašćuju ili nas varaju. Verujte mi, draga prijateljice, svugde je moguće biti pošten; ne samo u popovskoj ćeliji, niti u kućici svetog idola gde vrlina podiže svoj hram, već u srcu svake mudre žene, a razborita druženja koja vam nudim nemaju u sebi ništa što odudara od obožavanja koje mu dugujete... Vas sav svet smatra za jednu od njegovih najvernijih sledbenica: ja verujem u to; ali kako mogu imati dokaz da istinski zaslužujete taj ugled? Mnogo bih više verovao kad bih vas video kako odolevate prepredenim napadima: ne znači da najviše vrline ima ona žena koja nikada nije u prilici da bude zavedena, nego ona koja je dovoljno pouzdana u sebe da se izloži svemu bez ikakvog straha.

Gospođa od Sernanvala nije odgovorila ništa na to, jer u osnovi dokaz je bio neporeciv, ali je zaplakala, čemu pribegavaju sve žene koje su slabe, zavedene, lažljive, i njen muž se nije usudio da ide dalje u tumačenju.

Stvari su bile u tome stanju kad jedan davnašnji De Sernanvalov prijatelj, izvesni Deport, stiže iz Nansija da ga vidi i sredi istovremeno neke poslove koje je imao u prestonici. Deport je bio ljubitelj života, otprilike istih godina kao i njen muž i nije mrzeo nijedno od zadovoljstava koja je blagonaklona priroda dozvolila čoveku da im pribegava kako bi zaboravio na muke kojima ga ophrvava; nije nikako mogao odoleti Sernanvalovoj ponudi da boravi kod njega, radovao se što ga vidi, i iznenadio se odmah zbog strogosti njegove žene koja, od trenutka kad je saznala da je taj stranac u kući, na svaki način odbija da se pojavi i ne silazi čak ni prilikom obeda. Deport misli da smeta, hoće da nađe drugi stan, Sernanval ga sprečava u tome, i na kraju mu prizna sve one smešne stvari koje se odnose na njegovu nežnu suprugu.

— Oprostimo joj — govorio je lakoverni muž — ona svoje greške iskupljuje sa toliko plemenitosti da je dobila moje oproštenje, i molim te da joj i ti daš svoje.

— Svakako — odgovara Deport — čim nije ništa lično u odnosu na mene, prelazim preko svega, a greške žene onoga koga volim biće u mojim očima tek poštovanja dostojne vrline.

Sernanval grli svoga prijatelja i od tog trenutka brinu se samo o tome da im bude lepo.

Da glupost one dvojice ili trojice zvekana koji od pre pedeset godina uređuju u Parizu pitanjem javnih žena, a posebno glupost jednog španskog varalice koji je za prošle vlade zarađivao sto hiljada talira godišnje na račun inkvizicije o kojoj će još biti reči, da bljutava strogost nije blesavo zamislila da je jedan od najboljih načina vođenja Države, jedna od najpouzdanijih sila vladanja, jedna od osnova vrline na kraju krajeva, bilo naređenje tim stvorenjima da podnesu tačan račun o onom delu njihovog tela koje najviše voli osoba koja ih dvori, da između čoveka koji gleda žensku sisu na primer, ili onoga koji posmatra kretanje ženskog struka postoji ista razlika kao između čoveka i lupeža, i da onaj koji je pao u jednu ili drugu od tih okolnosti (sve to zavisno od ukusa) mora nesumnjivo biti najveći neprijatelj Države, bez tih prezrenja vrednih bljuvotina, kažem, izvesno je da bi dva dostojanstvena građanina od kojih jedan ima pobožnu ženu, a drugi je neoženjen, mogla sasvim slobodno provesti jedan ili dva sata kod tih takvih gospođica; ali kako te besmislene pretnje lede zadovoljstvo dobrih građana, De Sernanvalovom duhu ne dođe misao čak ni da nagovesti Deportu takvu vrstu razonode. Ovaj, međutim, primećujući sve to i ne shvatajući razloge, upita svoga prijatelja zašto, kad mu je već ponudio sva zadovoljstva prestonice, nije govorio i o ovome? Sernanval pominje glupavu inkviziciju, Deport se ruga, i bez obzira na spiskove svih m.[*], izveštaje komesara, izjave policijskih činovnika i na sve druge grane lupeštva koje je glavni upravnik utvrdio za taj deo zadovoljstava stanovnika Lutecije[**], kaže svome prijatelju da po svaku cenu želi provesti veče sa kurvama.

— Slušaj — odgovori Sernanval — pristajem, čak ću ti poslužiti kao vodič kao dokaz moga filozofskog načina mišljenja o toj stvari, ali zbog obazrivosti za koju se nadam da je nećeš napasti, zbog osećanja koja na kraju dugujem svojoj ženi i koja ne mogu pobediti ni kad bih hteo, dozvolićeš da ne delim s tobom tvoja zadovoljstva, ja ću ti ih obezbediti, i zaustaviću se na tome.

Deport se za trenutak ruga svome prijatelju, ali videći da je odlučan u vezi s tim pristaje na sve, i kreću.

---

[*] Na ovom mestu u Markizovom rukopisu nalazi se ova kratica, isto slovo m., koje možda treba da označava, jednostavno, magistrate, ili, jednu mnogo težu francusku reč koja počinje tim slovom? *Prim. prev.*

[**] Lutecija, stari naziv za grad koji se nekada nalazio na mestu današnjeg Pariza. *Prim. prev.*

Slavna S. Ž. bila je sveštenica hrama kome je Sernan-
val zamislio da žrtvuje svog prijatelja.

— Treba nam jedna pouzdana žena — kaza Sernanval
— jedna poštena žena; taj prijatelj zbog koga molim vaše
usluge nalazi se na svega nekoliko dana u Parizu, ne bi vo-
leo da ponese kakav štetan poklon u svoju provinciju a vi
da izgubite svoj ugled zbog toga; kažite nam otvoreno
imate li ono što mu treba i šta tražite da biste mu obezbe-
dili uživanje.

— Čujte — započe ta S. Ž. — vidim kome imam čast
da se obratim, ja ne varam ljude kao što ste vi, govoriću
vam prema tome kao poštena žena a moji postupci će vam
pokazati ko sam i kakva sam. Imam ono što vam treba,
treba samo da odredimo cenu, to je jedna lepa žena, stvo-
renje koje će vas oduševiti čim je ugledate... to je da skra-
tim ono što mi nazivamo sveštenikov komad, a vi znate da
su ti ljudi moji najbolji posetioci, njima ne dajem ono što
nije najbolje... Pre tri dana g. biskup od M. platio mi je za
nju dvadeset lujeva, od nadbiskupa od R. zaradila sam pe-
deset juče a još jutros donela mi je trideset od biskupovog
pomoćnika od ***. Ja vam je nudim za deset i to uistinu,
gospodo, da zaslužim vaše poštovanje, ali treba biti tačan
u vezi sa danom i satom, ona je pod nadzorom muža, i to
muža ljubomornog koji ne skida oči s nje; kako može da
se ponudi samo u izuzetnim trenucima, ne treba izgubiti
ni minutu od onih za koje se budemo dogovorili...

Deport se malo cenkao, nikada jedna kurva nije košta-
la deset lujeva u čitavoj Loreni, što je više navaljivao sve
više su mu hvalili ponuđenu robu, ukratko, on prista i sle-
dećeg dana, u deset sati ujutru tačno, bi zakazan trenutak
za sastanak. Sernanval nije želeo ostati napola u toj stvari,
nije više bilo u pitanju celo veče, zbog čega su izabrali taj
trenutak za Deporta, raspoloženog da obavi tu stvar što
ranije kako bi mogao da iskoristi ostatak dana za druge i
bitnije poslove. Čas se primiče, naša dva prijatelja dolaze
kod svoje ljupke podvodačice, jedan budoar kojim vlada

tek zatamnjeno i sladostrasno osvetljenje skriva boginju koju Deport ide da žrtvuje.

— Srećno dete ljubavi — kaže mu Sernanval gurajući ga u svetilište — leti u ruke sladostrasne koje ti se pružaju, i dodi da mi ispričaš sve o svojim zadovoljstvima; uživaću u tvojoj sreći, i moja će radost biti utoliko čistija što uopšte neću biti ljubomoran.

Naš veronaučnik ulazi, tri cela sata su jedva dovoljna za njegovu počast, najzad dolazi da dokaže svome prijatelju da u svome životu nije video ništa slično i da sama amorova majka ne bi mogla da mu pruži toliko zadovoljstava.

— Ona je znači preslasna — reče Sernanval upola zapaljen.

— Preslasna? Ah ne bih mogao naći izraz koji bi ti mogao opisati kakva je, i čak u ovom trenutku kad iluzija treba da potpuno nestane, osećam da nema tog kista koji bi mogao oslikati bujice slasti u koje me ona utapala. Ona sa dražima koje je dobila od prirode spaja takvu umetnost kojom ih još više naglašava, ona zna da doda so, jedan takav začin u svoje uživanje da sam još opijen... Oh! moj prijatelju, okušaj je, preklinjem te, bez obzira na to koliko si naviknut da gledaš lepotice u Parizu, više sam nego ubeđen da ćeš mi priznati da nijedna u tvojim očima nije ravna ovoj.

Sernanval još uvek čvrst, ali ipak podstaknut izvesnom radoznalošću, moli gđu S. Ž. da provede tu devojku pokraj njega kad bude izišla iz svoje sobe... Ova pristaje, dva prijatelja ustaju kako bi je bolje videli, i princeza gordo prolazi...

Pravedno nebo, šta biva sa Sernanvalom kad prepoznaje svoju ženu, to je ona... to je ta stidljivica, koja se iz sramežljivosti nije usuđivala izići pred prijatelja svoga muža, a dovoljno je besramna da se kurva u jednoj ovakvoj kući,

— Bednice! — povika u besu...

Ali uzalud hoće da se baci na to verolomno stvorenje, ona ga je prepoznala u istom trenutku kad i on nju i već je bila daleko odatle. Sernanval, u stanju koje je teško opisati, hoće da napadne gđu S. Ž.; ova se izvinjava zbog svoje neobaveštenosti, ubeđuje Sernanvala da već deset godina, to jeste mnogo pre ženidbe tog nevoljnika, ova mlada osoba vodi takav život kod nje.

— Krvnica! — viče nesrećni muž koga njegov prijatelj uzaludno pokušava utešiti — ... ali neka, sad je kraj, prezir je sve što joj dugujem, neka moj zauvek padne na nju i neka zahvaljujući ovom okrutnom iskušenju naučim da žene nikada ne treba ceniti prema licemernim maskama koje nose.

Sernanval se vraća kući, ali ne nalazi tu svoju bludnicu, ona je već bila donela svoju odluku, to ga više nije brinulo; njegov prijatelj ne usuđujući se da bude u njegovom prisustvu nakon svega što se dogodilo, rastao se sutradan s njim, a nesrećni usamljeni Sernanval, zahvaćen stidom i patnjom, napisa jedan pamflet protiv licemernih supruga koji uopšte nije popravio žene a koji muškarci nikada nisu ni čitali.

Emilija od Turvila
ili bratinska okrutnost

Ništa nije tako sveto u jednoj obitelji kao čast njenih članova, ali ako se to blago uprlja, ma koliko dragoceno bilo, da li oni koji su zaduženi da ga brane moraju to činiti čak i po cenu da lično preuzmu ponižavajuću ulogu gonitelja nesrećnih stvorenja koja ih vređaju? Zar nije razumnije samo poravnati strahote kojima oni muče svoju žrtvu, i tu najčešće prividnu ozledu na koju se žale da im je nanesena? Ko je na kraju veći krivac u očima razuma, ili jedne slabe i prevarene devojke, ili kakvog roditelja koji da bi se uzvisio u osvetnika svoje obitelji, postaje krvnik ove nesrećnice? Događaj koji ćemo izneti pred oči naših čitalaca navešće ih možda da se odluče po tom pitanju.

Grof od Lukseja, glavni upravnik, čovek od otprilike pedeset šest do pedeset sedam godina, vraćao se iz obilaska jednog od svojih poseda u Pikardiji, kad prolazeći kroz šumu u Kompijenju, otprilike u šest sati uveče pred kraj novembra, začu krikove žene za koje mu se učini da dolaze sa okuke jednog od drumova, u neposrednoj blizini velikog puta kojim je prolazio; on se zaustavlja, i naređuje svome sluganu koji je trčao pored nosiljke da ode i vidi šta se dešava. Javljaju mu da je reč o jednoj mladoj devojci od šesnaest do sedamnaest godina, okupanoj krvlju, mada nije moguće razaznati gde su rane, i koja moli da joj se pomogne; grof odmah silazi, leti prema toj nesrećnici, i njemu je zbog pomrčine takođe teško da otkrije odakle može dolaziti krv koju ona gubi, ali na osnovu odgovora koje mu daje, vidi najzad da je u pitanju vena na rukama iz koje se obično pušta krv.

— Gospođice — reče grof nakon što je pružio negu tom stvorenju onoliko koliko je mogao — nisam ovde u stanju da vas pitam za razloge vašim nesrećama, a ni vi niste u prilici da mi ih izlažete: popnite se u moja kola, molim vas, i pokušajte sada da se smirite a ja ću sve učiniti da vam pomognem.

Rekavši to g. od Lukseja, uz pomoć svoga slugana, odnosi ovu jadnu gospođicu u kočiju, i polazi.

Tek što ova neobična osoba vide da je u bezbednosti, htede promucati nekoliko reči zahvalnosti, ali joj grof, preklinjući je da ništa ne govori, reče:

— Sutra, gospođice, sutra ćete mi ispričati, nadam se, sve što se dogodilo, ali danas, i zbog mojih godina koje me dele od vas i zbog sreće što sam vam mogao biti koristan, zahtevam od vas da mislite samo na to da se smirite.

Stižu; da izbegne pitanja, grof omotava svoju štićenicu muškim plaštem i naređuje svome sluganu da je odvede u jednu udobnu sobu u zadnjem krilu dvorca, gde će doći da je vidi, čim zagrli svoju ženu i svoga sina koji su ga zajedno čekali da večeraju.

Grof, dolazeći da vidi svoju bolesnicu, poveo je sa sobom jednog hirurga; mlada osoba je pregledana, nalaze je u nekakvoj neobjašnjivoj utučenosti, bledilo njenog lica kao da je nagoveštavalo da joj je ostalo jedva nekoliko trenutaka života, iako nije imala ni najmanju ranu; što se tiče njene slabosti, to je dolazilo, reče, zbog ogromne količine krvi koju je svakodnevno gubila ima već tri meseca, i kad je htela da grofu saopšti natprirodni uzrok tom čudesnom gubitku, ona potpuno klonu, a hirurg izjavi da je treba ostaviti na miru i zadovoljiti se tek time da joj prepiše okrepljujuća sredstva i dobru ishranu.

Naša mlada nesrećnica provela je jednu prilično dobru noć, ali punih šest dana nije bila u stanju da izvesti svog dobročinitelja o događajima koji su se odnosili na nju; sedmog dana uveče najzad, a još niko u grofovoj kući nije znao da je ona tu sakrivena, a ni ona, zbog svih preduzetih opreznosti, takođe nije znala gde se nalazila, zamoli grofa da je sasluša i da bude milostiv spram nje, bez obzira na to kakve budu grcške koje će priznati. Gospodin De Luksej sede u naslonjaču, obeća svojoj štićenici da joj nikada neće uskratiti naklonost koju je izazvala u njemu, i naša lepa pustolovka započe ovako priču o svojim nesrećama.

Priča gospođice od Turvila

Ja sam kćerka, gospodine, predsednika Turvila, odviše poznatog i poštovanog da biste ga mogli nc poznavati. Dve godine nakon što sam izišla iz semeništa, nisam nijednom napustila dom svoga oca; pošto sam vrlo mlada izgubila majku, on se sam brinuo o mom obrazovanju, i mogu reći da nije zanemarivao ništa kako bi mi podario sve draži i sve prijatnosti moga spola. Sve te pažljivosti, te namere koje je izražavao moj otac da će me udati što je mogućno povoljnije, ne skrivajući možda da sam mu najdraža, sve je to, kažem vam, uskoro pobudilo zavist moje braće, od kojih je jedan, predsednik suda od pre tri godine, upravo napunio dvadeset sedam godina a drugi, savetnik odnedavno, imaće uskoro dvadeset četiri.

Nisam mogla zamisliti da sam tako snažno mržena, ali danas sam potpuno ubeđena; ne učinivši ništa što bi zaslužilo takva njihova osećanja, živela sam u blagoj obmani da su mi uzvraćali istima koja je moje srce nevino gradilo za njih. Oh, pravedno nebo, kako sam se varala! Izuzimajući trenutke koji su bili posvećeni brizi oko mog obrazovanja, uživala sam kod svoga oca najveću moguću slobodu; prepustivši mi da se ponašam kako želim, nije me prisiljavao ni na šta, i imala sam od pre osamnaest meseci dozvolu da se ujutru šetam sa svojom sobaricom, ili terasom na Tilerijama, ili bedemom kraj kojeg stanujemo, i da čak s njom, bilo u šetnji, bilo u kočiji svoga oca, posećujem moje prijateljice i moje rođakinje, pod uslovom da to ne bude u časovima kad jedna mlada osoba ne može

više biti sama usred nekog društva. Jedini uzrok mojih ne-
sreća dolazi od te zlokobne slobode, eto zbog čega vam
govorim o njoj, gospodine, dao Bog da je nikada nisam ni
imala.

Pre godinu dana dok sam se šetala, kako sam vam
upravo ispričala, sa svojom sobaricom koja se zove Julija,
jednim senovitim drvoredom u Tilerijama, jer sam sma-
trala da sam tamo usamljenija nego na terasi, i gde mi se
činilo da udišem još čistiji vazduh, šest mladih obešenjaka
nam prilazi, i na osnovu njihovih nedostojnih reči shvata-
mo da nas i jednu i drugu smatraju za ono što nazivaju cu-
re. Strahovito zbunjena jednom takvom slikom, i ne zna-
jući kako da se izbavim, htedoh potražiti spasenje u
bekstvu, kad jedan mladi čovek koga sam veoma često
viđala kako šeta sam otprilike u isto vreme kad i ja, i čija
je spoljašnost nagoveštavala da je častan, naiđe upravo u
trenutku dok sam se nalazila u tom neprijatnom stanju.

— Gospodine — povikah zovući ga da mi priskoči —
nemam čast da me poznajete, ali ovde se susrećemo sva-
kog jutra; na osnovu onoga što ste zapazili o meni, nadam
se, uverili ste se da nisam devojka željna pustolovina; usr-
dno vas molim da mi date ruku i odvedete kući oslo-
bađajući me ovih lopova.

Gospodin od ***, dozvolićete mi da prećutim njego-
vo ime, imam za to odviše razloga, odmah dotrča, udalju-
je mangupe koji me okružuju, ubeđuje ih u njihovu
grešku učtivošću i poštovanjem kojim mi pristupa, uzima
moju ruku, i izvodi me istog časa iz vrta.

— Gospodice — reče mi malo pre nego što smo bili
došli do naših vrata — mislim da je razboritije da vas osta-
vim ovde; ako vas odvedem do kuće, moraćete to objasni-
ti; može se dogoditi da vam zbog toga zabrane da se i da-
lje šetate sama; sakrijte zato to što se dogodilo, i nastavite
kao i do sada dolaziti u onaj isti drvored, pošto vas to za-
bavlja i roditelji vam dozvoljavaju. Neću propustiti nije-
dan dan da se tamo nađem i uvek ću biti spreman da iz-

gubim život, ako treba, suprotstavljajući se svemu što remeti vašu spokojnost.

Jedna takva predostrožnost, jedna tako uslužna ponuda, sve to je učinilo da bacim pogled na tog mladog čoveka s malo više zanimanja nego što sam mislila učiniti do tog trenutka; videvši da je dve ili tri godine stariji od mene i da ima prijatan lik, pocrvenela sam zahvaljujući mu, a plamene strelice tog zavodljivog boga koji je danas uzrok moje nesreće prožele su me sve do srca, pre nego što sam stigla da se oduprem. Rastali smo se, ali učinilo mi se po načinu kako se g. od *** udaljio od mene, da sam ostavila na njega isti utisak koji je on ostavio na mene. Vratila sam se svome ocu, dobro sam se čuvala da išta kažem i već sutradan sam otišla u isti drvored, vođena nekakvim osećanjem jačim od mene, koje me činilo odlučnom pred svim opasnostima koje su me tu mogle zadesiti... hoću reći, koje je možda činilo da ih priželjkujem, zbog zadovoljstva da me ponovo spasi taj isti čovek... Ocrtavam vam svoju dušu, gospodine, može biti s previše bezazlenosti, ali vi ste obećali da ćete biti milostivi prema meni, a svaki novi potez moje priče uveriće vas koliko mi je to potrebno; nije nepromišljenost ono jedino što ćete videti kako činim, neću samo jedanput imati potrebu da budete milostivi prema meni.

Gospodin od *** pojavi se u drvoredu šest minuta posle mene, i obraćajući mi se čim me ugledao:

— Smem li vas upitati, gospođice — reče mi — da li je jučerašnji događaj došao ikome do uha, i da li ste zbog njega doživeli ikakvu nevolju?

Uverih ga da nije, rekoh mu da su mi koristili njegovi saveti, da mu se zahvaljujem zbog toga i da se nadam kako ništa neće pokvariti zadovoljstvo koje osećam dolazeći ovde da se prošetam jutrom.

— Ako u tome nalazite neke čari, gospođice — nastavi g. od *** ne može časnijim tonom — oni koji imaju sreću da vas tu susretnu osećaju još jače nesumnjivo, a što se tiče slobode koju sam bio uzeo juče da vas savetujem da

45

ne rizikujete ništa što bi moglo sprečiti vaše šetnje, zaista mi ne dugujete nikakvu zahvalnost; usuđujem se izjaviti vam, gospođice, da sam ja manje radio za vas nego za sebe.

A njegovi su se pogledi, dok je to govorio, okretali prema mojima s toliko izražajnosti... oh gospodine, zar je trebalo da tom tako blagom čoveku dugujem jednoga dana sve svoje nesreće! Odgovorih pošteno na njegove reči, započesmo razgovor, načinismo dva kruga zajedno i g. od *** ne htede da me napusti sve dok mu nisam otkrila kome je imao sreću da učini uslugu prethodnog dana; verovala sam da mu to ne moram sakriti, on mi takođe reče ko je on i tako smo se rastali. Tokom gotovo mesec dana, gospodine, nismo prestajali da se viđamo gotovo svakodnevno, i taj mesec, kao što lako možete zamisliti, protekao je tako da smo priznali jedno drugome osećanja koja smo imali, i da smo se zakleli da ćemo ih neprekidno osećati.

Na kraju g. od *** me zamoli da me vidi na nekom mestu prijatnijem od javnog parka.

— Ne usuđujem se pojaviti pred g. vašim ocem, mila Emilija — reče mi — pošto nisam imao čast da ga upoznam, on bi vrlo brzo naslutio razlog koji me dovodi njemu, i umesto da taj korak podrži naše namere, možda bi im upravo škodio; ali ako ste vi zaista tako dobra, tako sažaljiva da ne želite doživeti kako umirem od tuge što ne mogu da vidim kako mi dozvoljavate ono što se usuđujem zatražiti od vas, objasniću vam kako je to moguće.

Najpre nisam htela da slušam, ali sam ubrzo bila dovoljno slaba da ga upitam kako to misli. To što je mislio, gospodine, bilo je da se viđamo tri puta nedeljno kod neke gđe Bersej, modistkinje iz Ulice Dezarsi, o čijoj razboritosti i poštenju g. od *** mi je govorio kao da je bila reč o njegovoj majci.

— Pošto vam dozvoljavaju da vidite gđu vašu tetku koja stanuje, tako ste mi kazali, nedaleko odavde, moraćete se praviti kao da idete kod tetke, činićete joj u stvari kratke posete, i dolazićete da ostatak vremena koje biste joj posvetili provedete kod žene koju sam vam označio;

ako budu upitali vašu tetku ona će odgovoriti da vas zaista prima svakog dana kad ste kazali da ćete je posetiti, reč je, dakle, samo o tome da treba meriti vreme poseta, a možete biti ubeđeni da se niko neće dosetiti da to proverava, tim pre jer imaju poverenja u vas.

Neću vam uopšte pričati, gospodine, kakve sam sve primedbe dala g. od *** kako bih ga odgovorila od te namere i učinila da oseti sve njene neprikladnosti; čemu može poslužiti to što bih vam pričala koliko sam se odupirala, kad sam na kraju popustila? Obećah g. *** sve što je želeo, dvadeset lujeva koje dade Juliji a da za to nisam ni znala učiniše tu devojku potpuno naklonjenom njegovim željama, i od tog trenutka krenula sam prema svojoj propasti. Da bih je učinila još potpunijom, da bih se što duže i opuštenije opijala blagim otrovom koji je tekao mojim srcem, ispričala sam jednu lažnu priču mojoj tetki, rekla sam joj da jedna mlada dama među mojim prijateljicama (kojoj sam se bila poverila i koja bi posledično sve potvrdila) želi da me tri puta nedeljno povede u svoju ložu u Pozorište, da se ne usuđujem to reći svome ocu iz straha da se ne suprotstavi tome, nego da ću reći da idem kod nje, i da je molim da to potvrdi; posle malo muke moja tetka nije mogla odoleti mojim navaljivanjima, dogovorile smo se da će Julija dolaziti umesto mene, a da ću nakon predstave doći u prolazu po nju da se zajedno vratimo kući. Poljubih hiljadu puta svoju tetku: u kobnoj zaslepljenosti strasti, zahvalih joj se na onome što je ubrzavalo moju propast, na tome što je otvarala vrata zastranjenjima koja će me dovesti do ivice groba!

Naši sastanci otpočeše najzad kod te Bersej; njena radnja je bila prekrasna, njena kuća veoma pristojna, a ona žena od otprilike četrdeset godina za koju mi se učinilo da mogu imati potpuno poverenje. Avaj! imala sam ga odviše i za nju i za moga dragana *** tog verolomnika, vreme je da vam to priznam, gospodine *** koji je nakon našeg šestog viđenja u toj kobnoj kući toliko ovladao mnome, toliko me zaveo da je zloupotrebio moju slabost i postala

47

sam u njegovim rukama idol njegove strasti i žrtva svoje. Okrutna zadovoljstva, koliko suza ste me stajali, i sa koliko kajanja razdiraćete moju dušu do poslednjeg trenutka mog života!

Jedna godina je protekla u toj zlokobnoj iluziji, gospodine, upravo sam bila navršila svoju sedamnaestu godinu; moj mi je otac svakodnevno govorio o kakvom udomljenju, a vi sudite da li sam drhtala zbog njegovih predloga, kad jedan kobni događaj napokon me sunovrati u večiti ponor gde sam potonula. Tužno dopuštanje Proviđenja bez sumnje, koje je htelo da nešto zbog čega uopšte nisam bila kriva bude ono što će poslužiti da iskusim kaznu za svoje stvarne greške, kako bi se još jednom videlo da mu ne možemo izbeći nikad, da ono posvuda prati onoga ko mu se izmakne, i da iz događaja koji mu se čini najmanje takvim, ono neosetno stvara onaj koji će mu poslužiti da ga osveti.

Gospodin od *** bio me upozorio jednoga dana da ga nekakva neizostavna obaveza lišava zadovoljstva da bude sa mnom tri puna sata kako smo već bili stekli naviku, ali da će ipak doći nekoliko minuta pre kraja našega sastanka, samo da ne bih ništa remetila u našem uobičajenom ponašanju; došla sam da ipak provedem kod gđe Bersej vreme na koje sam se bila navikla, misleći da ću se, kroz jedan ili dva sata, više zabavljati sa tom trgovkinjom i njenim kćerkama nego sama kod svojega oca; verovala sam da mogu imati poverenja u tu ženu do te mere da nisam videla nikakvu prepreku u onome što mi je bio predložio moj dragan; obećala sam dakle da ću doći preklinjući ga da ne kasni suviše. Razuverio me rekavši da će se osloboditi što pre bude mogao, i ja dođoh; o kakav strašan dan za mene!

Gospođa Bersej me sačekala na ulazu u svoj dućan, ne dozvoljavajući mi da uđem kod nje kao što je inače dozvoljavala.

— Gospođice — reče mi čim me ugledala — veoma mi je drago što g. od *** ne može doći večeras ranije ovamo, moram vam poveriti nešto što njemu ne smem reći, nešto što zahteva da obe brzo iziđemo na trenutak, što ne bismo mogle učiniti da je on ovde.

— A o čemu je reč, gospođo? — rekoh ja pomalo uplašena od tog uvoda.

— O sitnici, gospođice, o sitnici — nastavi gđa Bersej — najpre se smirite, to je najjednostavnija stvar na svetu; moja majka je naslutila nešto o vašem zabavljanju, to je jedna stara oštrokonđa stroga poput ispovednika i o kojoj se ja brinem zbog njenih talira, ona uopšte ne želi da vas dalje primam, ne usuđujem se to reći g. od ***, ali evo šta sam smislila. Odmah ću vas odvesti kod jedne od mojih drugarica, žene mojih godina i ništa manje pouzdane od mene, upoznaću vas sa njom; ako vam se svidi, priznaćete g. od *** da sam vas ja odvela do nje, da je to jedna poštena žena i da smatrate dobrim da se vaši sastanci održavaju tamo; ako vam se ne svidi, u što ne mogu poverovati, pošto ste se videle samo na trenutak, vi ćete mu prećutati naš postupak; u tom slučaju ja ću uzeti na sebe da mu priznam kako ne mogu da mu dalje iznajmljujem svoju kuću a vi ćete se skupa dogovoriti kako ćete naći neki novi način da se viđate.

To što mi je ta žena govorila bilo je tako jednostavno, izraz i ton koje je koristila bili su tako prirodni, moje poverenje tako potpuno i moja sramežljivost tako savršena, da sam bez i najmanje teškoće pristala na ono što mi je ona predlagala; veoma mi je žao zbog nemogućnosti u kojoj se nalazila, govorila je, da nam nastavi s davanjem usluga, ja sam joj rekla kako je shvatam od sveg srca, i mi izađosmo. Kuća kojoj me vodila nalazila se u istoj ulici, na šezdeset ili osamdeset koraka udaljenosti od kuće gđe Bersej; ništa me nije odbilo spolja, jedna velika vrata, lepa okna prema ulici, izgled pristojnosti i čistoće na sve strane; pa ipak, neki tajni glas kao da je vikao sa dna mog srca, da me nekakav neobičan događaj očekuje u toj kobnoj kući; osećala sam neku vrstu odbojnosti penjući se stepeništem, sve kao da je govorilo: Kuda ćeš, nesrećnice, udalji se od tih podmuklih mesta... Stigli smo ipak, ušli smo u jedno prilično lepo predsoblje gde nismo zatekli nikoga a odatle u jedan salon koji se odmah zatvorio za nama, kao da je neko bio sakriven iza vrata... Zadrhtah, bilo je veoma mračno u tom salonu, jedva se moglo hodati; nismo napravili ni tri koraka, kad osetih da su me dograbile dve žene, tada se otvori jedna odaja i ugledah nekog čoveka od otprilike pedeset godina između dve druge žene koje povikaše onima koje su me bile zgrabile: Skinite je, skinite je i dovedite je ovamo potpuno golu. Povrativši se od uzbuđenja u kome sam se našla kad su te žene spustile ruke na mene, i videvši da moj spas zavisi jedino od mojih krikova, počeh strahovito da vrištim. Gospođa Bersej je činila sve što je mogla kako bi me smirila.

— To je stvar od jedne minute, gospođice — govorila je — popustite malo, zaklinjem vas, i učinićete da zaradim pedeset lujeva.

— Gnusna harpijo — vikala sam — nemoj misliti da ćeš trgovati mojom čašću, baciću se kroz prozor ako me iz ovih stopa ne izvedeš odavde.

— Našli biste se u našem dvorištu gde biste odmah bili uhvaćeni, moje dete — reče jedna od onih veštica, trgajući moje halje — prema tome, verujte mi, najbolje će vam biti da se prepustite...

Oh gospodine, poštedite me ostatka tih jezivih pojedinosti, obnažili su me u jednom trenu, prekinuli su moje krikove na varvarski način, i bila sam povedena prema nedostojnom čoveku koji, praveći igru od mojih suza i zabavljajući se mojim odupiranjima, nije brinuo ni o čemu drugom nego da sebi obezbedi nesrećnu žrtvu kojoj je razdirao srce; dve žene nisu prestajale da me drže i da me podaju tom čudovištu, i gospodaru da čini sve što želi, koji ugasi plamenove svoje zločinačke vatre prljavim dodirima i poljupcima, koji me ostaviše bez povredâ...

Pomogoše mi da se brzo obučem, i predaše me u ruke gđe Bersej, uništenu, slomljenu, prepuštenu nekoj vrsti mračnog i gorkog bola koji je ledio moje suze na dnu mog srca; bacala sam besne poglede na tu ženu...

— Gospođice — reče mi ona u jednom strašnom uzbuđenju, još u predsoblju te zlokobne kuće — osećam sav užas koji sam počinila, ali vas zaklinjem da mi oprostite... i da razmislite barem pre nego što se prepustite ideji da napravite skandal; ukoliko otkrijete ovo g. od ***, uzalud ćete govoriti da smo vas tamo odvukli, to je ona vrsta greške koju vam on nikada neće oprostiti, i zauvek ćete se zavaditi s čovekom koga vam je više nego bilo koga na svetu važnije sačuvati, pošto više nemate načina da popravite čast koju vam on odnosi drukčije nego da vas oženi. Zato budite ubeđeni da on to neće nikada učiniti ukoliko mu kažete šta se upravo dogodilo.

— Nesrećnice, zašto si me onda gurnula u taj ponor, zašto si me dovela u to stanje kad moram prevariti svoga dragana, ili izgubiti svoju čast i njega?

— Polako, gospođice, ne govorimo više o onome što je već učinjeno, vreme ističe, pobrinimo se samo o onome što treba učiniti. Ako govorite, vi ste izgubljeni; ako ne kažete ni reč, moja će vam kuća biti uvek otvorena, nikada nećete biti izdana bilo od koga, a ostajete sa svojim draganom; pogledajte da li bi kakva mala zadovoljština zbog osvete kojoj bih se rugala u stvari, jer poznavajući vašu tajnu, kažem, uvek bih znala sprečiti g. od *** da mi naškodi, pogledajte, kažem, da li bi vas malo zadovoljstvo zbog te osvete zaštitilo od svih kajanja koje povlači za sobom...

Osećajući sasvim dobro s kakvom nedostojnom ženom imam posla, i ispunjena snagom svojih misli, ma kako one strašne bile:

— Hajdemo, gospođo, hajdemo — rekoh joj — ne ostavljajte me duže ovde, neću reći nijednu reč, očekujem to i od vas; služiću se vama, jer ne mogu prekinuti a da ne otkrijem svu sramotu koju moram prećutati, ali imaću bar kao zadovoljštinu na dnu svoga srca što ću vas mrzeti i što ću vas prezirati onoliko koliko to i zaslužujete.

Vratismo se kod gđe Bersej... Pravedno nebo, kakvim novim uzbuđenjem bejah zahvaćena kad nam rekoše da je g. od *** već dolazio, da su mu rekli da je gospođa bila izišla zbog nekih hitnih stvari a da gospođica još nije došla, i u istom trenutku jedna od devojaka iz kuće preda mi pisamce koje je on na brzinu bio napisao za mene. Sadržavalo je samo ove reči: »Nema vas, pretpostavljam da ste bila u nemogućnosti da dođete u uobičajeno vreme, neću vas moći videti večeras, nisam u mogućnosti da čekam, do prekosutra svakako.«

To pisamce me uopšte nije smirilo, hladnoća kojom je odisalo činila mi se kao zlo predskazanje... nemogućnost da me čeka, tako malo nestrpljenja... sve me to tako uznemiravalo da nisam u stanju da vam prepričam; nije li mogao primetiti naše ponašanje, nije li nas sledio, i, ako jeste, zar nisam bila izgubljena devojka? Gđa Bersej, ništa manje uznemirena od mene, ispitala je sve po kući, rekoše joj da je g. od *** bio došao tri minute nakon što smo nas dve izišle, da je izgledao veoma uznemiren, da se odmah povukao i da se zatim vratio da napiše to pisamce može biti jedno pola sata nakon toga. Još uznemirenija, poslala sam po kola... ali da li biste mogli poverovati, gospodine, do koje tačke bezobzirnosti se ta nedostojna žena usudila uzvisiti porok?

— Gospođice — reče mi videći me kako odlazim — ne recite ni reč o ovome, moram vam to preporučiti, ali ako na nesreću raskinete s g. od ***, verujte mi, iskoristite svoju slobodu da učestvujete u zabavama, to je mnogo bolje od jednoga dragana; ja znam da ste vi jedna valjana gospođica, ali vi ste mlada, sigurno vam daju malo novca, a kako ste veoma lepa, omogućiću vam da zaradite onoliko koliko budete želeli... Hajte, hajte, niste vi jedina, a ima ih toliko koje su bogate, koje se udaju, kao što i vi možete učiniti jednoga dana, za grofove ili markize, a koje su nam bilo same svojom voljom, bilo posredstvom njihove vaspitačice, prošle kroz ruke kao i vi; mi imamo ljude upravo za lutkice vaše vrste, to ste lepo videli, njima se može poslužiti kao ružom, udahne ih se ali one ne uvenu; zbogom, lepa moja, nemojmo se duriti tako, dobro vidite da vam još mogu biti korisna.

Bacih jedan užasnut pogled na to stvorenje, i iziđoh naglo ne odgovorivši joj ništa; pokupila sam Juliju kod moje tetke, kako sam već uobičajavala da činim, i vratila se svojoj kući.

Nisam više imala nikakvog načina da išta saopštim g. od ***, pošto smo se viđali triput nedeljno nismo se dopisivali, trebalo je dakle sačekati trenutak sastanka... Šta će mi reći... šta bih mu odgovorila? Hoću li mu sačuvati kao tajnu ono što se dogodilo, zar nije pretila veća opasnost ukoliko bi se sve to otkrilo, zar ne bi bilo razboritije da mu sve priznam?... Sve te različite kombinacije držale su me u stanju neizrecivog nespokojstva. Najzad sam se odlučila da sledim savet gđe Bersej, a naravno da je ta žena bila prva koja je želela da sve ostane tajna, odlučih se da činim kao ona i da ne kažem ništa... Eh pravedno nebo, čemu su mi služile sve te kombinacije, kad je već bilo odlučeno da više neću videti svoga dragana i kad je grom koji će se sručiti na moju glavu već iskrio na sve strane!

Moj stariji brat me zapitao, sutradan nakon tog događaja, kako dozvoljavam sebi da izlazim tako sasvim sama i toliko često u nedelji i u isto vreme.

— Idem u posetu kod svoje tetke — rekoh mu.

— To je laž, Emilija, ima već mesec dana kako niste kročili kod nje.

— E pa, dragi moj brate — odgovorih drhteći — sve ću vam priznati: jedna od mojih prijateljica koje dobro poznajete, gđa od Sen-Klera, ima ljubaznosti da me tri puta nedeljno vodi u svoju ložu u Pozorištu, nisam se usudila ništa kazati o tome, iz straha da se moj otac ne usprotivi, ali moja tetka zna sve to odlično.

— Idete u pozorište — reče mi moj brat — mogli ste mi to reći, ja bih vas pratio, i sve bi bilo jednostavnije... a ne sama sa jednom ženom koja vam ne liči ni po čemu i isto tako mladom kao i vi...

— Hajde, hajde, moj prijatelju — reče moj drugi brat koji se bio približio tokom razgovora — gospođica ima svoja zadovoljstva, ne treba ih kvariti... ona traži muža, očigledno, ponudiće joj se u gomili sa takvim ponašanjem...

I obojica mi hladno okrenuše leđa. Ovaj razgovor me prenerazio; međutim, kako je moj stariji brat izgledao prilično ubeđen tom pričom o loži, poverovala sam da sam ga prevarila i da će se on zaustaviti na tom; uostalom, čak da su i jedan i drugi kazali i nešto više, osim da su me zatvorili, ništa na svetu ne bi imalo tu snagu da me zadrži da odem na sledeći sastanak; činilo mi se odviše bitnim da se razjasnim sa svojim draganom, da bi išta na svetu moglo da me spreči da ga vidim.

Što se tiče moga oca, on je uvek bio isti, obožavao me je, ne sumnjajući u moje grehe, i ne sputavajući me nikada i nizašto. Kako je okrutno varati takve roditelje, i kako kajanja koja rastu iz toga seju trnje po zadovoljstvima koja se kupuju po cenu izdajstava takve vrste! Zlokobni primeru, okrutna strasti, kad biste mogli zaštititi od mojih grešaka one koji će biti u istom stanju kao ja, i da ih muke kojih su me koštala zločinačka zadovoljstva zaustave barem na rubu ponora, ako ikada saznaju za moju žalosnu priču.

Kobni dan napokon stiže, vodim sa sobom Juliju, i nestajem kao po običaju, ostavljam je kod moje tetke i u svome fijakeru užurbano dolazim do kuće gde Bersej. Silazim... tišina, mrak koji vladaju u toj kući, čudnovato me uznemiruju najpre... nikakvo poznato lice ne pojavljuje se preda mnom, ukazuje se tek jedna stara žena koju nisam nikada videla i koju ću na svoju nesreću previše gledati, koja mi reče da ostanem u sobi gde se nalazim, da će g. od ***, ona ga imenuje, za koji trenutak doći da se tu sretne sa mnom. Nekakva ogromna studen zahvata moja čula, i ja padam na jednu naslonjaču bez snage da kažem i jednu jedinu reč; tek što sam se spustila kad se moja dva brata pojaviše preda mnom, s pištoljima u rukama.

PRIČE I KRATKE PRIČE

— Nesrećnice — povika stariji — znači ovako nas obmanjuješ; ako pružiš i najmanji otpor, ako pustiš i jedan krik, mrtva si. Sledi nas, mi ćemo te naučiti kako se izneverava istovremeno i tvoja obitelj koju sramotiš, i ljubavnik kome si se predala.

Na ove poslednje reči, svest me potpuno napustila, a kad sam došla sebi videla sam da se nalazim u dnu jedne kočije za koju mi se učinilo da ide veoma brzo, između svoja dva brata i one starice o kojoj sam vam upravo pričala, vezanih nogu, i sa dve ruke stegnute jednom maramicom; suze, sve dotad zadržane žestinom moje patnje, izliše se u obilnosti i bila sam tokom jednog sata u jednom stanju koje bi, ma koliko grešna da sam bila, raznežilo svakog drugog osim dva krvnika od kojih sam zavisila. Nisu mi govorili o putu, ćutala sam kao i oni i tonula u svoju patnju; stigli smo najzad sutradan u jedanaest sati ujutru, između Kusija i Noajona, u jedan dvorac smešten u dnu šume, koji pripada mome starijem bratu; kola uđoše u dvorište, narediše mi da tu ostanem, dok konji i posluga ne budu udaljeni; onda moj stariji brat dođe po mene. »Sledite me«, reče mi grubo nakon što me je odvezao... Poslušala sam drhteći... Bože, kakav je moj užas, opazivši užasno mesto koje će mi poslužiti kao sklonište! bila je to jedna soba niska, mračna, vlažna i tamna, zamandaljena rešetkama sa svih strana i osvetljena tek kroz pukotinu jednog prozora koji gleda na široki jarak pun vode.

— Evo vašeg stana, gospođice — rekoše mi moja braća — jedna devojka koja sramoti svoju porodicu može jedino ovde da se oseća dobro... Vaša hrana biće usrazmerena s ostatkom vašeg položaja, evo šta ćemo vam dati — nastaviše oni pokazujući mi komad hleba sličan onome koji se daje životinjama — a kako ne želimo da dugo patite, dok s druge strane želimo da vam uskratimo svaki način da iziđete odavde, ove dve žene — rekoše mi pokazujući onu staricu i jednu drugu otprilike sličnu koju smo zatekli u dvorcu — te dve žene biće zadužene da vam puštaju krv iz dve ruke onoliko puta nedeljno koliko ste

55

odlazili da vidite g. od *** kod gđe Bersej; neosetljivo, tako se bar nadamo, na taj način bićete dovedeni do groba i istinski ćemo biti mirni tek kad saznamo da je obitelj oslobođena jednog čudovišta poput vas.

Nakon tih reči, narediše onim ženama da me uhvate, i pred njima ubojice, gospodine, oprostite mi taj izraz, pred njima... okrutnici mi pustiše krv iz dve ruke odjednom i zaustaviše to okrutno postupanje tek kada videše da sam ostala bez svesti... Došavši sebi, videh kako su zadovoljni zbog svoga divljaštva, i pošto su kao želeli da mi svi udarci budu naneseni odjednom, kao da bi se naslađivali time da razdiru moje srce u istom trenutku dok su lili moju krv, stariji izvuče jedno pismo iz svoga džepa, i pokazujući mi ga:

— Čitajte, gospođice — reče mi — čitajte, i upoznajte onoga kome dugujete vaša zla...

Otvaram drhteći, jedva moje oči imaju snage da prepoznaju ta zlokobna slova: o veliki Bože... bio je to moj dragan, moj dragan koji me izdao; evo šta je sadržavalo to okrutno pismo, reči su krvavim potezima još uvek utisnute u mome srcu.

»Počinio sam ludost što sam voleo vašu sestru, gospodine, i nepromišljenost što sam je obeščastio; hteo sam sve popraviti; rastrzan svojim kajanjima, hteo sam kleknuti pred vašeg oca, priznati mu da sam kriv i zatražiti od njega njegovu kćerku; bio sam ubeđen da će mi dati svoj pristanak i bio sam spreman da vam pripadnem; u trenutku dok sam stvarao te odluke... moje oči, moje vlastite oči uverile su me da imam posla s jednom droljom koja se pod senkom sastanaka koje je upravljalo jedno časno i čisto osećanje usudila ići da zadovoljava prljave želje jednog od najodvratnijih među ljudima. Ne očekujte dakle nikakvo zadovoljenje s moje strane, gospodine, više vam ništa ne dugujem, ja vam dugujem samo povlačenje, a njoj tek neprolaznu mržnju i najodlučniji prezir. Šaljem vam adresu kuće gde je vaša sestra odlazila da se kvari, gospodine, kako biste se mogli uveriti da li vas obmanjujem.«

Jedva da sam pročitala te zlokobne reči kad padoh u najstrašnije stanje... Ne, govorila sam sebi čupajući kose, ne, okrutni, nikada me nisi ni voleo; da je najpovršnije osećanje okrznulo tvoje srce, zar bi me osudio a da me ne saslušaš, da li bi me proglasio krivom zbog jednog takvog zločina kad si ti bio taj koga sam obožavala... Verolomniče, i to me tvoja ruka izručuje, to je ona koja me baca u ruke krvnika koji će učiniti da umrem svaki dan pomalo... da umrem neshvaćena od tebe... da umrem prezrena od svega što obožavam, iako ga nikada ne bih svojevoljno uvredila, kad nisam ni bila ništa drugo do glupa i žrtva, oh ne, ne, ovo stanje je odviše okrutno, ja više nemam snage da ga podnosim! I bacivši se u suzama pred noge svoje braće, preklinjala sam ih ili da me saslušaju, ili da završe s izlevanjem moje krvi kap po kap i da me tako odmah usmrte.

Oni pristaše da me slušaju, pričala sam im svoju sudbinu, ali oni su imali želju da me izgube, i nisu mi poverovali, nego su se još gore ponašali sa mnom; nakon što su me skrhali pogrdama, nakon što su naredili onim ženama da tačku po tačku izvrše njihovu odluku po cenu života, ostaviše me, hladno me uveravajući da se nadaju kako me neće više nikada videti.

Čim su izišli, moje dve čuvarke mi ostaviše hleba, vode, i zatvoriše me, ali tako sam bar bila sama, mogla sam se potpuno prepustiti svome očajanju, i tako sam se osećala manje nesrećnom. Prvi pokreti moga očajanja behu da odvijem ruke, i da se prepustim smrti tako što ću završiti s odlivanjem svoje krvi. Ali užasna misao da ću prestati živeti a ne biti shvaćena od svoga dragana kidala me s toliko žestine da se nikako nisam mogla odlučiti na taj potez; malo spokoja donosi nadu... nadu, to utešno osećanje koje se rađa uvek usred muka, božanski dar koji nam pruža priroda da ih uspava ili ublaži... Ne, rekoh sama sebi, neću umreti dok ga ne vidim, treba da radim samo na tome, treba da se samo o tome brinem; ako uporno bude nastavio da me smatra krivom, biće vremena da umrem i to ću tad učiniti bez kajanja, jer nije mogućno da život ima draži za mene ukoliko izgubim svoga dragana.

Zaključivši tako, odlučih se da ne zanemarim nijedno od sredstava koja bi me mogla izvući iz te odvratne nastambe. Bio je već četvrti dan kako sam se utešila ovom mišlju, kad moje dve tamničarke naiđoše da obnove moje namirnice i da u isto vreme učine da izgubim ono malo snaga koje su mi one davale; pustile su mi još jednom krv iz dve ruke, i ostavile su me na krevetu bez pokreta; osmoga dana su se ponovo pojavile, i kako sam im se bacila pred noge moleći ih za milost, pustile su mi krv iz samo jedne ruke. Najzad su tako minula dva meseca, tokom kojih su mi naizmenično puštale krv iz jedne i druge ruke, svaki četvrti dan. Snaga moje naravi me podržala, moje godine, neizmerna želja koju sam imala da pobegnem iz tog strašnog stanja, količina hleba koji sam jela kako bih otklonila svoju iscrpljenost i mogla izvesti svoje odluke, sve mi je to pošlo za rukom, i oko početka trećeg meseca, prilično srećna što sam probila zid, da bih se uvukla, kroz napravljenu rupu, u susednu sobu koja nije bila zatvorena, i pobegavši napokon iz dvorca, pokušala sam da se peške kako god budem mogla dočepam druma za Pariz, kad ste mi, pošto su me moje snage potpuno napustile na mestu gde ste me ugledali, pružili, gospodine, svoju velikodušnu pomoć na kojoj vam se moja iskrena zahvalnost odužuje onoliko koliko može, i usuđujem se moliti vas da mi još pomognete, da me predate u ruke moga oca koga su izvesno prevarili i koji nikada neće biti tako grub da me osudi ne dozvolivši mi da mu dokažem svoju nevinost. Ubediću ga da sam bila slaba, ali on će jasno videti da nisam toliko kriva koliko se može učiniti, a zahvaljujući vama, gospodine, ne samo da je vraćeno u život jedno nesrećno stvorenje koje nikada neće prestati da vam zahvaljuje, nego je sačuvana čast jedne obitelji koja joj je mogla biti nepravedno oduzeta.

— Gospođice — reče grof od Lukseja nakon što je pažljivo saslušao Emilijinu priču — teško je gledati vas i slušati vas a ne osećati najživlje zanimanje prema vama; bez sumnje vi niste onoliko kriva koliko bi se moglo pomisliti, ali ima u vašem ponašanju izvesne nepromišljenosti koju mora da vam nije lako prikriti.

— Oh gospodine!

— Čujte me, gospođice, preklinjem vas, poslušajte čoveka koji više od bilo koga na svetu želi da vam bude na usluzi. Ponašanje vašeg dragana je užasno, ne samo da je nepravično, jer morao je da se bolje objasni i da vas vidi, nego je čak i okrutno; ako se već dođe dotle da treba prekinuti, u tom slučaju napušta se žena, ali ne treba je potkazati njenoj obitelji, ne treba je osramotiti, ne treba je nedostojno izručiti onima koji je moraju izgubiti, ne treba ih podsticati na osvetu... Beskrajno prekorevam ponašanje onoga koga ste ljubili... ali ponašanje vaše braće je još nedostojnije, ono je užasno u svakom pogledu, samo se krvnici mogu ponašati tako. Greške takve vrste ne zaslužuju slične kazne; nikada okovi nisu ničemu služili; u takvim slučajevima treba zaćutati, ali ne treba uzimati ni krv ni slobodu od onih koji su skrivili; ta odvratna sredstva više sramote one koji ih upotrebljavaju nego one koji su njihove žrtve, zaslužili smo njihovu mržnju, podigli smo veliku galamu i ništa nismo popravili. Ma koliko vredna bila vrlina jedne sestre, njen život mora imati jednu sasvim drukčiju cenu u našim očima, čast se može vratiti, ali ne i krv koja je prolivena; to ponašanje je dakle toliko jezivo, da bi sasvim sigurno bilo kažnjeno kad bi se uložila žalba sudu, ali ta sredstva koja bi u stvari ličila na sredstva vaših progonitelja, koja bi samo razglasila ono što treba da prigušimo, nisu ona kojima treba da se poslužimo. Ja ću prema tome postupiti sasvim drukčije kako bih vam pomogao, gospođice, ali vas upozoravam da to mogu učiniti tek pod sledećim uslovima: prvo, da mi tačno napismeno date adrese svoga oca, svoje tetke, gde Bersej, i čoveka kome vas je odvela Bersej, i drugo, gospođice, da mi bez okolišenja imenujete ličnost koja vas zanima. Ovaj uslov je toliko bitan da vam ne krijem kako mi je potpuno nemoguće da vam pomognem u bilo čemu, ukoliko nastavite da mi pre-ćutkujete ime koje zahtevam.

Emilija, zbunjena, počinje da ispunjava tačno prvi uslov i pošto je dala sve adrese grofu:

— Vi zahtevate dakle, gospodine — reče ona crveneći — da vam imenujem svoga zavodnika.

— Potpuno, gospođice, ne mogu ništa bez toga.

— Pa dobro, gospodine... to je markiz od Lukseja...

— Markiz od Lukseja — uzviknu grof ne mogavši sa-kriti uzbuđenje koje je izazvalo ime njegovog sina — ... on je bio sposoban za takav potez, on... A dolazeći sebi — On će to popraviti, gospođice... on će to popraviti a vi ćete biti osvećena... imate moju reč, zbogom.

Neobična uzbuđenost koju je poslednje Emilijino pri-znanje izazvalo kod grofa De Lukseja jako iznenadi tu ne-srećnicu, ona se uplaši da je počinila kakvu nesmotrenost; međutim, reči koje je grof izgovorio izlazeći razuveriše je, i ne shvatajući ništa u povezanosti svih tih činjenica koje joj je bilo nemoguće rasplesti, ne znajući čak ni gde se nalazi, ona odluči da strpljivo sačeka ishod onoga što bu-de poduzeo njen dobročinitelj, a sve pažnje koje su joj bi-le ukazivane za vreme njegovog odsustva uspokojiše je na kraju, i ubediše da on sve to čini zbog njene sreće.

Imala je razloga da bude ubeđena u to kad ugleda, čet-vrtog dana nakon objašnjenja koja je bila dala, grofa kako ulazi u njenu sobu držeći markiza od Lukseja za ruku.

— Gospođice — reče joj grof — dovodim vam istovre-meno i tvorca vaših nevolja i onoga koji dolazi da ih po-pravi moleći vas na kolenima da mu ne odbijete vašu ruku.

Na te reči, markiz se baca pred noge one koju obožava-va, ali to je iznenađenje bilo odviše snažno za Emiliju; ne-dovoljno jaka da se održi na nogama, onesvestila se u ru-kama žene koja ju je posluživala; nakon pružene pomoći, ubrzo se vratila sebi i našavši se u zagrljaju svoga dragana:

— Okrutni čoveče — reče mu ona, lijući bujicu suza — kakve ste muke prouzročili onoj koju ste voleli! Zar ste mogli da je smatrate sposobnom za beščašće zbog kojeg ste se usudili da je optužite? Emilija koja vas je volela mogla je biti žrtva svoje slabosti i tuđeg spletkarenja, ona nikada nije mogla biti neverna.

— O ti koju obožavam — uzviknu markiz — oprosti naletu strašne ljubomore zasnovane na varljivim prividnostima, mi smo sada svi veoma ubeđeni, ali zar te zlokobne prividnosti, avaj! nisu bile protiv tebe?

— Trebalo me je poštivati, Lukseju, i ne biste nikada poverovali da vas mogu prevariti, trebalo je manje slušati svoje očajanje nego osećanja zbog kojih sam bila ponosna što sam vam ih nadahnula. Neka ovaj primer posluži mome spolu da gotovo uvek zbog preterane ljubavi... gotovo uvek zbog prebrzog popuštanja gubimo poštovanje naših dragana... O Lukseju, vi biste me više voleli, da sam vas volela manje brzo, vi ste me kaznili zbog moje slabosti, a ono što je trebalo učvrstiti vašu ljubav jeste ono što je učinilo da posumnjate u moju.

— Neka se sve zaboravi s jedne i druge strane — prekinu grof. — Lukseju, vaše ponašanje je za osudu i da niste pristali da ga popravite u ovom trenutku, da nisam otkrio odlučnost u vašem srcu, ne bih vas više nikada video u svome životu. *Kad stvarno volimo,* govorili su naši stari trubaduri, *ako čujemo, ako vidimo nešto što šteti našoj dami, ne treba verovati ni svojim ušima ni svojim očima, treba jedino slušati svoje srce.** Gospođice, s nestrpljenjem očekujem vaš oporavak — nastavi grof obraćajući se Emiliji — želim da vas odvedem pred vaše roditelje tek kao suprugu moga sina i ubeđen sam da oni neće odbiti da zajedno sa mnom poprave sve vaše nedaće; ukoliko to ne žele, poklanjam vam svoju kuću, gospođice; vaše venčanje biće proslavljeno ovde, i sve do svoga poslednjeg daha neću prestati da vidim u vama jednu dragu snaju koja će mi uvek činiti čast, prihvatili ili ne njen brak. — Luksej se baci oko vrata svoga oca, gđica od Tirvila orosi lice suzama stišćući ruke svoga dobročinitelja, a zatim je ostaviše nekoliko sa-

---

* Tako kažu provansalski trubaduri, a ne Pikarđani.

ti da se oporavi od prizora čije je trajanje moglo naškoditi oporavku koji su svi žarko očekivali.

Petnaestog dana nakon svog povratka u Pariz, gđica od Turvila beše u stanju da se digne i uđe u kola, grof ju je obukao u belu haljinu istovetnu s nevinošću njenog srca, ništa nije bilo propušteno da bi se dalo sjaja njenim dražima, koje je preostatak bledila i slabosti činio još privlačnijim; grof, ona i Luksej prevezoše se do predsednika De Turvila koji nije bio obavešten ni o čemu i koji se silno iznenadio ugledavši svoju kćerku kako ulazi. Bio je sa svoja dva sina čija se čela naboraše od srdžbe i gneva zbog te neočekivane pojave; znali su da je njihova sestra pobegla, ali su mislili da je našla smrt u mračnoj šumi i tešili su se time kao što se vidi najspokojnije na svetu.

— Gospodine — reče grof predstavljajući Emiliju njenom ocu — evo oličenja nevinosti koju dovodim pred vaša kolena — i Emilija pade pred njega... — Molim vašu milost, gospodine — nastavi grof — a ja je ne bih tražio od vas, kad ne bih bio ubeđen da ju je zaslužila; uostalom, gospodine — nastavi grof brzo — najbolji dokaz koji vam mogu dati o dubokom poštovanju koje gajim prema vašoj kćerki, jeste da je tražim od vas za svoga sina. Naši položaji nas povezuju, gospodine, a ako postoji bilo kakva nesrazmera s moje strane u odnosu na ono što posedujemo, prodaću sve ono što imam da bih svome sinu dao bogatstvo dostojno da bude podareno gospođici vašoj kćerci. Odlučite, gospodine, i dozvolite mi da vas ne napustim pre nego što dobijem vašu reč.

Stari predsednik od Turvila koji je oduvek obožavao svoju milu Emiliju, koji je u suštini bio oličena dobrota, i koji čak zbog izuzetnosti svoga karaktera i nije obavljao svoju službu već više od dvadeset godina, stari predsednik, kažem, natapajući suzama grudi tog dragog deteta, odgovori grofu da je odviše srećan zbog jednog takvog izbora, da ga jedino žalosti to što njegova mila Emilija nije svega toga dostojna; ali markiz od Lukseja baci se tada predsedniku pred kolena, zaklinjući ga da mu oprosti sve greške i da mu omogući da ih popravi. Sve bi obećano, sve se sredi, sve se smiri s obe strane, samo braća naše privlačne junakinje odbiše da podele opštu radost i odgurnuše je kad im se ona približila da ih zagrli; grof, razljućen jednim takvim postupkom, htede zaustaviti jednog od njih koji je želeo da napusti prostoriju. Gospodin od Turvila doviknu grofu:

— Pustite ih, gospodine, pustite ih, oni su me strahovito prevarili; da je ovo drago dete grešno onoliko koliko su mi oni kazali, zar biste pristali da je date vašem sinu? Oni su pomutili sreću mojih starih dana oduzimajući mi moju Emiliju... pustite ih...

I ti nesrećnici iziđoše plamteći od gneva. Potom grof ispriča g. od Turvila sve strahote koje su počinili njegovi sinovi i stvarne grehe njegove kćerke; predsednik videći kolika je nesrazmera između grešaka i nedostojnosti kazne, zakle se da više nikada neće videti svoje sinove: grof ga umiri i nagovori da obeća kako će izbrisati sve to iz svoga sećanja. Osam dana nakon toga, obavljeno je venčanje na kome braća nisu htela da se pojave, ali nisu se bavili njima, zanemarili su ih; g. od Turvila se zadovoljio time da im posavetuje najveću tišinu pod pretnjom da će ih u protivnom zatvoriti, i oni su ćutali, ali ne dovoljno ipak hvaleći se sami svojim sramotnim postupkom napadajući optužbama milostivost svoga oca, a oni koji saznaše za taj bolni događaj uzviknuše, užasnuti jezivim pojedinostima kojima je obeležen:

— O pravedno nebo, to su znači strahote koje u potaji dopuštaju sebi oni koji se upuštaju u kažnjavanje tuđih zločina! S razlogom se kaže da takva beščašća stoje na raspolaganju onim bezumnim i budalastim privrženicima slepe Temide[*], koji nahranjeni glupavom strogošću, ogugiali od detinjstva na krikove nesreće, uprljani krvlju od kolevke, osuđujući sve i prepuštajući se svemu, misle kako

---

[*] Temida, u grčkoj mitologiji boginja pravde čije su oči povezane vrpcom. *Prim. prev.*

jedini način da prikriju svoja tajna sramna dela i svoja javna ogrešenja jeste u isticanju krute strogosti koja, čineći ih spolja sličnim guskama, a iznutra tigrovima, ima jedino za cilj prljajući ih zločinima, da se nametnu budalama dok će pametan čovek prezirati i njihova odvratna načela i njihove krvave zakone i njihove prezira dostojne ličnosti.

Avgustina od Vilebranša
ili ljubavno lukavstvo

— Od svih nastranosti prirode, ona koja je najviše navodila na razmišljanje, koja se ukazala kao najneobičnija tim polufilozofima koji hoće da sve raščlanjuju ne shvatajući nikad ništa — govoraše jednoga dana jednoj od svojih najboljih prijateljica gđica od Vilebranša s kojom ćemo imati priliku da se za koji trenutak susretnemo — jeste ta čudna naklonost koju žene izvesne građe, ili izvesnog temperamenta, imaju prema osobama njihovog spola. Iako mnogo pre besmrtne Sapfo i posle nje nije bilo nijednog kraja sveta, nije bilo nijednog grada gde se nisu mogle naći žene takvog raspoloženja i mada bi, prema dokazima takve snage, pre trebalo optužiti samu prirodu zbog te čudnovatosti nego te žene zbog zločina prema prirodi, ipak nikada nisu prestali da ih napadaju, i da oduvek nije bilo one carske nadmoći našeg spola, ko zna da li neki Kiža, neki Bartol[*], neki Luj IX ne bi izmislili protiv tih osetljivih i nesrećnih stvorenja vatrene zakone[**], kao što su se složili da ih uspostave protiv muškaraca koji su, sazdani od iste vrste neobičnosti, i zbog dobrih razloga bez sumnje, poverovali da su dovoljni sami sebi, i pomislili da mešanje spolova, veoma korisno za razplođavanje, ne mora imati istu važnost u zadovoljstvima... zar ne, draga moja? — nastavljala je lepa Avgustina od Vilebranša dobacujući toj prijateljici po

---

[*] Žak Kiža (Jacques Cujas, XVI v.) je čuveni francuski pravnik, kao i Bartol (XIV v.) iz Urbina, čija se imena uzimaju kao sinonimi u toj materiji. *Prim. prev.*
[**] Markiz u originalu kaže: »les lois de fagots«, misleći na zakone lomače, na svežnjeve kojima se ona potpaljuje. *Prim. prev.*

ljupce koji su se ipak činili pomalo sumnjivi — ali umesto vatre, umesto prezira, umesto ruganja, tih oružja koja su danas svima otupela, zar ne bi bilo mnogo jednostavnije, kad je reč o takvoj radnji, tako potpuno nevažnoj za društvo, tako istom pred Bogom, i možda korisnijoj prirodi više nego što se inače misli, da su svakoga pustili da čini po svome nahođenju... Zbog čega se plašiti od te izopačenosti?... U očima svakog zaista pametnog bića ukazaće se da ona može najaviti najveće, ali mi niko ne može dokazati da može izazvati opasne[*]... Eh, pravedno nebo, zar se plašimo da naklonosti tih individua jednog ili drugog spola mogu dokrajčiti svet, da mogu raskrčmiti dragocenu ljudsku vrstu, i da njen navodni zločin može da je uništi, ukoliko dođe do njenog razmnožavanja? Ako se dobro promisli, videće se da svi ti opsenarski gubici uopšte ništa ne predstavljaju za prirodu, da ih ona ne samo ne osuđuje, nego nam na stotinu primera dokazuje da ih voli i da ih želi; eh, kad bi je ti gubici žestili, da li bi ih ona podnosila u hiljadu slučajeva, da li bi dozvolila, ukoliko joj je stvaranje potomstva najbitnije, da joj žena posluži u tome samo trećinom svoga života i da po izlasku iz njenih ruku polovina bića koja ona proizvodi imaju naklonost suprotnu od tog potomstva koje ona ipak zahteva? Da budem još jasnija, ona dozvoljava da se vrste razmnožavaju, ali uopšte to ne zahteva, i sasvim ubeđena da će uvek biti više pojedinaca nego što joj treba, ostaje daleko od toga da protivureči sklonostima onih koji se ne bave rasplođavanjem i kojima se to čak pomalo muči. Ah! pustimo tu dobru majku da čini svoje, budimo ubeđeni da su njene snage neizmerne, da sve što činimo nju ne vređa i da zločin koji bi napao njene zakone neće nikada biti u našim rukama.

Gospođica Avgustina od Vilebranša čiji smo jedan deo logike upravo videli, ostavši gospodarica svojih dela u doba od dvadeset godina, i mogući raspolagati s trideset

---

[*] Misli se, dakako, na izopačenosti. *Prim. prev.*

hiljada livri rente, bila je odlučila da se nikad ne udaje; nje-
no poreklo bilo je dobro, iako ne slavno, bila je kćerka jed-
nog čoveka koji se obogatio u Indiji, koji je od dece osta-
vio samo nju, a umro je ne uspevši da je privoli na brak.
Nećemo ništa sakriti, on je mnogo doprineo toj vrsti na-
klonosti o kojoj je Avgustina upravo održala besedu, o toj
odbojnosti koju je osećala prema braku; bilo zbog saveta,
bilo zbog odgoja, bilo zbog raspoloživosti organa ili to-
plote krvi (ona je rođena u Madrasu), bilo zbog prirod-
nog nadahnuća, bilo zbog čega bilo, gđica od Vilebranša
mrzela je muškarce, i potpuno predana onome što će čed-
ne uši shvatiti pod rečju sapfotizam, žudela je slast samo s
osobama svog spola i samo je Gracijama poništavala pre-
zir koji je osećala prema Amoru.

Avgustina je stvarno bila izgubljena za ljude: velika,
načinjena da bude slikana, najlepših smeđih kosa, pomalo
orlovskog nosa, predivnih zuba, i s očima takve izražajno-
sti, takve živosti... kože tako tanane, tako bele, ukratko,
sva od jedne tako izazovne slasti... da je sasvim prirodno,
videći je tako sazdanu da pruža ljubav i tako odlučnu da je
ne prima, mnogim ljudima mogao da se omakne ogro-
man broj rugalica protiv jednog ukusa, veoma jednostav-
nog uostalom, ali koji je, lišavajući međutim svetilišta Pa-
fosa jednog bića ne može biti bolje sazdanog da im služi,
neizbežno budio radost kod pristalica Venerinih hramova.
Gospođica od Vilebranša smejala se od srca svim tim pre-
bacivanjima, svim tim zlim rečima, što je nije sprečavalo
da se dalje predaje svojim ćudima.

— Najveća od svih ludosti — govorila je — jeste izru-
givati se sklonostima koje smo dobili od prirode; a ogo-
varati bilo koje biće zato što ima svoje posebne ukuse ap-
solutno je isto toliko grubo kao kad bismo se ismevali
nekom čoveku ili ženi što su se rodili ćoravi ili hromi, ali
objasniti ta razumna načela budalama ravno je pokušaju
da se zaustavi kretanje zvezda. Postoji neka vrsta uživanja
u gordosti, koja se ruga manama koje sama ne poseduje, a
ta zadovoljstva su tako prijatna ljudima a posebno glupa-

cima, da retko odustaju od toga... To ustanovljuje zlura-
dosti uostalom, hladne učtive reči, bljutave kalambure, a u
društvu, što će reći za skup bića koje dosada okuplja i ko-
je glupavost menja, tako je prijatno govoriti dva ili tri sa-
ta i ništa ne reći, tako divno blistati na račun drugih i isti-
cati se napadajući kakav porok koji je daleko od toga da
bude naš... sve je to jedna vrsta hvale koju prećutno izgo-
varamo o nama samima; po tu cenu pristajemo da se
udružimo sa drugima, da spletkarimo kako bismo skršili
neko biće čija je jedina greška u tome što ne misli kao veći-
na smrtnika, i vraćamo se kući naduveni duhom koji smo
pokazali, a u stvari smo tim takvim ponašanjem samo
izrazili nadriučenost ili čak glupost.

Tako je mislila gđica od Vilebranša i vrlo odlučna da se
nikad ne obaveže, smejući se svim pričama, dovoljno bo-
gata da bude dovoljna sama sebi, ne plašeći se za svoj
ugled, ciljajući epikurejski na jedan sladostrasni život a ni-
kako na ona nebeska blaženstva u koja uopšte nije verova-
la, još manje u besmrtnost odviše himeričnu za njena čula,
okružena jednim malim krugom žena koje su mislile kao
ona, mila Avgustina se predavala nevino svim zadovoljstvi-
ma koja su je razgaljivala. Imala je mnogo udvarača, ali svi
su bili tako namučeni, da su gotovo shvatili da treba odu-
stati od te kaćiperke, kad se neki mladi čovek po imenu
Franvil, otprilike njenog porekla i ništa manje bogat nego
ona, ludo se zaljubivši u nju, ne samo da ne bi odbijen
njenim strogostima nego se veoma ozbiljno odluči da ne
napusti svoje mesto sve dok ne bude osvojena; on izloži
svoju nameru svojim prijateljima, oni mu se narugaše, on
uzvrati da će uspeti, oni ga izazvaše i on prihvati.

Franvil je imao dve godine manje od gđice od Vi-
lebranša, gotovo bez ijedne dlake na licu, veoma ljubak
stas, predivne crte lica, najlepše kose na svetu; kad bi ga
obukli u devojačko ruho tako je dobro izgledao u njemu
da su se i muškarci i žene varali, tako da je i od jednih i od
drugih dobio toliko sasvim određenih predloga da je u
istom danu mogao postati kakav Antinoje za kakvog ne-

kog Adrijana* ili Adonis za kakvu Psihu. Upravo u ta-
kvom odelu Franvil odluči da zavede gđicu od Vilebranša;
videćemo kako je to izveo.

Jedno od najvećih Avgustininih zadovoljstava bilo je
da se na karnevalu obuče u muškarca, i da ide od kruga do
kruga tako prerušena što je potpuno odgovaralo njenim
shvatanjima; Franvil koji je oprezno pratio njena kretanja
i koji se sve do tog trenutka gotovo nije pojavljivao pred
njom, sazna jednoga dana da ona koju je voleo treba isto
veče da se pojavi na balu koji su priređivali članovi Opere,
gde su mogle ući sve maske, i da će poštujući običaj te
mlade devojke preobući je u kapetana dragonâ. On se pre-
rušava u ženu, kiti se, veoma otmeno se sređuje i s mno-
go pažnje stavlja mnogo crvenila, bez maske, i u pratnji
jedne svoje sestre mnogo manje lepe od njega odlazi na
pomenuti skup, gde je ljupka Avgustina takođe krenula da
potraži sreću.

Franvil nije napravio ni tri kruga oko sale a već je bio
izdvojen znalačkim Avgustininim očima.

— Ko je ta lepa devojka? — reče gđica od Vilebranša
prijateljici koja ju je pratila — ... čini mi se da još nisam
videla ovo nigde, kako je jedno ovako slatko stvorenje mo-
glo da nam izmakne?

I još ne izrekavši sasvim te reči Avgustina čini sve da
zapodene razgovor sa lažnom gospođicom od Franvila
koji prvo beži, vrti se, izbegava, izmiče, a sve to da bi ga
ona još žarče želela; najzad ga sustiže, razgovor počinje sa-
svim uobičajeno, da bi malo-pomalo postao zanimljiviji.

— Na balu je strašno vruće — reče gđica od Vilebranša
— ostavimo naše pratilje zajedno, i hajte da udahnemo ma-
lo vazduha u onim prostorijama gde se igra i osvežava.

— Ah! gospodine — reče Franvil gđici od Vilebranša,
praveći se da je još uvek smatra za muškarca — ... zaista,
ne usuđujem se, ja sam ovde sa svojom sestrom, ali znam

---

* Markiz misli na rimskog imperatora Adrijana i njegovog le-
pog slugu Antinoja. *Prim. prev.*

da moja majka mora doći sa suprugom koga mi namenjuju, a ako me jedno ili drugo vidi s vama, to bi značilo...

— U redu, u redu, treba biti iznad svih tih dečijih strahova... Koliko vam je godina, lepi anđele?

— Osamnaest, gospodine.

— Ah! odgovoriću vam da u osamnaestoj godini moramo već imati pravo da činimo ono što želimo... hajte, hajte, pođite za mnom i ničeg se ne plašite... — i Franvil se prepušta.

— Šta, milo stvorenje — nastavlja Avgustina vodeći osobu za koju još smatra da je devojka prema prostorijama koje se nalaze pokraj balske sale — ... šta, stvarno ćete se udati... kako vas žalim... a kakva je ta ličnost koju vam namenjuju, dosadna, kladim se... Ah, kako će biti srećan taj čovek, i kako bih rado bio na njegovom mestu! Da li biste pristali da se udate za mene, na primer, recite otvoreno, nebesko devojče.

— Avaj, vi dobro znate, gospodine, da li možemo slušati otkucaje svoga srca, kada smo mladi?

— Pa šta, odbijte ga, tog lošeg čoveka, nas dvoje ćemo se zajedno malo bolje upoznati, i ako budemo odgovarali jedno drugom... zašto se ne bismo dogovorili? Ja Bogu hvala nemam potrebu za bilo kakvom dozvolom, ja... mada imam svega dvadeset godina, ja sam vlasnik svoga bogatstva i ako uspete da nagovorite svoje roditelje meni u korist, možda ćemo za manje od osam dana vi i ja biti vezani večitim sponama.

Sve tako cvrkućući, izišli su sa bala, i vešta Avgustina koja nije vodila svoju žrtvu da bi joj pričala o platonskoj ljubavi, pobrinula se da je povede u jednu izdvojenu prostoriju, koja joj je po dogovoru s organizatorima bala pripadala kad god je to htela.

— Oh, Bože! — reče Franvil, čim ugleda Avgustinu kako zatvara vrata te prostorije i kako ga pritiska na prsa — oh pravedno nebo, šta hoćete da činim?... Šta, lice u lice s vama, gospodine, i još na usamljenom mestu... ostavite me, ostavite me, zaklinjem vas, ili ću odmah pozvati u pomoć.

— Uskratiću ti tu moć, božanstveni anđele — reče Avgustina utiskujući svoje lepe usne na Franvilova usta — viči sada, viči ako možeš, a čisti dašak tvojih ružičastih usta još jače će zapaliti moje srce.

Franvil se branio dosta vešto: teško je biti besan kad se tako nežno prima prvi poljubac onoga što se obožava. Avgustina ohrabrena napadaše još snažnije, unosila je u to onu žestinu koju u stvari jedino i poznaju one sladostrasne žene zahvaćene jednom takvom maštarijom. Uskoro ruke počinju da lutaju, Franvil izigravajući ženu koja popušta pušta i svoje da šetaju. Skida se odelo, i prsti gotovo u istom trenutku kreću tamo gde svako misli da će naći ono što mu odgovara... Tada Franvil, odjednom menjajući ulogu:

— Oh, pravedno nebo — povika — ma šta, vi ste žena...

— Grozni stvore — reče Avgustina stavljajući ruku na stvari čije stanje ne može čak dopustiti nikakvu iluziju — toliko sam se namučila da bih našla tek jednog zločestog čoveka... baš sam nesrećna.

— Ništa više nego ja — reče Franvil — uređujući se i izražavajući najdublji prezir, prerušavam se kako bih zaveo muškarce, volim ih, tražim ih, a susrećem tek jednu k....

— Oh, k...., ne — reče ljutito Avgustina — to nisam nikada bila u svom životu, ne znači da me zato što se gadim muškaraca treba smatrati takvom...

— Kako, vi ste žena, a mrzite muškarce?

— Da, i to iz istog razloga što vi kao čovek mrzite žene.

— Susret je jedinstven, to je sve što se može reći.

— Za mene je veoma tužan — reče Avgustina sa svim znakovima veoma tmurnog raspoloženja.

— U stvari, gospođice, za mene je još neprijatniji — reče ljutito Franvil — uprljan sam za tri nedelje, znate li da

71

u našem redu dajemo zakletvu da nikada nećemo dodirnuti ženu?

— Mislim ipak da možete dodirnuti jednu kao što sam ja a da ne budete obeščašćeni.

— Vere mi, lepa moja — nastavi Franvil — ne vidim da ima velikih razloga za izuzetak i ne shvatam da li vam jedan porok više može pribaviti kakvu novu zaslugu.

— Jedan porok... zar vi da mi prebacujete moje... kad i sami imate, još besramnije.

— Čujte — reče Franvil — nemojmo se svađati, samo smo nas dvoje u igri, najjednostavnije je da se raziđemo i ne vidimo više nikada.

I to rekavši Franvil krenu da otvori vrata.

— Samo trenutak — reče Avgustina — sprečavajući ga da otvori... — vi ćete razglasiti našu pustolovinu na sve strane, kladim se.

— Možda će mi to predstavljati zadovoljstvo.

— Baš me briga uostalom, ja sam Bogu hvala iznad svih priča, iziđite, gospodine, iziđite i kažite sve što vam se svidi... — i zaustavljajući ga još jednom... — znate — reče smejući se — ova je priča zaista izvanredna... oboje smo se prevarili.

— Ah! greška je mnogo okrutnija — reče Franvil — ljudima moga soja nego osobama vašeg... i u tome je sva odbojnost...

— Vere mi, dragi moj, znajte da i nama ne godi ono što nam vi nudite, hajte, gnušanje je obostrano, ali pustolovina je vrlo zabavna, to se ne može poreći... Vraćate li se na bal?

— Ne znam.

— Što se mene tiče ja neću — reče Avgustina...

— Vi ste mi otkrili neprijatne... stvari... odoh spavati.

— Tako rano.

— Odlučite da li bi bilo časno za vas da mi date ruku dok ne stignem kući, stanujem na dva koraka odavde, nemam svoje kočije, ostaviće me ovde.

— Da, rado ću vas otpratiti — reče Franvil — naša ubeđenja nas ne sprečavaju da budemo učtivi... hoćete li moju ruku?... evo je.

— Koristim se njome jer ne mogu naći bolju, uostalom.

— Budite ubeđeni što se mene tiče da vam je nudim samo zato što sam častan čovek.

Dolaze pred vrata Avgustinine kuće i Franvil se sprema da ode.

— U stvari, vi ste divni — reče gđica od Vilebranša — ali eh, ostavljate me samu na ulici.

— Oprostite po hiljadu puta — reče Franvil — ... nisam se usudio.

— Ah kako su nezgodni ti ljudi koji ne vole žene!

— To je zato, vidite — reče Franvil, dajući ipak ruku gđici od Vilebranša sve do njenoga stana — vidite, gospođice, to je zato što bih htco da se vratim na bal što brže i pokušam ispraviti svoju glupost.

— Svoju glupost, znači da ste nezadovoljni što ste me našli?

— Ne kažem to, ali zar nije istina da smo i vi i ja mogli naći nešto daleko bolje?

— Da, imate pravo — reče Avgustina ulazeći u svoj stan — imate pravo, gospodine, ja naročito... jer se jako plašim da me ovaj zlokobni susret ne košta sreće u životu.

— Kako, znači vi niste sasvim uvereni u svoja osećanja?

— Juče sam bila.

— Ah! ne držite se vaših pravila.

— Ne držim se ničega, vi me zbunjujete.

— Pa dobro, izlazim, gospođice, izlazim... Neka me Bog sačuva da vam i dalje smetam.

— Ne, ostanite, naređujem vam, možete li bar jednom prihvatiti na sebe da bar jednom u svome životu poslušate jednu ženu?

— Ja — reče Franvil sedajući zadovoljno — ja pristajem da sve učinim, već sam vam rekao, ja sam častan.

— Znate li vi da je užasno u vašim godinama imati tako izopačene navike?

— Mislite li da je sasvim pristojno u vašim imati tako neobične?

— Oh, to je mnogo različitije, kod nas je reč o suzdržanosti, o sramežljivosti... o ponosu čak ako hoćete, o strahu da se prepustimo jednom spolu koji nas zavodi tek da bi nas podredio... Međutim, čula govore, i mi nadoknađujemo taj gubitak među nama; ako uspemo da se dobro sakrijemo, iz toga proistekne blesak mudrosti koja je često neophodna, tako da je priroda zadovoljna, pristojnost očuvana, a moral nepovređen.

— Eto šta se naziva lepi i dobri sofizmi, ako se oslonimo na njih moguće je sve opravdati; a hoćete li time reći da se i mi ne možemo pozvati na njih u našu korist?

— Nikako, jer sa vašim sasvim drukčijim ubeđenjima vi ne morate imati iste strahove, vaš trijumf je u vašem porazu... što više imate uspeha u osvajanjima, utoliko više dodajete vašoj slavi, a osećanjima koja mi stvaramo u vama možete se odupreti tek porokom ili izopačenošću.

— Zaista, čini mi se da ćete promeniti moja ubeđenja.

— Htela bih to.

— Šta ćete dobiti, ako sama nastavite vaš greh?

— To je jedna obaveza koju mi nameće moj spol, a kako volim žene prijatno mi je da radim za njih.

— Ako se čudo dogodi, njegove posledice neće biti tako blagotvorne kao što vi mislite, jer i ako pristanem da promenim svoja ubeđenja učinio bih to samo zbog jedne žene... tek da isprobam.

— Načelo je pošteno.

— Jer sasvim je sigurno da je reč o predrasudi, tako osećam, gospođice, ako se donese odluka pre nego što se sve okuša.

— Kako to, nikada niste videli ženu?

— Nikada, a vi... da i vi nemate slučajno isto tako čvrsta polazišta?

— Oh, polazišta, ne... žene koje mi viđamo tako su spretne i tako ljubomorne da nam ne ostavljaju ništa... ali još nisam upoznala muškarca u svome životu.

— Je li to priznanje?

— Da, i ne želim da ga ikada vidim, ili upoznam sem možda onoga koji bi bio neobičan koliko i ja.

— Žao mi je što nisam izrazio istu želju.

— Mislim da nije moguće biti drskiji...

I izgovorivši te reči, gđica od Vilebranša se diže i reče Franvilu da može otići kad hoće. Naš mladi ljubavnik još uvek sasvim hladnokrvan čini duboki poklon i sprema se da iziđe.

— Vraćate se na bal — reče mu suvo gđica od Vilebranša posmatrajući ga s besom pomešanim sa najstrasnijom željom.

— Pa da, rekao sam vam, čini mi se.

— Znači niste sposobni za žrtvu koju sam vam nudila.

— Šta, ponudili ste mi neku žrtvu?

— Vratila sam se da više ništa ne vidim nakon što sam imala nesreću da vas upoznam.

— Nesreću?

— Vi me primoravate da upotrebim taj izraz, od vas jedino zavisi da li ću upotrebiti neki sasvim drukčiji.

— A kako biste to uskladili s vašim navikama?

— Šta se sve ne napušta kada se voli!

— Eh da, ali vi ne biste mogli da me volite.

— Priznajem, ukoliko vi zadržite te tako užasne navike koje sam otkrila u vama.

— A ako ih odbacim?

— U trenutku ću žrtvovati svoje na oltarima ljubavi... Ah! opaki stvore! koliko ovo priznanje košta moju čast, i šta si to uspeo da mi istrgneš — reče Avgustina sva u suzama, klonuvši u jednu naslonjaču.

— Dobio sam od najlepših usana na svetu najlaskavije priznanje koje sam ikada čuo — reče Franvil padajući pred Avgustinina kolena — ... Ah! dragi predmete moje najnežnije ljubavi, shvatite moju varku i milostivo je ne

75

kaznite, pred vašim kolenima tražim milost, ostaću tu sve dok mi ne oprostite. Vi vidite pred vama, gospođice, najpouzdanijeg i najstrastvenijeg ljubavnika; smatrao sam da je ta varka neophodna kako bih osvojio srce čija mi je odbojnost bila poznata. Ako sam uspeo, Avgustina, hoćete li ljubavi bez poroka uskratiti ono što ste se udostojili reći grešnom ljubavniku... grešnom, meni... grešnom zbog onoga što ste poverovali... ah! zar ste mogli i pretpostaviti da nečista strast postoji u duši onoga koji je dosad žarko voleo jedino vas.

— Izdajniče, prevario si me... ali ti opraštam... međutim, ti nećeš imati ništa da mi žrtvuješ, i moj će ponos zato biti manje polaskan, nije važno, što se mene tiče ja ti sve žrtvujem... Neka, odustajem od svega da ti ugodim u svim zabludama kojima nas vrlina vodi gotovo isto tako često koliko i naše čudne navike. Osećam, priroda pobeđuje, prigušivala sam je nastranostima kojih se sada gadim iz sve duše; ne može se odoleti svojoj suštini, ona nas je stvorila za vas, ona je vas stvorila za nas; sledimo njene zakone, ona mi ih danas udahnjuje samim oruđem ljubavi, tako će postati za mene još svetiji. Evo moje ruke, gospodine, verujem da ste čovek od časti, i željan da bude moj. Ako mi se dogodi da samo za trenutak izgubim vaše poštovanje, pažnjama i nežnošću ispraviću možda svoje greške, a priznaćete da greške koje počinjava mašta ne mogu škoditi ipak jednoj urođeno čistoj duši.

Franvil, na vrhuncu svojih želja, kvaseći suzama svoga lica lepe ruke koje ljubi, ustaje i bacajući se u zagrljaj koji mu se otvara:

— O, najsrećniji dane mog života — uzviknu — šta se može uporediti sa mojim trijumfom, predajem grudima vrlina srce gde želim vladati zauvek.

Franvil ljubi hiljadu i hiljadu puta božanstveni predmet svoje ljubavi i odlazi; sutradan je objavio svoju sreću svim svojim prijateljima; gđica od Vilebranša bila je odviše dobra partija da bi je njegovi roditelji odbili, oženio se s njom iste nedelje. Nežnost, poverenje, najpot-

punija suzdržanost, najstroža skromnost krunisali su nje-
gov brak, i postajući jedan od najsrećnijih ljudi, bio je do-
voljno spretan da od najraskalašnije od devojaka načini
najmudriju i najvrliju od ženâ.

Neka bude tako
kako je propisano

— Kćeri moja — reče baronica od Frevala najstarijoj od svoje dece koja je sutra trebalo da se uda — vi ste ljupki kao anđeo, jedva vam je trinaest godina, nemogućno je biti svežija i umilnija, izgleda kao da je sam amor želeo nacrtati vaš lik, a ipak evo vas prinuđene da sutra postanete žena jednog starog pokvarenjaka čije su naklonosti veoma sumnjive... Sve mi se to veoma ne sviđa, ali vaš otac to želi, ja sam htela načiniti od vas jednu uglednu ženu ali ne, evo vas određene da celoga života vučete teški nadimak predsednikovice... Ono što me još više zabrinjava, jeste da ćete to biti samo upola... ali stid me sprečava da vam to objasnim, moja kćeri... jer ti stari lopovi čiji je zanat da sude druge, nesposobni da sude sami sebe, svi imaju maštu tako kitnjastu, naviknuti da žive usred nemarnosti... ti lopovi se kvare od samog rođenja, oni se utapaju u razvratnost, i gmižući po nečistom blatu i Justinijanovih zakona i izopačenosti prestonice, slični kakvoj zmiji koja s vremena na vreme podiže glavu da proguta poneku bubicu, izlaze odatle tek da izdaju optužbe i presude. Poslušajte me zato, moja kćeri, i držite se pravo... jer ako tako povijete glavu dopašćete se veoma g. predsedniku suda, pošto ne sumnjam da će vam je često staviti uza zid... ukratko, dete moje, evo šta je u pitanju. Odbijte odlučno vašem mužu prvu stvar koju vam bude predložio, mi smo ubeđeni da će ta prva stvar sigurno biti nepoštena i vrlo neugodna... mi poznajemo njegove navike, ima već četrdeset pet godina kako zbog svojih potpuno smešnih ubeđenja taj nesrećni lupež lud za suknjama uvek sve stvari uzima naopačke. Dakle, odbićete, kćeri moja, razumete li, i reći ćete mu: *Ne, gospodine, kako god hoćete drukčije, ali tako nikako ne.*

To rekavši, uređuju gđicu od Frevala, nameštaju je, kupaju, namirisavaju; predsednik suda dolazi, nakovrdžan poput lutka, napuderisan sve do ramena, unjkajući, krešteći, pričajući o zakonima i Državi; po izgledu njegove perike, njegovog utegnutog odela, njegovih velikih raspršenih uvojaka, jedva da bi mu se dalo četrdeset godina, mada je bio blizu šezdesete; mlada se pojavljuje, on je miluje, i već se u očima lupeža čita sva pokvarenost njegovog srca. Najzad dolazi trenutak... skidaju se, ležu, i prvi put u svome životu, predsednik suda, ili zato što hoće da posveti malo vremena obuci svoga učenika, ili plašeći se ruganja koja bi mogla postati plod nesmotrenosti njegove žene, predsednik suda, kažem, prvi put dosad, misli samo na to kako će brati dopuštena zadovoljstva; ali gđica od Frevala dobro poučena, gđica od Frevala koja se podseća da joj je majka kazala da odlučno odbije prve predloge koji joj budu učinjeni, bez okolišenja kaže predsedniku:

— *Ne, gospodine, to neće biti tako molim vas, kako god hoćete drukčije, ali tako nikako ne.*

— Gospođo — reče predsednik zaprepašćen — mogu vam se požaliti... ja uzimam na sebe, to je napor... u stvari to je vrlina.

— Ne, gospodine, sve vam je uzalud, nećete me nikada navesti na to.

— Pa dobro, gospođo, moraćete se zadovoljiti — reče hajduk, dočepavši se njenih milih čari — ne bih želeo da vam ne ugodim, i to naročito vaše prve bračne noći, ali pazite, gospođo, ubuduće ćete se zalud protiviti, nećete me više nikada skrenuti sa puta.

— I ja tako mislim, gospodine — reče mlada žena nameštajući se — ne bojte se da ću to zahtevati.

— Hajdemo dakle kad vi to hoćete — reče dobričina pripremajući se — Ganimeda mi i Sokrata, neka bude tako kako je propisano.

Namagarčeni predsednik

> Oh! verujte meni, tako ću ih slavit
> da... dvadeset godina neće se pojavit.[*]

Smrtno tužan bio je markiz od Olenkura, pukovnik dragona, pun duha, draži i živosti, gledajući kako gđica od Teroza, njegova svastika, odlazi u ruke jednog od najgroznijih smrtnika koji su ikada postojali na površini zemlje: ta ljupka devojka, od osamnaest godina, sveža kao Flora i sazdana kao Gracije, koju je još od pre četiri godine zavoleo grof od Elbena, zamenik pukovnika u Olenkurovom odredu, nije bez drhtanja očekivala kobni trenutak koji ju je, spajajući je s najturobnijim mužem kojeg su joj mogli nameniti, zauvek razdvajao od jedinog čoveka koji je bio dostojan nje, ali kako se oduprti? Gospođica od Teroza imala je jednog oca starog, tvrdoglavog, umišljenjaka i kostobolnog, čoveka koji je žalosno smatrao da ni obzirnosti, niti osobine ne treba da upravljaju osećanjima jedne devojke pri izboru muža, nego jedino razum, zrelost i naročito položaj, da je položaj čoveka s togom najcenjeniji, najveličanstveniji od svih položaja u monarhiji, onaj uostalom koji je on lično najviše voleo na svetu; znači da je njegova mlađa kćerka mogla jedino biti srećna kao supruga čoveka s togom[**]. Međutim, stari baron od Teroza bio je dao svoju stariju kćerku jednom vojnom licu, i što je još

---

[*] Pretpostavljam da je sam Markiz sročio ovaj dvostih koji mu je poslužio kao moto za priču u kojoj je, najpotpunije možda, iskazao svoj prezir prema sudijama iz Eks-an-Provansa, grada u kome je bio osuđen na smrt. *Prim. prev.*

[**] Markiz na ovom mestu kaže *homme de robe*, što jednostavno prevedeno znači: *sudija*. Ja sam, međutim, preveo doslovno, da bih malo kasnije ostvario kalambur (čovek s togom/togaš!) koji nije slučajan. *Prim. prev.*

mnogo gore, jednom pukovniku dragona; ta kćerka izuzetno srećna i to u svakom pogledu, nije imala nikakvog razloga da se kaje zbog izbora koji je načinio njen otac. Ali sve to nije značilo ništa; ako je taj prvi brak i uspeo, bilo je to slučajno, u stvari samo je čovek s togom mogao jednu devojku učiniti potpuno srećnom; odlučivši tako, trebalo mu je dakle da nađe jednoga toga: a među svim mogućnim togašima najprivlačniji u očima staroga barona bio je izvesni g. od Fontanisa, predsednik Suda u Eksu, koga je nekada davno upoznao u Provansi, što znači da je, bez ikakvog drugog razmišljanja, g. od Fontanisa morao postati suprug gđice od Teroza.

Malo ljudi može zamisliti predsednika Suda u Eksu, to je neka vrsta zveri o kojoj se često govori iako je niko ne poznaje dobro, strog po položaju, sitničav, nepoverljiv, tvrdoglav, lažan, udvorica, brbljav i glup po rođenju; nadut kao gusan u svome držanju, grlen kao Polišinel, uglavnom mršav, dug, tanak i smrdljiv kao kakav leš... Reklo bi se da je sva žuč i sva krutost kraljevskog sudstva našla svoje utočište u hramu provansalske Temide* da bi se rasula odatle po potrebi, svaki put kad francuski dvor ima da deli presude ili da veša građane. Ali g. od Fontanisa prednjačio je čak ispred ove površne slike njegovih zemljaka. Iznad suvog struka, i čak malo povijenog, koji smo upravo naslikali, kod g. od Fontanisa primećivao se suženi zatiljak, jako izdužen prema gore, ukrašen žutim čelom koje je magistralno pokrivala jedna perika za više prilika, kojoj se nije mogao naći uzorak u Parizu; dve noge pomalo uvijene podupirale su prilično dobro taj pokretni zvonik, iz čijih se prsa izvijao, ne bez izvesne nelagodnosti po suseda, jedan kreštavi glas, koji je najpre nadmeno delio komplimente, pola po francuski, pola po provansalski, čemu on sam nikada nije propuštao da se smeje toliko otvorenih usta da se sve do resice u grlu nazirao jedan pocrneli bezdan, otpalih zuba, ranjav po mnogim mesti-

---

* Temida, boginja pravde kod starih Grka. *Prim. prev.*

ma i prilično sličan otvoru izvesnog sedala koje, imajući u vidu naše kržljavo čovečanstvo, jeste isto tako često prestolje kraljeva koliko i običnih čobana. Nezavisno od tih fizičkih privlačnosti, g. od Fontanisa imao je naklonosti prema lepom duhu; nakon što je jedne noći sanjao da se uzdigao do trećeg neba sa svetim Pavlom, smatrao je samoga sebe najvećim astronomom Francuske; raspravljao je o zakonodavstvu kao Farinacijus[*] i Kiža i često je znao reći zajedno s tim velikim ljudima, i svojim kolegama koji uopšte nisu veliki ljudi, da život jednog građanina, njegovo bogatstvo, njegova čast, njegova porodica, sve na kraju što društvo smatra za svetinju, nije više ništa čim se otkrije kakav zločin, i da je sto puta bolje dovesti u pitanje život petnaest nevinih osoba nego na nesreću spasiti jednog krivca, jer nebo je pravedno ukoliko Sudovi nisu, da je posledica kažnjavanja nevinog čoveka u stvari slanje jedne duše u raj, dok spasavanje krivca omogućuje ovome da nastavlja sa svojim zločinima na zemlji. Jedna jedina vrsta individua imala je vlast nad okorelom dušom g. od Fontanisa, bile su to kurve, mada ih uglavnom nije često posećivao: iako veoma zagrejan, bio je prilično jogunaste i nepostojane naravi, i njegove su želje išle mnogo dalje nego njegove snage. Gospodin od Fontanisa ciljao je na slavu da svoje čuveno ime ostavi potomstvu, to je sve, ali ono što je navodilo tog slavnog magistrata da bude milosrdan prema Venerinim sveštenicama bilo je uverenje da su one više od drugih građanki korisne Državi, da uz pomoć njihovog spletkarenja, njihovog obmanjivanja i njihovog brbljanja mnoštvo zločina može biti otkriveno, a g. od Fontanisa je bio posebno dobar po tome što je bio zakleti neprijatelj onoga što filozofi nazivaju ljudske slabosti.

---

[*] Farinacijus, čije ime ne nalazim u enciklopedijama, i koje Markiz možda posprdno upotrebljava, bio je kao i Žak Kiža poznati francuski zakonodavac. *Prim. prev.*

Ovaj prilično groteskan sklop ostrogotske spoljašnosti i justinijanovske ćudorednosti izide prvi put iz grada Eksa u aprilu 1779. i, umoljen od g. barona od Teroza koga je već odavno poznavao zbog razloga koji nemaju veću važnost za čitaoca, smesti se u danskom hotelu, nedaleko od baronovog prebivališta. Kako se u to vreme održavao sajam Svetoga Žermena, svi u hotelu su pomislili da je ta izvanredna zverka došla da se pokaže. Jedna od onih službenih osoba, koja je uvek na usluzi u tim javnim kućama, čak mu je predložila da ode i obavesti Nikolea koji će mu sa zadovoljstvom pripremiti jednu ložu, sem ukoliko on sam ne želi da počne od Odinoa. Predsednik kazâ*: »Moja dadilja me lepo podučila kad sam bio još mali da je pariski svet zajedljiv i prevrtljiv i da nikada neće priznati moje vrline, ali mi je moj vlasuljar kasnije dodao da će mu ih moja vlasulja ipak nametnuti; taj dobri svet se igra dok umire od gladi, peva kada ga gaze... oh! uvek sam to smatrao, tim ljudima bi bila potrebna jedna inkvizicija kao u Madridu ili jedno stratište stalno podignuto kao u Eksu.«

Međutim, g. od Fontanisa, nakon malo uređivanja koje je ipak istaklo sjaj njegovih šezdesetogodišnjih draži, nakon nekoliko trljanja ružinom vodicom i lavandom, koje uopšte nisu, kako kaže Horacije, preterani ukrasi, nakon svega toga, kažem, i možda nekih drugih predostrožnosti, o kojima nismo ništa mogli saznati, predsednik suda se predstavi svome prijatelju starom baronu; dvokrilna vrata se otvaraju, najavljuju ga i predsednik ulazi. Na nesreću po njega, dve sestre i grof od Olenkura zabavljali su se sve troje kao deca u jednom uglu salona, kad se ta jedinstvena prilika pojavila, i ma koliko da su se savladavali, nije im bilo moguće da se odupru napadu smeha od kojeg je ozbiljno držanje provansalskog magistrata bilo krajnje uznemireno; on je dugo pred ogledalom uvežbavao svoj naklon prilikom ulaska, i načinio ga je prilično podnošljivo,

---

* Napominjemo čitaocu da treba provansalizirati, ugrleniti ulogu predsednika suda, čak i onda kada to rukopis ne naglašava.

kad taj prokleti smeh, otimajući se od našeg mladog sveta, zadrža predsednika u obliku luka mnogo duže nego što je on bio predvideo; ipak se uspravi, jedan strogi baronov pogled na njegovo troje dece vrati ih u granice poštovanja, i razgovor poče.

Baron koji je želeo da što brže pređe na stvar i koji je o svemu već doneo svoje odluke, nije hteo završiti ovo prvo upoznavanje a da ne objavi gđici od Teroza da je takav suprug koga joj je namenio i da ona ima da mu da svoju ruku za najmanje osam dana; gđica od Teroza ne reče ni reč, predsednik se povuče a baron ponovi da želi biti poslušan. Okolnost je bila okrutna: ne samo da je ta lepa devojka obožavala g. od Elbena, ne samo da je i ona bila obožavana od njega, ali budući isto toliko slaba koliko i osetljiva, na nesreću je već bila dopustila svome divnom draganu da ubere taj cvet koji, veoma različit od ruža, mada ga ponekad porede s njima, nema poput njih sposobnost da se ponovo rađa svakoga proleća. Šta bi dakle mogao pomisliti g. od Fontanisa... predsednik Suda u Eksu... videći svoju obavezu obavljenu? Jedan provansalski magistrat može imati i smešnih strana, one se nalaze u toj vrsti, ali on bar zna razloge, i nije mu teško da ih jednom u životu pronađe kod svoje žene. Eto šta je sputavalo gđicu od Teroza koja je, iako veoma živa i nestašna, posedovala svu tananost koja odgovara jednoj ženi u takvoj prilici, i koja je savršeno dobro osećala da će je njen muž slabo poštovati, ukoliko mu da na znanje da ga nije poštovala čak i pre nego što ga je upoznala; jer niko nije pravedniji od naših predubeđenja po tom pitanju: ne samo što jedna nesrećna devojka mora žrtvovati sva osećanja svoga srca suprugu kojeg joj daju njeni roditelji, nego je čak kriva što je pre nego što je upoznala tiranina koji će je zarobiti, mogla, ne slušajući prirodu, da se za trenutak prepusti svome glasu. Gospođica od Teroza poveri zato svoje brige sestri koja, mnogo više sklona veselosti nego lažnoj nevinosti i mnogo više ljubaznosti nego pobožnosti, poče da se smeje kao luda od tog poveravanja i odmah upozna s tim svoga ozbiljnog muža, koji odluči pošto su stvari došle u takvo stanje razdora i smutnje da ih ni po koju cenu ne treba otkriti Temidinim sveštenicima, jer ta gospoda uopšte ne vole da se igraju sa stvarima koje imaju tu važnost, i da njena sestra neće ni stići u grad *stalno podignutog stratišta,* a već će je popeti na njega kao žrtvu pogaženog stida. Markiz navede, naročito posle večere, pošto je imao prilično obrazovanje, on ponovi da su Provansalci egipatska kolonija, da su Egipćani vrlo često prinosili na žrtvu mlade devojke, i da bi jedan predsednik Suda u Eksu, koji pre svega i nije ništa drugo do egipatski kolon, mogao bez ikakvog čuđenja odseći njenoj sestrici najlepši vrat koji postoji na svetu...

— To su vam sekači glava, ništa drugo, ti predsednici koloni; odseku vam jedan potiljak — nastavi Olenkur — kao što gavran obara orahe, ne vodeći računa koliko je to pravedno ili ne; strogost kao i Temida nosi zavoj koji joj glupavost stavlja, i koji u gradu Eksu filozofija nije u stanju da skine...

Odlučiše, dakle, da se okupe: grof, markiz, gđa od Olenkura i njena ljupka sestra spremiše ručak u jednoj kućici u Bulonjskoj šumi koja je pripadala markizu i, tu, stroga skupština odluči u zagonetnom stilu, nalik odgovorima sibile iz Kume, i proglasima suda iz Eksa, koji zbog egipatskog porekla ima izvesna prava na hijeroglife, da predsednik treba da *se oženi* i da *se uopšte ne oženi.* Donevši odluku, poučivši sve učesnike, vraćaju se kod barona, mlada devojka ne pravi više nikakve teškoće svome ocu, Olenkur i njegova žena pripremaju, tako tvrde, slavlje od tog venčanja tako dobro pripremljenog, čudnovato ugađaju predsedniku, paze se da se ne smeju više nego što treba kad se pojavi, i tako se dobro prilagođuju duhu zeta i punca da i jednog i drugog uspevaju ubediti da misterije venčanja budu slavljene u Olenkurovom dvorcu pokraj Meluna, predivnom kraju koji pripada markizu; svi se slažu, samo je baron, kako kaže, ožalošćen što ne može podeliti zadovoljstva jedne tako prijatne svečanosti, ali ukoliko bude mogao, doći će da ih vidi. Najzad dolazi dan, dva supružnika su crkveno sjedinjeni u Sen-Silpisu, veoma rano ujutru, bez i najmanje pompe, i istoga dana odlaze za Olenkur. Grof od Elbena, prerušen pod imenom i odelom La Brija, markizovog sobara, prihvata društvo koje dolazi, i kad je obed svršen uvodi dvoje supružnika u svadbenu sobu čije su dekoracije i naprave bile izvedene njegovim rukama, onako kako ih je on zamislio.

— Zaista, ljubice — reče provansalski ljubavnik čim se nađe lice u lice sa svojom tobožnjom — vi imate privlačnosti koje kao da su Venerine, kaspita[*], ne znam odakle vam, ali da prođete čitavu Provansu ne biste našli ništa ravno njima.

Zatim hvatajući preko naboranih sukanja jadnu malu Terozu koja nije znala da li da se smeje ili da plače:

— Ćapi malo iza, ćapi malo ila,[**] neka me sam Bog prokune, i da više nikada ne sudim kurve, ako ovo nisu amorovi oblici pod blistavim velovima njegove majke.

Međutim, La Bri ulazi noseći dve zlatne zdelice, jednu daje mladoj supruzi, drugu pruža g. predsedniku:

— Pijte, čedni supružnici — reče im — i da oboje nađete u ovom piću poklone ljubavi i darove braka.

— Gospodine predsedniče — reče La Bri videvši da se magistrat raspituje o razlozima tog pića — ovo je jedan pariski običaj koji postoji još od Klovisovog krštenja: naša je navika, pre nego što se počnu slaviti misterije kojima ćete se oboje uskoro pozabaviti, da crpete u ovom napitku očišćenom biskupovim blagoslovom snage neophodne za taj obred.

— Ah do đavola, neka — odvrati čovek s togom — dajte, dajte, moj prijatelju... ali pazite, ako upalite sve kučine, neka se vaša mlada dragana dobro čuva, već sam ionako raspaljen, a ako me vi dovedete do toga da više ne znam za sebe, ne znam šta se sve može dogoditi.

---

[*] Kaspita (caspita), provansalska psovka.
[**] Onamo, onuda (lat.)

Predsednik guta, njegova mlada supruga ga oponaša, slugani se povlače i oni ležu u krevet; ali tek što su ušli, predsednika počnu da probadaju u stomaku tako oštri bolovi, oseća takvu potrebu da olakša svoju nejaku prirodu sa strane sasvim suprotne od one koju bi stvarno trebalo olakšati, da ne vodeći računa o tome gde se nalazi, bez ikakvog poštovanja prema onoj koja deli njegov ležaj, on natapa krevet i sve uokolo jednom takvom poplavom žuči da užasnuta gđica od Teroza ima tek toliko vremena da skoči dole i da pozove u pomoć. Pomoć dolazi, g. i gđa od Olenkura koji su dobro pazili da ne zaspu brzo dolaze, zaprepašteni predsednik obavija se čaršavima da ga ne bi videli, ne vodeći računa da se još više prlja što se više zamotava, i da na kraju postaje takav predmet užasa i gađenja da njegova mlada supruga i svi što su ovde odlaze žaleći živo njegovo stanje, i uveravajući ga da će iz istih stopa obavestiti barona kako bi on odmah poslao u dvorac jednog od najboljih lekara iz prestonice.

— O pravedno nebo! — uzviknu jadni zaprepašteni predsednik, čim je ostao sam — kakav događaj, mislio sam da samo u našoj palati, i po ljiljanovim cvetovima, možemo da se ovako istresemo, ali prve bračne noći, u ženinom krevetu, to uistinu ne shvatam uopšte.

Jedan poručnik iz Olenkurovog odreda, po imenu Delgac, koji je zbog brige oko konja u odredu proveo dva ili tri tečaja u veterinarskoj školi, nije oklevao da dođe već sutradan pod imenom i zaštitnim znakom jednog od najpoznatijih Eskulapovih potomaka. Posavetovaše g. od Fontanisa da se pojavi tako u sobnoj haljini, a gđa predsednikovica od Fontanisa kojoj još uvek ne bismo trebali pripisati to ime, nije uopšte skrivala svome mužu koliko ga je smatrala zanimljivim u toj odeći: imao je na sebi sobni ogrtač od žute tkanine sa crvenim prugama tačno po njegovoj meri, ukrašen i opšiven, ispod toga je imao skupi smeđi jelečić, s mornarskim čakširama iste boje, i kapuljaču od crvene vune; sve to naglašeno vidljivim bledilom nakon sinoćnje neprilike nadahnu udvostručenom ljubavlju gđicu od Teroza tako da ga više nije htela napustiti ni na desetak minuta.

— Oho — govorio je predsednik — kako me voli, zaista evo žene kojoj je nebo namenilo sreću; slabo sam se poneo prošle noći, ali nije vašar svakog dana.

Međutim, lekar stiže, pipa puls svoga bolesnika, i čudeći se njegovoj slabosti, ukazuje mu kroz Hipokratove izreke i Galijenova tumačenja da ukoliko se večeras za obeda ne oporavi s jedno pola tuceta boca vina iz Španije ili iz Madere neće biti u stanju obaviti neophodno probijanje; u poređenju sa sinoćnjim pokvarenim stomakom, ubeđivao ga je, to nije ništa.

— To dolazi — reče mu — gospodine, od toga što žuč nije bila dobro izlučena u jetrine kanale.

— Ali — reče markiz — ta nevolja nije bila opasna.

— Molim vas da mi oprostite, gospodine — odgovori ozbiljno zastupnik Epidaurovog hrama — mi u medicini ne poznajemo male uzroke koji ne bi mogli postati neželjeni, ukoliko dubina naše umetnosti na vreme ne zaustavi moguće posledice. Od te lake neprilike može da dođe do značajnog pogoršanja u gospodinovom organizmu; ta nepročišćena žuč, provedena kroz prevoj aorte u arteriju, zatim odatle upravljene sa dve glavne arterije u tanane moždane membrane, prekidajući kruženje životnih snaga, zaustavljajući njihovu prirodnu delatnost, sve to može prouzročiti ludilo.

— Oh, nebo — zavapi gđica od Teroza plačući — moj muž lud, sestro moja, moj muž lud!

— Smirite se, gospođo, nije to ništa, zahvaljujući mojoj brzoj pomoći, a odsad ja odgovaram za bolesnika.

Na te reči radost se vrati u sva srca, markiz od Olenkura nežno zagrli svoga zeta, pokaza mu na jedan živ i provincijalan način svu pažnju koju ima prema njemu, i tako minuše sve brige. Markiz je tog dana primao svoje vazale i svoje susede, predsednik je hteo da se lepo obuče, sprečili su ga, i sa zadovoljstvom ga predstaviše u toj opremi svem okolnom društvu.

— Ma kako je samo privlačan tako — stalno je govorila zločesta markiza — verujte mi, g. od Olenkura, da sam pre nego što sam vas srela znala da moćna magistratura u Eksu raspolaže ovako ljubaznim ljudima kao što je moj dragi zet, ne bih nigde drugde tražila muža nego među članovima njenoga sabora.

A predsednik se zahvaljivao, i presavijao se besneći, osmatrajući se povremeno u ogledalu, i govoreći sam sebi tihim glasom: *Sasvim je izvesno da mi nije ništa.* Najzad dođe vreme za večeru, bili su zadržali prokletog lekara koji je pijući kao Švajcarac bez teškoće naveo svoga bolesnika da ga oponaša; pobrinuli su se da u njihovoj blizini smeste opojna vina koja, pomutivši dosta brzo organe njihovog mozga, dovedoše predsednika do tačke u kojoj su hteli da ga vide. Ustaše, poručnik koji je izvanredno igrao svoju ulogu ode na spavanje, i sutradan se izgubi; što se tiče našeg junaka, njegova ga žena dohvati i odvede u bračni krevet; čitavo društvo ga je trijumfalno ispratilo a markiza uvek ljubazna, ali naročito kad bi popila malo šampanjca, uveravala ga je da je bio previše ponesen i plašila se da ga tako podgrejanog Bahusovim sokovima amor ne bi mogao još vezati ove noći.

— Nije to ništa, gospođo markizo — odgovori predsednik — ovi zavodljivi bogovi ujedinjeni postaju još opasniji; što se tiče razuma, bilo da se gubi u vinu ili amorovim plamenovima, od trenutka kad možemo bez njega, zar je važno kojem smo od ta dva božanstva prineli žrtvu; što se tiče nas magistratâ, to je stvar koje se mi lišavamo najlakše na svetu, taj naš razum; prognan iz naših sudnica kao i iz naših glava, mi se igramo s njim gazeći ga pod našim nogama, i eto zbog čega su naše presude remek-dela, jer mada se zdrav razum ne nalazi u njima nikad, izvršujemo ih s istom odlučnošću kao da znamo šta žele reći. Ovakav kakvog me vidite, gospođo markizo — nastavljao je predsednik posrćući malo, i podižući svoju crvenu kapuljaču koja je u jednom trenutku gubljenja ravnoteže pala s njegove perutave lobanje — ... da, zaista, ta-

kav kakvog me vidite, ja sam jedna od najboljih glava mo-
je družine; ja sam, prošle godine, ubedio svoju duhovnu
bratiju da otera u progonstvo od deset godina iz provin-
cije, i da tako zauvek uništi jednog plemića koji je uvek
dobro služio kralja, a sve zbog jedne stvari u vezi s devoj-
kama: opirali su se, ja sam navaljivao, i stado je poslušalo
moj glas... Gospo, vidite, ja volim moralan život, ja volim
umerenost i trezvenost, sve ono što ide protiv tih vrlina
ljuti me, i ja se protivim; treba biti strog, strogost je kćer-
ka pravde... a pravda je kćerka... molim vas da mi oprosti-
te, gospođo, ima trenutaka kad me pamćenje izdaje...

— Da, da, tačno je — odgovori luda markiza povlačeći
se i odvodeći sve druge — pazite samo da vas večeras sve
ne izda a ne samo pamćenje, pošto na kraju krajeva treba
svršiti s tim, jer moja sestrica koja vas obožava neće moći
večito podnositi jedno takvo suzdržavanje.

— Ništa se ne bojte, gospođo, ništa se ne bojte — na-
stavi predsednik, želeći da isprati markizu jednim pomalo
nesigurnim hodom — ne strahujte, zaklinjem vas, sutra
vam dajem gđu od Fontanisa sasvim izvesno kao što sam
ja častan čovek. Zar nije tako, mala — nastavi togaš obraća-
jući se svojoj družbenici — dopuštate li mi da večeras oba-
vimo našu obavezu... vidite koliko svi to žele, nema niko-
ga u vašoj porodici ko se ne oseća počašćen time što je u
srodstvu sa mnom: ništa ne podiže ugled jednoj kući kao
magistrat.

— Ko u to sumnja — odgovori mlada žena — uvera-
vam vas, što se mene tiče da nikada nisam bila tako pono-
sna, kao otkako čujem da me oslovljavaju gđa predsedni-
kovica.

— Stvarno verujem u to; hajte, svucite se, zvezdo mo-
ja, osećam se pomalo teškim, a hteo bih, ako je mogućno,
završiti našu stvar pre nego što me san potpuno odnese.

Ali kako gđica od Teroza, po pravilu svih mladih tek
udatih žena, nije uspevala da iziđe nakraj sa svojom halji-
nom, kako nikako nije nalazila ono što je trebalo, kako je
stalno vikala na svoje služavke i nikako nije prestajala, pred-

sednik koji više nije imao snage, odluči da legne u krevet, zadovoljavajući se time što je vikao jedno petnaestak minuta:

— Ma dođite već jednom, bogamu, dođite, ne shvatam šta to radite, za koji čas biće kasno.

Međutim, ništa se nije događalo, a u stanju pijanstva u kome se nalazio naš moderni Likurg[*] nije bilo lako ostati sa glavom na jastuku i ne uspavati se, on popusti u najbitnijem trenutku, i hrkao je već kao da je osudio kakvu kurvu iz Marseja, pre nego što je gđica od Teroza stigla da presvuče svoju košulju.

— Neka ga tu — reče na to grof od Elbena, ulazeći polako u sobu — dođi, draga dušo, dođi i daj mi one srećne trenutke koje je ta smešna životinja htela da nam uskrati.

On govoreći to odvodi dirljivi predmet svoga obožavanja; svetlosti se gase u bračnoj sobi, čiji se pod u trenutku ispunjava madracima, a na dati znak deo kreveta koji zauzima naš togaš odvaja se od ostaloga, i pomoću nekoliko koturova diže se na dvadeset stopa od zemlje, dok stanje dubokog sna u kome se nalazi ne dozvoljava našem zakonodavcu da išta primeti. Ipak, oko tri sata ujutru, probuđen nešto punijom bešikom, prisećajući se da je video kraj kreveta jedan stolić sa zdelom neophodnom da bi se mogao olakšati, on pipa; ali krevet koji je pridržan samo konopcima usklađuje se s pokretom onoga koji se naginje i najzad toliko popušta da, iskrenuvši se sasvim, izbljuvava usred sobe teret kojim je preopterećen: predsednik pada na pripremljene madrace i njegovo iznenađenje je tako veliko da počinje rikati poput vola koga vode u klanicu.

— Ej, koji je to đavo — reče za sebe — gospođo, gospodo, ovde ste bez sumnje, e pa, razumete li vi nešto u ovom padu, juče legnem na četiri stope od poda, a evo da bih dohvatio svoju nošu padam s više od dvadeset.

Ali kako niko ne odgovara na te nežne žalopojke, predsednik koji se u suštini uopšte nije osećao neudobno,

---

[*] Likurg, zakonodavac iz Sparte, iz IX stoleća pre naše ere. *Prim. prev.*

odustaje od svojih traganja i tu završava noć, kao da se nalazio u svome provansalskom krevetu. Pažljivo su, nakon što se pad dogodio, spustili krevet koji je, uklapajući se u deo od kojeg je bio odvojen, činio samo jedan i to celovit ležaj, a u devet sati ujutru gđica od Teroza polagano je ušla u sobu; tek što se tu našla, poče da otvara sve prozore i da doziva svoje služavke.

— Zaista, gospodine — reče ona predsedniku — vaše društvo nije baš lako, treba priznati, i ja ću morati da se žalim svojoj porodici zbog postupaka koje činite prema meni.

— Šta to znači? — reče predsednik otrežnjen, trljajući oči i ne shvatajući ništa od događaja zbog kojeg se našao na zemlji.

— Kako, šta to znači — reče mlada supruga igrajući svoju ulogu što bolje može — kad sam vođena pokretima koji treba da me vežu uz vas prišla vašoj ličnosti noćas da primim potvrdu svojim osećanjima s vaše strane, vi ste me besno odgurnuli i bacili na zemlju...

— Oh, pravedno nebo — reče predsednik — čujte, mala moja, počinjem shvatati nešto u tom događaju... izvinjavam vam se po hiljadu puta... noćas, pritisnut potrebom, tražio sam na svaki način da je zadovoljim, i pokretima koje sam činio bacajući se sam sa kreveta, izgleda da sam i vas gurnuo bez sumnje; utoliko mi više možete oprostiti, jer sam izvesno sanjao, jer mi se činilo da padam sa dvadeset stopa visine; hajte, nije to ništa, nije to ništa, anđele moj, treba da sve odložimo za sledeću noć, a kažem vam da ću dobro voditi računa; neću piti ni vode; ali poljubite me barem, srdašce moje, sklopimo mir pre nego što se pojavimo pred drugima, jer ću inače poverovati da ste ljuta na mene, a to ne bih voleo po cenu čitavog carstva.

Gospođica od Teroza pristaje da pruži jedan od svoja dva ružičasta obraza, još upaljena žarom ljubavi, prljavim poljupcima tog starog fauna, društvo ulazi i dvoje supružnika ne govori ništa o nesrećnoj noćnoj katastrofi.

Čitav dan je protekao u zadovoljstvu, i naročito u šetanju što je, udaljujući g. od Fontanisa, dalo vremena La Briju da pripremi nove scene. Predsednik potpuno odlučan da uspostavi svoj brak toliko pazi na sebe za vreme svojih obroka da je postalo nemoguće poslužiti se tim sredstvima da izgubi razum, ali bilo je na sreću mnoštvo drugih, a kako je značajni Fontanis imao dosta neprijatelja uroćenih protiv njega nije bilo izgleda da umakne njihovoj zamki; pošli su na spavanje.

— Oh! večeras, moj anđele — reče predsednik svojoj mladoj polovini — uveren sam da se nećete izvući.

Ali dok se tako pravio hrabrim, trebalo je da oružje kojim je pretio bude u redu, i kako nije hteo da se upusti u napad nespreman, jadni Provansalac je u svome ćošku činio neverovatne napore... opružao se, ukrućivao se, svi njegovi živci bili su u napetosti... zbog kojih se, dok je on dvaput ili triput jače pritiskao svoj ležaj nego da je ležao mirno, na kraju slomiše grede na stropu pripremljene da se slome[*], i naglavačke baciše nesrećnog magistrata u svinjac sa praščićima koji se nalazio tačno ispod sobe. Dugo se raspravljalo u društvu u dvorcu markiza od Olenkura, koji mora da je bio najiznenađeniji, ili o predsedniku koji se zatekao među životinjama tako čestim u njegovom zavičaju, ili o tim životinjama kako gledaju među sobom jednog od najslavnijih magistrata Suda u Eksu. Nekoliko osoba je smatralo da je zadovoljstvo moralo biti isto s jedne i druge strane: zbilja, zar predsednik nije bio u oblacima kad se obreo da tako kažemo u tom društvu, gde je za trenutak mogao udahnuti miris rodnog kraja, a sa svoje strane nečiste životinje zaštićene dobrim Mojsijem, zar nisu zahvaljivale nebu da se nađu nakon svega pokraj jednog zakonodavca po njihovoj meri, i to zakonodavca iz Suda u Eksu koji bi, naviknut još od detinjstva da presuđuje sporove koji se tiču glavnoga sastojka tih dobrih životinja, mogao jednoga dana srediti i

---

[*] Pripremljene, što znači da ih je La Bri već bio prestrugao sa tom namerom. *Prim. prev.*

preduhitriti sve rasprave o tom sastojku tako istovetnom u organizmu i jednih i drugih.

Ma kako bilo, pošto se poznanstvo nije odmah uspostavilo, i kako prosvećenost, majka dobrog ponašanja, nije ništa naprednija među članovima Suda u Eksu, nego među tim životinjama prezrenih od izraelitstva, prvo se dogodila neka vrsta sudara, u kome predsednik uopšte nije pobrao lovore: bio je udaran, gažen, saletan od udaraca roktavih bića; on uputi opomene, nisu ga poslušali; on obeća da će uvesti u zapisnik, ništa; on poče govoriti o presudi, niko se ne uzbudi jače; zapreti progonstvom, zgaziše ga nogama; i nesrećni Fontanis sav u krvi već je radio na jednoj presudi u kojoj je otvoreno bilo reči o lomači, kad mu pritekoše u pomoć.

La Bri i pukovnik, naoružani buktinjama, pokušaše da izvuku magistrata iz blata u koje je bio potonuo, ali trebalo je znati s koje strane ga uzeti, a kako je dobro i potpuno bio napunjen od nogu do glave, nije bio ni lak, ni mirisav da bi ga nekako dograbili; La Bri reče da potraže kakve vile, jedan konjušar pozvan na brzinu donese još jedne, i tako izvukoše iz blata našeg čoveka najbolje što su mogli sa dna odvratne kloake u kojoj se našao prilikom pada...: Ali kuda ga poneti sada, to je bila teškoća, i nije bilo jednostavno razrešiti je. Trebalo je izvršiti proglas, trebalo je da krivac bude izveden, pukovnik predloži poništenje postupka, ali konjušar koji nije shvatao ništa u tim velikim rečima reče kako bi ga jednostavno trebalo ostaviti nekoliko sati u pojilu, a nakon toga kada bude dovoljno natopljen mogla bi se stručcima slame načiniti od njega jedna sasvim zgodna osoba. Ali markiz izjavi da bi hladna voda mogla naškoditi zdravlju njegovog brata[*], a zatim je La Bri potvrdio da je kuharova perionica još uvek puna tople vode, tako da predsednika odneše tamo, poveravaju

---

[*] Markiz od Olenkura »tretira« predsednika od Fontanisa kao svoga brata, budući da je on muž sestre njegove žene. *Prim. prev.*

ga brizi tog Komusovog[*] učenika, koji ga za tili čast čini čistim kao zdelica od porculana.

— Ne predlažem vam da sada idete kod vaše žene — reče Olenkur čim je ugledao togaša dobro opratog sapunom — poznajem vašu uljudnost, zato će vas La Bri odvesti u jednu sobicu za slugu gde ćete provesti na miru ostatak noći.

— Dobro, dobro, moj dragi markiže — reče predsednik — prihvatam vaš predlog... ali priznaćete, mora da sam začaran kad mi se ovakvi događaji zbivaju svake noći otkako sam u ovom prokletom dvorcu.

— Ima u svemu tome nekakav fizički razlog — reče markiz — lekar dolazi sutra da vas vidi, predlažem vam da potražite njegov savet.

— Učiniću to — odgovori predsednik, i odlazeći u svoju sobicu sa La Brijem — zaista, moj dragi — reče mu, ležući u krevet — nikada nisam bio tako blizu kraja.

— Avaj, gospodine — odgovori mu spretni momak povlačeći se — ima u svemu tome nekakav sudbinski znak neba i mogu vam reći da vas žalim od svega srca.

Delgac pošto je opipao predsednikov puls, ubeđuje ga da je do pucanja greda došlo samo zbog zagušenosti u limfnim kanalima, koja je udvajajući količinu raspoloženja srazmerno uvećala životinjski obim; da je posledično potrebna jedna stroga dijeta, koja će nakon što pročisti gorčinu raspoloženjâ neizbežno smanjiti fizički teret i doprineti bržem ozdravljenju, što uostalom...

— Ali, gospodine — reče mu Fontanis prekidajući ga — ja hramljem i imam levu ruku iščašenu od tog jezivog pada...

— Potpuno vam verujem — odgovori doktor — ali te sporedne neprilike nisu uopšte one koje me uznemiruju; ja uvek idem prema uzrocima, treba raditi na krvi, gospodine; smanjujući lučenje limfe mi oslobađamo kanale, i

---

[*] Komus, u grčkoj mitologiji, bog koji je upravljao gozbama. *Prim. prev.*

kada cirkulacija postane lakša mi neizostavno tako smanjujemo fizičku masu, iz čega proističe da ćete, pošto se stropovi više neće survavati pod vašim teretom, ubuduće moći da se prepuštate u vašem krevetu svim vežbama koje vam bude drago bez izlaganja ikakvim novim opasnostima.

— A moja ruka, gospodine, a moj bok?

— Pročistimo, gospodine, pročistimo, probajmo odmah par lokalnih puštanja krvi i sve će se neosetno dovesti u red.

Od istog dana dijeta poče; Delgac koji svoga bolesnika nije napustio tokom cele nedelje, stavi ga u kokošju vodu, i zatim ga triput pročisti, zabranjujući mu pre svega da misli na svoju ženu. Bez obzira na to koliko je poručnik bio neznalica, njegov je način lečenja izvanredno uspevao, on ispriča društvu da je jednom na isti način lečio, dok je radio u veterinarskoj školi, jednog magarca koji je bio pao u nekakvu duboku jamu i da je nakon mesec dana oporavljena životinja veselo nosila svoje džakove pune maltera, kao što je i inače imala naviku. Zaista predsednik koji nije prestajao da bude uporan, posta svež i rumen, uboji se izgubiše, i trebalo ga je još samo malo oporaviti kako bi dobio snage neophodne da podnese ono o čemu je još uvek sanjao.

Dvanaestog dana lečenja, Delgac uze svoga bolesnika za ruku i predstavljajući ga gđici od Teroza:

— Evo ga, gospođo — reče joj — evo ga, tog čoveka odbojnog prema Hipokratovim zakonima, dovodim vam ga živog i zdravog, i ako se bez kočenja bude prepustio snagama koje sam mu dao, imaćemo pre šest meseci zadovoljstvo — nastavi Delgac spuštajući lagano ruku na stomak gđice od Teroza... — da, gospođo, svi ćemo imati uživanje da vidimo te lepe grudi zaobljene rukama himena.

— Bog vas čuo, doktore — odgovori vragolanka — priznaćete da je prilično teško biti žena već petnaest dana a još uvek ostati devojka.

— Nemogućno — reče predsednik — ne može se svake noći imati pokvaren stomak, ne može svake noći potreba za uriniranjem da strovali jednog muža pod krevet, kao što se ne može stalno padati u tor sa svinjama misleći da ideš u ruke jedne lepe žene.

— Videćemo — reče mlada Teroza uzdahnuvši duboko — videćemo, gospodine, ali da me volite kao što ja vas volim, ubeđena sam da vam se sve te nesreće ne bi dogodile.

Večera je bila veoma vesela, markiza je bila ljubazna i zločesta, pričala je protiv svoga muža, u korist uspeha svoga zeta i zatim su se povukli. Pripremaju se za spavanje na brzinu, gđica od Teroza preklinje svoga muža da zbog stidljivosti ne može podneti nikakvu svetlost u svojoj sobi, ovaj odviše namučen da bi išta odbijao pristaje na sve, i tako ležu u krevet; nema više prepreka, neustrašivi predsednik trijumfuje, on ubire ili misli da ubire najzad taj dragoceni cvet kome iz ludosti dajemo toliko vrednosti; pet puta jedan za drugim on je okrunjen amorom, kad osvanu dan, prozori se otvaraju, a zraci te zvezde koje ona šalje u sobu otkrivaju očima pobednika žrtvu koju je bio prineo... Pravedno nebo, kako li se osećao kad je ugledao jednu staru crnkinju umesto svoje žene, kad vide jedno lice crno koliko i odvratno kako zamenjuje predivno lice koje je mislio da poseduje! Baca se unatrag, viče da je začaran, kad se pojavi njegova žena, i iznenađujući ga sa tim božanstvom iz Tenare pita ga veoma strogo šta mu je to mogla učiniti da bude tako okrutno prevarena.

— Ali, gospođo, zar nisam s vama sinoć...

— Ja, gospodine, postiđena, ponižena, ne mogu prebaciti sebi da sam izbegla da vam pripadnem; vi ste videli ovu ženu pored mene, grubo ste me odgurnuli da biste je dočepali, njoj ste dali mesto u krevetu koje je određeno meni a ja sam se povukla zbunjena, sa suzama kao jedinim olakšanjem.

— Ma recite mi, moj anđele, jeste li vi sasvim ubeđeni u sve što mi saopštavate sada?

IZABRANA DELA MARKIZA DE SADA

— Čudovište, hoće još da me kinji nakon svih žesto-
kih uvreda, a ruganja su sva moja nagrada dok čekam ute-
hu... Dođite, dođite, sestro moja, sva moja porodico,
dođi da vidiš kakvom sam nedostojnom stvoru žrtvova-
na... evo je... evo je, te odvratne suparnice — povika mla-
da supruga lišena svojih prava lijući bujicu suza — čak
pred mojim očima usuđuje se da bude u njenim rukama.
O moji prijatelji — nastavi gđica od Teroza u očajanju
okupivši sve oko sebe — pomozite mi, dajte mi oružje
protiv tog krivokletnika, zar je trebalo da ovo dočekam, ja
koja sam ga toliko obožavala?...

Ničeg tako zabavnog kao Fontanisovo lice nakon tih
iznenađujućih reči: čas je bacao oči na svoju crnkinju; pre-
bacujući ih odmah zatim na svoju mladu supruga posma-
trao ju je s nekom vrstom blesave usredsređenosti, koja je
u stvari mogla da se učini opasnom za rad njegovog moz-
ga. Nekakvom neobičnom igrom sudbine, otkako je pred-
sednik boravio u zamku Olenkur, taj prerušeni suparnik,
La Bri, koga je mogao da se najviše plaši, postao je među
svima koji su tu bili osoba u koju je imao najviše povere-
nja; on ga poziva.

— Moj prijatelju — reče mu — vi koji ste mi uvek
ličili na zaista razumnog momka, hoćete li mi učiniti za-
dovoljstvo i reći mi da li ste odista primetili izvesno po-
goršanje u mojoj glavi.

— Vere mi, gospodine predsedniče — odgovori mu
La Bri tužno i zbunjeno — nikada se ne bih usudio da
vam to kažem, ali pošto mi ukazujete čast da me pitate za
moje mišljenje, neću vam sakriti da su se, nakon pada u
korito među svinje, vaše ideje ne baš sasvim čiste širile iz
membrana vašega mozga; neka vas to ne brine, gospodi-
ne, lekar koji vas je lečio jedan je od najvećih ljudi koje
smo ikada imali u toj oblasti... Vidite, imali smo ovde
nadglednika zemljišta g. markiza koji je postao toliko lud
da nije bilo nijednog mladog zavodnika iz mesta koji se
zabavljao s kakvom devojkom, a da mu taj lupež odmah
ne bi nametnuo istragu, i rešenje i kaznu i progonstvo i

sve te budalaštine koje ti čudaci uvek imaju u ustima; e pa, gospodine, naš doktor, taj svetski čovek koji je već imao čast da vas leči puštajući vam osamnaest puta krv i trideset dva puta ono drugo, tako mu je ozdravio glavu kao da ovaj nikada nije sudski ništa nadgledao u svome životu. Ali pogledajte — nastavi La Bri okrećući se na buku koju je čuo — s pravom se kaže da je vuk na vratima kad se o njemu govori... evo ga upravo kako dolazi.

— Eh, dobar dan, dragi doktore — reče markiza, videći Delgaca kako dolazi — zaista mislim da nikada nismo imali takvu potrebu za vašom pomoći; naš dragi prijatelj predsednik imao je sinoć malu smetnju u glavi zbog koje je uprkos svemu umesto svoje žene uzeo ovu crnkinju.

— Uprkos svemu — reče predsednik — šta se stvarno tome suprotstavilo?

— Ja prvi i to svom snagom — odgovori La Bri — ali gospodin je tako žestoko navalio da sam ga radije voleo ostaviti na miru nego da se izložim njegovoj ljutnji.

A na to predsednik češući se po glavi ne zna više šta da radi, kad se lekar približi i opipa mu puls:

— Ovo je ozbiljnije nego poslednja nezgoda — reče Delgac spuštajući oči — to je jedan nepoznati ostatak naše poslednje bolesti, skrivena vatra koja izmiče razboritom oku umetnika i koja izbija kad se najmanje nadamo. Postoji očigledna opterećenost dijafragme i izvanredni eretizam* organizma.

— Heretizam — povika besni predsednik — šta hoće da kaže ovaj nevaljalac sa svojim heretizmom? Znaj, mangupe, da nikada nisam bio heretik, lepo se vidi, stara budalo, slabo upućen u istoriju Francuske ti ne znaš da smo mi spaljivali heretike: idi u moju domovinu, neuki kopilane iz Salerna**, idi, moj prijatelju, idi i vidi Merindol i Ka-

---

* Eretizam, preterana, najčešće erotska, napetost organizma; zadržao sam Markizovu reč, koja omogućuje igru rečima koju on razvija kroz predsednikov odgovor. *Prim. prev.*
** Salerno, grad u Italiji, u kojoj je svojevremeno postojala poznata škola medicine. *Prim. prev.*

brijer koji još mirišu na požare koje smo tamo počinili, prošetaj se rekama krvi kojom su poštovani članovi našeg suda tako dobro natopili celu provinciju, poslušaj uz put naricanja nesrećnika koje smo žrtvovali našem gnevu, jecaje žena koje smo otrgnuli sa prsa njihovih muževa, krikove dece koju smo zgazili na prsima njihovih majki, obavesti se na kraju o svim svetim užasima koje smo počinili i videćeš da li uprkos jednom tako mudrom ponašanju jedan nevaljalac kao što si ti može da nas naziva hereticima.

Predsednik koji je još uvek bio u krevetu pokraj crnkinje u vatri svoga pričanja tako ju je snažno udario šakom preko nosa da je nesrećnica pobegla vrišteći kao kuja kojoj oduzimaju njene kučiće.

— E lepo, e lepo, besnite, moj prijatelju — reče Olenkur primičući se bolesniku — predsedniče, zar se tako ponašate? Vidite da vaše zdravlje slabi i da se morate brinuti jedino o sebi.

— U pravi čas, kad mi budu tako govorili slušaću, ali čuti kako me nazivaju heretikom i to taj smetljar iz Sen- - Koma, priznaćete da je to nešto što ne mogu otrpeti.

— On nije mislio na to, moj dragi brate — reče markiza uz puno ljupkosti — eretizam je sinonim za upaljenost, nikada se nije odnosio na hereziju.

— Ah! oprostite, gospođo markizo, oprostite, znate, ponekad imam pomalo tvrdo uho. Hajdemo neka taj ozbiljni učenik Averoesov priđe i neka govori, slušaću ga... čak i više, učiniću ono što mi bude rekao.

Delgac koga je uzavreli ispad gospodina predsednika prinudio da se drži po strani, u strahu da mu se ne dogodi kao i sa crnkinjom, ponovo priđe ivici kreveta.

— Moram vam to ponoviti — reče novi Galijen mereći puls svoga bolesnika, veliki eretizam u organizmu.

— Here...

— Eretizam, gospodine — reče što je brže mogao lekar povijajući ramena u strahu od udarca šakom — zbog čega zaključujem da se izvede puštanje krvi u predelu grla što ćemo pokušati zaustaviti s nekoliko uzastopnih hladnih kupki.

— Nisam baš mišljenja da treba puštati krv — reče Olenkur — gospodin predsednik nije više u godinama kad može podneti te vrste napora bez stvarne potrebe; ja nemam poput sinova Temide i Eskulapa krvoločnih poriva, moj sistem se sastoji u tome da ima malo bolesti koje vrede truda da puštamo krv, kao što je malo i zločina zbog kojih je treba prosipati; predsedniče, priznaćete da sam u pravu nadam se kada je reč o tome da poštedimo vašu, možda ne bih mogao biti toliko siguran u vaše priznanje ukoliko biste bili manje zainteresovani za taj problem.

— Gospodine — odgovori predsednik — priznajem da ste u pravu što se tiče prvog dela vašeg govora, ali ćete dozvoliti da odbacim drugi: jedino se krvlju može sprati greh, jedino se njome može očistiti i preduhitriti; uporedite, gospodine, sva zla koja zločin može proizvesti na zemlji s malim zlom od jednog tuceta nesrećnika pogubljenih tokom jedne godine kao upozorenje.

— Vaš paradoks nema nikakvog smisla, moj prijatelju — reče Olenkur — on je uslovljen strogoćom i glupošću, postoji u vama jedan državni i lokalni porok koji bi trebalo odbaciti jednom zasvagda; nezavisno od toga što vaše glupe strogosti nisu nikada zaustavile zločin, besmisleno je reći kako jedan prestup može zbrisati neki drugi i da smrt jednog čoveka može biti dobra za smrt nekog drugog; vi biste morali, vi i vaši, da se crvenite pred sličnim sistemima koji manje potvrđuju vaše ubeđenje nego vašu naglašenu želju za despotizmom; ljudi imaju pravo što vas nazivaju krvnicima ljudske vrste: vi uništavate više ljudi, vi sami, nego sve prirodne nesreće zajedno.

— Gospodo — reče markiza — čini mi se da ovde nije ni mesto ni trenutak za sličan razgovor; umesto da primirite moga malog brata, gospodine — nastavi ona obraćajući se svome mužu — vi još više raspaljujete njegovu krv i tako ćete možda njegovu bolest učiniti neizlečivom.

— Gospođa markiza ima pravo — reče lekar — dozvo-
lite mi, gospodine, da naredim La Briju da stavi četrdesetak
livri leda u kupatilo koje ćemo zatim ispuniti bunarskom
vodom, i da za vreme tog pripremanja ja podignem svoga
bolesnika.

Svi se odmah povlače; predsednik se diže, raspravlja
još neko vreme o toj ledenoj kupki, koja će ga, kaže, učini-
ti nikakvim najmanje za šest nedelja, ali nema načina da se
odupre tome, silazi, potapaju ga, zadržavaju ga deset ili
dvanaest minuta, naočigled čitavog društva raspršenog po
svim kutovima uokolo da se zabavlja scenom, i bolesnik se
dobro obrisan oblači i pojavljuje pred svima kao da se
ništa nije ni dogodilo.

Markiza, čim su završili s večerom, predlaže jednu šetnju.

— Malo opuštanje mora biti dobro za predsednika,
zar ne, doktore? — upita Delgaca.

— Potpuno — odgovori ovaj — gospođa svakako zna
da nema bolnice u kojoj ludake ne puštaju u dvorište na
čist vazduh.

— Ali ja se nadam — reče predsednik — da me ne gle-
date kao nekoga ko više nije ništa u stanju.

— Ma kakvi, gospodine — uzvrati Delgac — to je ma-
la zanesenost koja zaustavljena u pravom trenutku uopšte
ne mora da se nastavi, ali treba se osvežiti, gospodine
predsedniče, treba mira.

— Kako, gospodine, hoćete reći da noćas ne bih mo-
gao da se dokažem?

— Noćas, gospodine, čak sama vaša ideja ispunjava
me drhtavicom; kad bih se strogo odnosio prema vama,
kao što se vi odnosite sa drugima, zabranio bih vam žene
za najmanje tri ili četiri meseca.

— Tri ili četiri meseca, pravedno nebo... — a okrećući
se svojoj supruzi — tri ili četiri meseca, ljubice, da li biste
izdržali, anđele moj, da li biste izdržali?

— Oh, g. Delgac će omekšati, nadam se — odgovori
s veštačkom bezazlenošću mlada Teroza — smilovaće se
makar meni, ako neće da se smiluje vama...

I odoše u šetnju. Trebalo je preći preko reke da bi se stiglo do jednog susednog plemića, koji je bio obavešten o svemu i koji je očekivao družinu na užinu; čim su se našli na skeli, naši mladići počeše da se udvaraju svojim ženama, i Fontanis da bi se svideo svojoj ženi ne zaostaje za njima.

— Predsedniče — reče markiz — kladim se da ne možete kao ja da stanete na uže od skele i da tu ostanete duže od nekoliko minuta.

— Ništa lakše — reče predsednik završavajući svoj smotak duvana i podiže se navrh prstiju kako bi bolje uhvatio uže.

— Dobro, dobro, mnogo bolje od vas, moj brate — reče mala Teroza čim je ugledala svoga muža kako se uhvatio.

Ali dok predsednik tako viseći pokazuje svoju dražest i spretnost, splavari koji sve znaju udvajaju vesla, i barka izmaknuvši se munjevito ostavlja nesrećnika između neba i vode... On viče, doziva, nalazili su se na sredini reke, trebalo je još najmanje petnaest hvati da dosegnu obalu.

— Učinite što god možete — dovikivali su mu — pokušajte rukama da dođete do obale, vidite da nas vetar nosi, ne možemo da se vratimo do vas.

I predsednik je klizeći, bacakajući se, koprcajući se, činio sve što je mogao da se dokopa barke koja je stalno izmicala pomoću vesala; teško je zamisliti smešniju sliku, videti tako obešenog sa velikom perikom i u crnom odelu jednog od najozbiljnijih magistrata Suda u Eksu.

— Predsedniče — dovikivao mu je markiz pucajući od smeha — u stvari ovo je samo jedna dozvola proviđenja, to je odmazda, moj prijatelju, to je odmazda, to je taj najdraži zakon vaših sudova; zašto da se žalite što ste tako obešeni, zar niste često osudili na istu kaznu one koji je nisu zaslužili ništa više nego vi?

Ali predsednik više nije mogao ništa čuti: užasno umoren žestokim naporom na koji je bio osuđen, ruke ga izdaše, i on pada kao masa u vodu; u istom trenutku dva plivača koji su već bili pripremljeni jure da mu pomognu; i izvlače ga na skelu, mokrog kao kudravo pseto i raspsovanog poput kočijaša. Poče da se ljuti na tu šalu za koju uopšte nije bilo pravo vreme... ali mu se kunu da uopšte nisu hteli da se šale, da je nalet vetra povukao barku, suše ga u splavarovoj kolibi, menjaju ga, miluju, njegova ženica čini sve kako bi zaboravio tu malu nezgodu, i Fontanis zaljubljen i slab uskoro počinje da se smeje zajedno sa svima zbog predstave koju je upravo odigrao.

Dolaze napokon kod pomenutog plemića, primljeni su s oduševljenjem, služi se obilna užina; pobrinuli su se da predsednik pojede puno kreme od pistacija zbog koje još pre nego što mu se smirila u stomaku mora brže-bolje da se raspituje gde se nalazi skrivena sobica, otvaraju mu jednu veoma mračnu; užasno pritisnut, seda i prazni se ubrzano, ali kad je završio postupak predsednik više ne može da se digne.

— Ma šta je sad ovo? — povika vrckajući zadnjicom...

Ali sve mu je uzalud, čak i da tu ostavi koji komad, ne može nikako da se izvuče; međutim, njegova odsutnost stvara neku vrstu uzbuđenja, raspituju se gde li bi to mogao biti, a njegovi krici koji se začuše privukoše najzad celo društvo pred kobnu sobicu.

— Šta do đavola radite tu tako dugo, moj prijatelju — reče mu Olenkur — da niste dobili proliv?

— Eh, sto mu jada — odgovori jadni đavo udvostručujući napor da se pridigne — zar ne vidite da sam prikovan...

Ali da bi predstavu učinili još zanimljivijom društvu, kako bi pojačali predsednikove pokušaje da se podigne sa tog prokletog sedala, stavili su mu ispod, po guzovima, plamičak vinskog sirćeta koji mu je pržio dlaku, nagoneći ga da čini najneverovatnije poskoke i najužasnije grimase. Što su se svi više smejali utoliko je predsednik postajao sve besniji, grdio je žene, pretio ljudima a što se više ljutio utoliko je njegovo raspaljeno lice postajalo smešnije za gledanje; od pokreta koje je činio perika mu se odvojila od lobanje, a taj otkriveni zatiljak još se bolje usaglašavao sa grčenjima mišića spreda; najzad plemić dotrča, na hiljadu načina se izvinjava predsedniku što ga niko nije obavestio da toalet nije bio u stanju da ga primi; njegovi ljudi i on odlepljuju što su bolje mogli nesrećnog namernika, ali je ipak izgubio jedan kružni pojas kože koji, uprkos svemu što čine, ostaje zakačen za kružno sedalo koje su moleri natopili jakim tutkalom da bi kasnije naneli boju kojom su nameravali da ga ukrase.

— U stvari — reče Fontanis pojavljujući se razbešnjen — vi ste veoma srećni što me vidite ovakvog a ja vam lepo služim za vašu zabavu.

— Nepravedni prijatelju — odvrati Olenkur — zašto uvek na nas svaljujete nesreće koje vam sudbina šalje, verovao sam da je dovoljno imati Temidin oglav, pa da pravičnost postane prirodna vrlina, ali vidim sada jasno da sam se prevario.

— To je zbog toga što vaše ideje o onome što se naziva pravičnost nisu jasne — reče predsednik — mi u sudnici prihvatamo više vrsta pravičnosti, postoji ono što se naziva relativna pravičnost i lična pravičnost...

— Polako — reče markiz — nikada nisam video da primenjuju vrlinu onoliko koliko je raščlanjuju; ono što ja nazivam pravičnošću, moj prijatelju, to je jednostavno prirodni zakon; uvek smo ispravni ukoliko ga sledimo, nepravedni postajemo kad se udaljujemo od njega. Kaži mi, predsedniče, da si se prepustio kakvom hiru mašte u dnu svoje kuće, da li bi smatrao pravičnim da grupa zvekana koji bi, dolazeći sa buktinjom sve do srca tvoje obitelji, i dodajući silom još istražiteljske smicalice, spletke, i kupljena potkazivanja, poneku nastranost oprostivu kad se ima trideset godina, upotrebili sve te surovosti, da bi zgazili tvoju čast, obeščastili tvoju decu, i opljačkali tvoje bogatstvo, kaži, moj prijatelju, kaži šta misliš o tome, smatraš li da su ti lupeži sasvim pravedni? Ako je istina da prihvataš višnje Biće, da li bi obožavao taj uzor pravde ukoliko bi ga ono na taj način primenjivalo na ljude i zar ne bi strepeo zbog toga što si mu potčinjen?

— A kako vi to mislite, molim vas? Šta! vi nas napa-
date zato što tragamo za zločinom... to je naša dužnost.

— To je laž, vaša je dužnost da ga kažnjavate tek on-
da kada se pokaže sam od sebe; prepustite glupim i krvo-
ločnim pravilima inkvizicije divljačku i prostačku potrebu
da ga traže kao podli špijuni ili ogavni dostavljači; koji
građanin može biti miran, okružen od vas potkupljenim
sluganima, ako su njegova čast i njegov život u svakom
trenutku u rukama ljudi koji, jedino razdraženi lancem ko-
ji nose, misle da se oslobađaju njega ili ga čine lakšim pro-
dajući vam onoga koji im ga nameće? Vi ste namnožili lu-
pcže po Državi, vi ste stvorili žene prestupnice, slugane
krivokletnike, nezahvalnu decu, vi ste udvostručili vred-
nost poroka a niste učinili da se rodi ijedna vrlina.

— Nije reč o tome da se rode vrline, pitanje je u tome
da se uništi zločin.

— Ali vaša sredstva ga umnožavaju.

— Možda je tako, ali to je zakon, mi moramo da ga
sprovodimo: mi nismo zakonodavci, moj dragi markiže,
mi smo *izvođači*.

— Bolje kažite, predsedniče, bolje kažite — odgovori
Olenkur, koji poče da se uzbuđuje — kažite da ste *egzeku-
tori, odličja krvnikā* koji, kao prirodni neprijatelji Države,
uživate jedino u tome da se suprotstavite njenom napret-
ku, da stavite prepreke njenoj sreći, da zgazite njenu slavu
i da bez razloga prosipate dragocenu krv njenih podanika.

Uprkos dve kupke hladne vode kroz koje je Fontanis
prošao tokom dana, žuč je tako teško uništiti u čoveku s
togom da se jadni predsednik tresao od besa slušajući ka-
ko omalovažavaju zanat koji je on smatrao tako poštova-
nim: on nije mogao pojmiti da ono što se naziva sudstvo
bude tako batinano, i možda se pripremao da odgovori
kao marsejski mornar[*], kad se dame približiše i predložiše

---

[*] Markiz verovatno misli na kakvu prostačku psovku. *Prim.
prev.*

da se vrate. Markiza upita predsednika da li ga kakva nova potreba ne tera u skrivenu sobicu.

— Ne, ne, gospođo — reče markiz — ovaj dostojanstveni magistrat nema više proliv, treba mu oprostiti što je svoj napad video malo preozbiljno; to je jedna bolest česta u Marseju i u Eksu*, taj mali pokret utrobe, a otkako smo videli skup tih lupeža, jarana ovoga ovde, kako kao *otrovane* sude nekoliko kurvi koje su u stvari imale proliv, ne treba se ni čuditi ako jedan proliv predstavlja ozbiljnu stvar za jednog provansalskog magistrata.

Fontanis, jedan od najžešćih sudija u toj stvari koja je za sva vremena osramotila provansalske magistrate, nalazio se u stanju koje bi bilo teško odslikati, on je mucao, lamatao, penio, ličio je na paščad koja u borbi s bikom ne uspevaju da ujedu protivnika, i Olenkur hvatajući pogodan trenutak:

— Pogledajte ga, pogledajte ga, gospođe, i recite mi, molim vas, da li biste smatrali blagom sudbinu nekog nesrećnika koji, oslanjajući se na svoju nevinost i svoju dobru veru, gleda kako oko njegovih čakšira laje petnaest kuja poput ove ovde.

Predsednik se spremao da se ozbiljno naljuti, ali markiz koji još nije želeo sukob, nakon što je razborito otišao do svojih kola, ostavi gdicu od Teroza da stavi melem na rane koje je on načinio. Ona se dosta namučila da uspe u tome, ipak joj je pošlo za rukom, prešli su skelom a predsednik nije imao želju da pleše na užetu, i mirno stigoše u dvorac. Večeraše a lekar se pobrinu da podseti Fontanisa na neophodnost suzdržavanja.

— Vere mi, preporuka je nepotrebna — reče predsednik — kako mislite da čovek koji je proveo noć s jednom crnkinjom, koga su ujutru nazvali heretikom, kome su umesto doručka odredili kupku s ledom, koji je malo potom pao u reku, koji se našao uhvaćen u klozetu, kao vra-

---

* Markiz ne može da zaboravi da je u Marseju i Eksu bio osuđivan na smrt od sudija sličnih Fontanisu. *Prim. prev.*

bac na lepilo, zgorene stražnjice dok se naprezao, i kome su se usudili reći u lice da sudije koji tragaju za zločinom nisu ništa drugo do bedni lupeži i da kurve koje su imale proliv nisu bile otrovane kurve, kako mislite, kažem vam, da jedan takav čovek može i sanjati da raščednjuje jednu devojku?

— Drago mi je što vidim da ste razboriti — reče Delgac, prateći Fontanisa u malu slugansku sobu gde je boravio kad nije imao namera prema svojoj ženi — ja vam savetujem da tako nastavite i brzo ćete osetiti sve dobre posledice toga.

Sutradan nastaviše sa hladnim kupkama: za sve vreme dok su trajale predsednik nije poricao neophodnost svoga lečenja i čarobna Teroza je bar mogla da uživa u spokoju, za vreme tog prekida, u svim zadovoljstvima ljubavi među rukama svoga milog Elbena: najzad posle petnaest dana, Fontanis, potpuno osvežen, poče da se udvara svojoj ženi.

— Oh zaista, gospodine — reče mu mlada devojka kad vide da više ne može uzmicati — po glavi mi se sada vrte druge stvari a ne ljubav; čitajte šta mi pišu, gospodine, ja sam uništena.

I ona u istom trenutku pokazuje jedno pismo svome mužu iz koga ovaj vidi da je dvorac od Teroza, udaljen četiri milje od tog u kome su smešteni i koji se nalazi u jednom kutu fontenbloovske šume gde nikad niko ne dolazi, nastamba čiji prihod čini miraz njegove supruge, već šest meseci nastanjen utvarama koje po njemu prave užasne stvari, nanose štetu čuvaru, uništavaju zemlju i sprečavaju i predsednika i njegovu ženu, ukoliko se ne uvede red, da zarade ijednu paru od tog imanja.

— To je strašna novost — reče magistrat odlažući pismo — ali zar ne bismo mogli reći vašem ocu da nam da nešto drugo umesto tog prokletog dvorca?

— A šta biste hteli da nam dadne, gospodine, vi znate da sam ja mlađa kćerka, on je već mnogo dao mojoj sestri, bilo bi loše od mene da zahtevam nešto drugo, treba se zadovoljiti ovim i pokušati stvoriti red.

— Ali vaš otac je znao za tu smetnju kad vas je uda-vao.

— Priznajem da jeste, ali nije mislio da je to baš tako, sve to uopšte ne umanjuje vrednost dara, to će samo malo usporiti korist koju ćemo imati od njega.

— A zna li markiz za to?

— Zna, ali se ne usuđuje da vam govori o tome.

— Greši, trebalo bi da zajednički porazmislimo.

Pozvaše Olenkura, koji ne može da porekne činjenice, i dogovoriše se da je najjednostavnije da odu, bez obzira na opasnosti koje možda postoje, da provedu dva ili tri dana u tom dvorcu, da učine kraj tim takvim neredima i da zatim vide koliku bi korist mogli izvući iz prihoda.

— Imate li dovoljno hrabrosti, predsedniče? — pita markiz.

— Ja, to znate — kaže Fontanis — hrabrost je vrlina koja nije toliko potrebna našoj službi.

— Znam to dobro — reče markiz — vama je potrebna samo krvoločnost, a s tom vrlinom se dešava kao otprilike sa svima drugima, vi posedujete umešnost da ih tako ogolite i da od njih uzmete jedino ono što ih kvari.

— Dobro, ponovo se rugate, markiže, razgovarajmo razumno, molim vas, i ostavimo sve te zajedljivosti.

— Pričekajte, gospodine, na trenutak, molim vas, ne idimo tako brzo, razmislite o opasnostima koje nas čekaju u društvu takvog sveta? Jedan pravilan sudski postupak sa rešenjem vredeo bi mnogo više od svega toga.

— Lepo, tu smo, sudski postupci, rešenja... zašto i ne izopćujete kao sveštenici? Svirepa oružja tiranije i gluposti! kad će svi ti licemeri u suknjama, sve te cepidlake u jaknama, svi ti podrživači Temide i Marije prestati verovati da njihovo drsko brbljanje i njihov glupavi papir mogu imati nekakav učinak u svetu? Znaj, brate, da se takvim krpama ne može suprotstaviti tako odlučnim lupežima, nego sabljama, barutom i kuglama; odluči dakle da li ćeš umreti od gladi ili hrabro se boreći s njima.

— Gospodine markiže, vi zaključujete o tome kao pukovnik dragona, dozvolite mi da stvari sagledam kao čovek s togom čija se časna i za Državu značajna ličnost nikada ne izlaže tako olako.

— Tvoja ličnost značajna za Državu, predsedniče, već sam se poodavno nacerio tome, ali vidim da mi želiš iznuditi još jednom to kreveljenje; a otkuda si do đavola predstavio, molim ja tebe, da jedan čovek uglavnom mračnog porekla, da jedna individua uvek pobunjena protiv sreće koju može želeti njen gospodar, ne pomažući ga ni kesom ni sobom, suprotstavljajući se svim dobrim namerama, čiji je jedini zanat da podstiču podelu pojedinaca, da održavaju podelu kraljevstva i da vređaju građane... to pitam, kako možeš zamišljati da jedno takvo biće može biti dragoceno za Državu?

— Ne odgovaram na pitanja čim se upliće ljutnja.

— E pa lepo, moj prijatelju, u redu, lepo, morao ti trideset dana mozgati o ovoj stvari, morao je ti burleskno izložiti svojoj bratiji lakrdijaša, uvek ću ti reći da u svemu tome nema drugog načina nego otići i nastaniti se kod ljudi koji hoće da nam nahude.

Predsednik se još malo raspravljao, branio se hiljadama sve besmislenijih paradoksa, ne može biti punijih praznoga ponosa, i na kraju zaključi sa markizom da će krenuti sutra s njim i dva kućna lakeja; predsednik zatraži La Brija, već smo rekli, ne znamo baš zašto, ali imao je veliko poverenje u tog momka. Olenkur, odviše upućen u važne stvari koje zadržavaju La Brija u dvorcu za vreme njihovog odsustva, odgovori da ga nije moguće povesti, i sutradan u osvit dana pripremiše se za put: dame koje su se naročito zbog toga probudile, obukoše predsednika u stari oklop koji su bile našle u dvorcu, njegova mlada supruga mu stavi šlem želeći mu svaku moguću sreću, i opomenu ga da se vrati što brže i primi iz njenih ruku lovorove koje će pobrati; on je nežno ljubi, penje se na konja i kreće za markizom. Nije bilo potrebno da najave po okolini kakva će maskarada proći tuda, iznureni predsednik pod svojom vojničkom opremom izgledaše tako smešan da su ga od dvorca do dvorca pratila pucanja od smeha i ruganja. Jedino za utehu, pukovnik koji nije prestajao da bude ne može ozbiljniji, primicao mu se pokatkad, govoreći:

— Vidite i sami, moj prijatelju, sav ovaj svet je samo jedna lakrdija, čas glumci, čas posmatrači, ili posmatramo scenu, ili se krećemo njome.

— Možda, ali ovde smo izviždani — govorio je predsednik.

— Mislite? — odgovori hladnokrvno markiz.

— Ne treba sumnjati — uzvraćao je Fontanis — a i vi ćete mi priznati da je to prilično gadno.

— Pa šta — govoraše Olenkur — zar se niste navikli na te male nesreće, i zar umišljate da vam na svaku gluporiju koju počinite na vašim krinovitim klupama gledaoci ne zvižde isto tako; naravno, pošto ste stvoreni da budete izrugivani u svome poslu, obučeni na groteskan način koji ljude navodi na smeh čim vas vide, kako možete umišljati da vam se pored toliko nepovoljnih stvari, s jedne strane, mogu oprostiti sve gluposti, sa druge?

— Vi ne volite togu, markiže.

— Ne krijem vam to, predsedniče, ja volim samo korisna zvanja: svako biće koje nema drugog dara sem da oponaša bogove ili da ubija ljude liči mi na osobu koja zaslužuje javno prezrenje i koju treba ili izvrgnuti ruglu ili prinuditi silom na rad; verujete li, moj prijatelju, da sa dve izvanredne ruke koje vam je priroda dala ne biste bili neuporedivo korisniji za plugom nego u sudskoj dvorani? Odali biste počast u prvom slučaju svim osobinama koje ste primili s neba... unižavate ih u drugom.

— Ali sudije moraju postojati.

— Bolje bi bilo da samo postoje vrline, očuvali bismo ih i bez sudija, s njima ih gazimo pod nogama.

— A kako biste hteli da se upravlja Državom...

— Sa tri ili četiri jednostavna zakona poverena vladarskoj palati, sprovođena u svakoj klasi od staraca u toj klasi: na taj način svaki bi red imao svoje parnjake, i ne bi se dešavalo osuđenom plemiću da doživi tu užasnu sramotu od mangupa poput tebe, tako izvanredno daleko od toga da se mere s njime po vrednosti.

— Oh! sve bi nas to odvelo u duboke rasprave...

— Koje će uskoro biti okončane — reče markiz — jer evo nas, u Terozi.

Zaista, ulazili su u dvorac; čuvar se predstavlja, on uzima konje od svojih gospodara a zatim prelaze u jednu od dvorana, gde odmah počinju raspravljati s njim o neprijatnim stvarima koje se događaju u ovoj nastambi.

Svako veče čula se jeziva buka jednako u svim delovima kuće, a da nisu uspeli pronaći razlog; vrebali su, provodili noći, nekoliko seljaka koje je čuvar unajmio bili su tu, kako kažu, potpuno premlaćeni i niko više nije želeo da se izlaže. Ali bilo je nemogućno reći na šta bi se moglo posumnjati; samo se širio glas da je duh koji se javljao bio duh prethodnog čuvara te kuće koji je imao nesreću da nepravedno izgubi život na stratištu, i koji se bio zakleo da će dolaziti svake noći u tu kuću sve dok ne doživi zadovoljenje da slomi vrat nekom od ljudi koji dele pravdu.

— Moj dragi markiže — reče predsednik idući prema vratima — čini mi se da je moje prisustvo ovde nekorisno, mi nismo naviknuti na takve vrste osvećivanja i mi kao lekari želimo da ubijamo ravnodušno ono što nam se čini da treba ubiti, da nam pokojnik nikada ništa ne može reći.

— Trenutak, brate, trenutak — reče Olenkur zaustavljajući predsednika spremnog da se izbavi — završimo sa saslušanjem podataka koje daje ovaj čovek — zatim obraćajući se čuvaru:

— Je li to sve, gazda Pjeru, nemate li još neku pojedinost da nam saopštite o tom neobičnom događaju, i da li taj obešenjak zamera uopšte svim ljudima sa togom?

— Ne, gospodine — odgovori Pjer — neki dan je ostavio ceduljicu na stolu u kojoj je rekao da zamera samo nesavesnima; nijedan čestiti sudija nema šta da se plaši, ali on neće poštedeti one koji jedino vođeni svojim despotizmom, glupošću ili osvetoljubivošću, žrtvuju svoje bližnje prljavštini svojih strasti.

— E pa, vidite da se moram povući — reče zgroženi predsednik — nema ni najmanje bezbednosti za mene u ovoj kući.

— Ah! neverniče — reče markiz — evo kako tvoji zločini počinju da te ispunjavaju drhtanjem... a! žigosanja, progonstva od deset godina zbog jedne zabave sa devojkama, ogavni dogovori s porodicama, novac primljen za uništenje jednoga plemića, i toliko drugih nesrećnika žrtvovanih tvojoj besnoći i budalaštini, eto utvara koje dolaze da uznemiruju tvoju savest, zar nije tako? Koliko bi sad dao da budeš pošten čovek čitavog svog života! Kad bi ti ovo okrutno stanje bar poslužilo nečemu jednog dana, da uzmogneš osetiti unapred koliko je strašan teret kajanja, i da nema nijedne svetske blaženosti ma koliko nam se vrednom ukazala, koja vredi spokojnosti duše i uživanja vrline.

— Moj dragi markiže, molim vas da mi oprostite — reče predsednik sa suzama u očima — ja sam jedan izgubljen čovek, nemojte me žrtvovati, zaklinjem vas, i pustite me da se vratim vašoj dragoj sestri koju moja odsutnost rastužuje i koja vam nikada neće oprostiti patnje kojima želite da me izložite.

— Kukavico, kako se s pravom kaže da kukavičluk uvek ide uz laž i izdajstvo... Ne, nećeš izići odavde, nema više vremena za uzmicanje, moja sestra ima kao miraz samo ovaj dvorac; ako hoćeš da ga uživaš, treba ga očistiti od lupeža koji ga prljaju. Pobediti ili umreti, nema sredine.

— Molim vas da mi oprostite, moj dragi brate, postoji jedna sredina, izbaviti se što brže odustajući od svih uživanja.

— Bedni kukavče, tako znači voliš moju sestru, više voliš da gledaš kako se pati u bedi nego da se boriš i oslobodiš njeno nasledstvo... Hoćeš li da joj kad se vratimo kažem da su to tvoja osećanja koja si sada ispoljio?

113

— O pravedno nebo, u kakvo užasno stanje sam doveden!

— Hajde, hajde, neka ti se povrati hrabrost i pripremi se za ono što se očekuje od nas.

Prostreše sto, markiz htede da predsednik večera potpuno naoružan; gazda Pjer načini obed, reče da do jedanaest sati uveče ne treba ničega da se plaše, ali da od tog trenutka pa sve do jutra to mesto nije podnošljivo.

— Podnećemo ga ipak — reče markiz — a evo i jednog hrabrog jarana na koga računam koliko i na samoga sebe. Potpuno sam uveren da me neće napustiti.

— Ne odgovarajmo ni na šta pre događaja — reče Fontanis — priznajem, ja sam pomalo kao Cezar, hrabrost kod mene zavisi od dnevnog raspoloženja.

Međutim, očekivanje je proteklo u upoznavanju okoline, u šetnjama, u računima sa čuvarom i kad je pala noć markiz, predsednik i njihova dva slugana rasporediše se po dvorcu.

Predsednik je imao za svoj deo jednu veliku sobu okruženu sa dva prokleta tornja koji su na sâm pogled izazivali užas: upravo tuda, govorilo se, duh je započinjao svoju posetu, znači da će ga imati od prve; neki hrabar čovek bio bi radostan zbog jedne tako prijatne nade, ali predsednik koji kao i svi predsednici na svetu a naročito kao provansalski predsednici uopšte nije bio hrabar, dođe u jedno takvo stanje slabosti kad je čuo tu vest, da su ga morali promeniti od nogu do glave; nikad nikakva lekarija ne bi mogla imati tako munjevit učinak. Međutim, preoblače ga, ponovo mu navlače oklop, stavljaju dva pištolja na sto u njegovoj sobi, smeštaju mu jedno koplje od petnaest stopa u ruke, pale tri ili četiri sveće i prepuštaju ga njegovim razmišljanjima.

— O nesrećni Fontanisu — povika čim vide da je sam — koji te to zli duh dovco u ovu galeriju, zar nisi mogao u svojoj provinciji naći kakvu devojku koja bi vredela više od ove i koja ti ne bi zadala toliko patnji? Sam si to hteo, jadni predsedniče, sam si to hteo, moj prijatelju, evo te, zagolicao te brak u Parizu, sad vidiš do čega je došlo... Bemti, možda ćeš umreti ovde poput psa a nećeš moći ni da se približiš do poslednje ispovesti, niti da ispustiš dušu na sveštenikovim rukama... Ti prokleti nepoverljivci sa svojom pravičnošću, svojim prirodnim zakonom i njihovim dobrotvorstvom čini se da im raj mora biti otvoren čim su izgovorili te tri velike reči... ni toliko prirode, ni toliko pravičnosti, ni toliko dobrotvorstva, sudimo, progonimo, spaljujmo, raspinjimo i idimo na misu, to je bolje od svega drugoga. Taj Olenkur žestoko drži do tog procesa onom plemiću koga smo osudili prošle godine; mora da tu postoji neka veza u koju nisam posumnjao... A da, nije li to ona sramotna afera, zar onaj slugan od trinaest godina koga smo podgovorili nije došao da nam kaže, jer smo želeli da nam upravo to kaže, da je taj čovek ubijao kurve u svome dvorcu, nije li nam ispričao jednu od priča o *Plavobradom* kojom se dadilje nikada ne bi usudile uspavati svoju decu? U jednom zločinu od tolike važnosti kao što je ubistvo jedne k...., u jednom prestupništvu dokazanom na nepobitan način kao što je izjava kupljena od jednog dečaka od trinaest godina kome smo odredili da se da stotinu udaraca bičem pošto nije želeo reći ono što smo mi želeli da kaže, čini mi se da sve to ne znači da se postupalo s mnogo strogosti, to što smo postupali kao što smo postupali? A naša učena sabraća iz Tuluza, jesu li oni gledali sve izbliza kad su osudili na točak Kalasa? Kad bismo kažnjavali samo one zločine u koje smo ubeđeni, imali bismo ne više od četiri puta u stoleću zadovoljstvo da pošaljemo naše bližnje na stratište, a to je jedino zbog čega nas poštuju. Jako bih voleo da mi se kaže šta bi bio jedan sud čija bi kesa uvek bila otvorena za potrebe Države, koji nikada ne bi donosio presude, koji bi sve ukaze samo uvodio u zapisnike i koji nikada ne bi nikoga ubijao... bio bi to skup budala o čijem mišljenju niko ne bi vodio računa u čitavoj naciji... Hrabro, predsedniče, hrabro, činio si samo svoju dužnost, moj prijatelju: pusti neka viču neprijatelji sudstva, oni ga neće uništiti;

115

naša moć ustanovljena na mekoći kraljeva trajaće koliko i kraljevstvo, Bog neka čuva vladare da ne padnu nikad; još nekoliko nesreća kao one za vladavine Šarla VII, i monarhija najzad uništena moraće ustupiti mesto tom republikanskom obliku koji tako odavno priželjkujemo, i koji će stavljajući nas na sam vrhunac ravno venecijanskom senatu našim rukama poveriti barem okove za kojima čeznemo da bismo zgnječili narod.

Tako je razmišljao predsednik kad se nekakva strahovita buka začu istovremeno u svim sobama i po svim hodnicima dvorca... Sveobuhvatni drhtaj obuze njegovo telo, on se spušta u stolicu grčevito se držeći za naslon, jedva se usuđuje da podigne oči. Kako sam nerazuman, viknu sam sebi, zar ja, ja član Suda u Eksu da se borim protiv duhova? O duhovi, šta je zajedničko ikada moglo biti između Suda u Eksu i vas? Međutim, buka se udvostručava, vrata na dva tornja popuštaju, strahovite prikaze nasrću u sobu... Fontanis pada na kolena, preklinje da ga poštede, moli za život.

— Ubico — govori mu jedna od tih utvara zastrašujućim glasom — jesi li znao za milost u svome srcu kada si nepravedno osuđivao toliko nesrećnika, da li te njihova strašna sudbina ganula, jesi li bio manje tašt, manje gord, manje proždrljiv, manje gadan na dan kada su tvoje nepravične presude survavale u bedu ili u grob žrtve tvoje glupave strogosti, i odakle se rađala u tebi ta opasna nesavesnost tvoje trenutačne moći, te prividne snage koju u jednom času javno mnjenje potvrđuje a koju odmah zatim uništava filozofija?... Podnesi sad što i mi delujemo po istim načelima, i pokori se jer si slabiji.

Na te reči četiri od tih fizičkih duhova silovito dohvataju Fontanisa, i u trenutku ga skidaju nagolo, ne izvlačeći iz njega ništa drugo do kukanje, kričanje i nekakav smrdljivi znoj koji ga je obuhvatao od nogu do glave.

— Šta ćemo sad od njega — reče jedan među njima.

— Pričckaj — odgovori onaj koji je imao izgled zapo-
vednika — imam ovde spisak od četiri glavna razbojništva
koja je počinio kao sudija, pročitajmo mu ga.

1750, osudio je na točak jednog nesrećnika čiji je jedi-
ni greh bio što mu nije hteo dati kćerku koju je krivoklet-
nik imao nameru da upropasti.

1754, predložio je jednom čoveku da mu spase život
za dve hiljade talira; pošto ovaj nije mogao da ih da, dao
je da ga obese.

1760, znajući da je neki čovek u gradu govorio nešto
o njemu, osudio ga je na vatru godinu kasnije kao sodo-
mistu, iako je taj nesrećnik imao ženu i gomilu dece, sve
je potvrđivalo njegov zločin.

1772, neki mladi čovek od ugleda iz provincije pože-
leo je da šaljivom osvetom naplati jednoj kurtizani koja
mu je učinila nekakav opak poklon, a taj zvekan nedostoj-
ni pretvori tu šalu u krivično delo, osudi je kao ubistvo,
trovanje, uvuče sve svoje jarane da iskažu slično mišljenje,
upropasti mladog čoveka, uze mu sve i u odsustvu ga osu-
di na smrt, pošto nije uspeo da ga lično uhvati.

Evo njegovih glavnih zločina, odlučite, moji prijatelji.

Odmah se diže jedan glas:

— Odmazda, gospodo, odmazda; on je nepravedno
osudio na točak, hoću da i on bude razapet.

— Ja glasam za vešanje — reče drugi — i to zbog istih
razloga koje je naveo moj drug.

— Biće spaljen — reče treći — i zato što se usudio da
upotrebi nepravično tu kaznu, i zato što ju je sam više pu-
ta zaradio.

— Dajmo mu primer milostivosti i umerenosti, moji
drugari, reče vođa, i uzmimo samo četvrti događaj u
našem tekstu: jedna išibana kurva je zločin dostojan smr-
ti u očima budalaša, neka i on bude izbičevan.

Dograbiše odmah nesrećnog predsednika, stavljaju ga
potrbuške na neku usku klupu, tu ga vezuju od nogu do
glave; četiri luckasta duha uzimaju svaki po jedan kožni
remen dug pet stopa, usklađeno i svom snagom ruku

spuštaju ga po otkrivenim delovima nesrećnog Fontanisa koji, ležeći vezan tri četvrti sata snažnim rukama koje se brinu o njegovom odgoju, nije ništa drugo do jedna rana iz koje krv šiklja na sve strane.

— A sad je dosta — reče vođa — rekao sam, dajmo mu primer milosti i dobrotvornosti; da nas ovaj lupež drži u svojim rukama, on bi nas reščerečio; mi smo sad njegovi gospodari, smatrajmo da je sad slobodan posle ove bratinske kazne i neka nauči u našoj školi da ubijati ljude ne znači uvek i učiniti ih boljima; on je dobio tek pet stotina udaraca bičem, i ja se kladim sa svima koji hoće da je sada odbacio svoje nepravednosti i da će ubuduće biti jedan od najpoštenijih magistrata u svojoj družini; neka ga odvežu a mi nastavimo naša kretanja.

— Uh — uzviknu predsednik čim je ugledao svoje krvnike kako odlaze, sad shvatam da ako mi prinosimo buktinje delima drugih, ako pokušavamo da ih razvijemo kako bismo imali zadovoljstvo da ih kažnjavamo, sad shvatam da i oni nama vraćaju istom merom; a ko je mogao tim ljudima reći sve ono što sam ja počinio, kako mogu biti tako upoznati sa mojim ponašanjem?

Bilo kako bilo, Fontanis se namešta kako može, ali tek što je stavio svoje odelo začuje strahovite krikove iz onog pravca kojim su utvare izišle iz njegove sobe; napreže uho, prepoznaje markizov glas koji ga iz sve snage doziva u pomoć.

— Đavo neka me odnese ako se i pomaknem — reče prebijeni predsednik — neka ga oni lupeži isprebijaju kao mene ako žele, ja neću da se mešam, svako ima dovoljno svojih neprilika da bi se mešao u tuđe.

Međutim, buka se pojačava, i Olenkur najzad ulazi u Fontanisovu sobu, u pratnji ona dva slugana i sva trojica puštaju oštre krikove kao da ih je neko preklao: sva trojica se pojavljuju okrvavljeni, jedan je imao ruku u zavoju, drugi povez na čelu i videvši ih tako blede, raščupane i krvave kao što su bili zaklčli biste se da su se borili protiv čitave čete đavola pobeglih iz pakla.

— Oh, moj prijatelju, kakav napad — povika Olenkur — mislio sam da ćemo sva trojica biti zadavljeni.

— Mislim da vam nije bilo teže nego meni — reče predsednik pokazujući svoja prebijena krsta — pogledajte kako su postupali sa mnom.

— Oh, vere mi moje, moj prijatelju — reče pukovnik — sad imate razloga za jednu lepu i dobru tužbalicu, nije vam nepoznato jako zanimanje koje vaši drugari već stolećima pokazuju prema izbičevanim guzicama; sakupite sva odeljenja, moj prijatelju, nađite nekog advokata koji bi bio željan upotrebiti svoju rečitost u korist vaših nakinjenih guzica: koristeći oštroumnu veštinu kojom je jedan drevni govornik ganuo skupštinu otkrivajući pred očima čitavog zbora predivna prsa lepotice koju je branio, neka vaš Demosten otkrije te zanimljive guzice u najuzbudljivijem trenutku svoga govora, neka one razneže slušaoce; podsetite naročito pariske sudije pred kojima ćete se morati pojaviti, na onaj poznati događaj iz 1769, kada je njihovo srce daleko milostivije prema išibanoj zadnjici jedne pustolovke nego prema narodu čijim se očevima oni nazivaju a koga ipak ostavljaju da umire od gladi, odlučilo da pokrene krivični postupak protiv jednog mladog vojnika koji je žrtvovavši svoje najlepše godine u službi jednom knezu na povratku kao jedine lovore pobrao poniženje pripremljeno rukom najvećih neprijatelja ove domovine koju je on sve do tog trenutka branio...* Hajde, dragi jarane nesreće, požurimo se, krenimo, nema nikakve bezbednosti za nas u ovom prokletom dvorcu, jurnimo u osvetu, poletimo da zamolimo za pravdu čuvare javnog reda, branitelje ugnjetenog i stubove Države.

— Nisam u stanju da stojim — reče predsednik — i makar me ti prokleti lupeži morali još jednom oguliti kao jabuku, molim vas da mi date jedan krevet, i da me ostavite u njemu mirnog bar dvadeset četiri sata.

---

* Ako pratimo datume i događaje Markizovog života, vidimo da su ove stranice izvanredno autobiografske. *Prim. prev.*

119

— Vi ne razmišljate, moj prijatelju, bićete zadavljeni.

— Neka, biće to samo vraćanje milo za drago a i kajanja se tako bude u mome srcu, da ću primiti kao naredbu neba sve nesreće koje bude htelo da mi pošalje.

Kako je galama sasvim prestala, i kako je Olenkur opazio da jadni Provansalac zaista ima potrebu da se malo odmori, on pozva gazdu Pjera i upita ga treba li još strepiti da će se oni lupeži vratiti sledeće noći.

— Ne, gospodine — odgovori čuvar — sada će biti mirni za osam ili deset dana i možete se odmarati u punoj bezbednosti.

Odvedoše osakaćenog predsednika u jednu sobu gde se smestio u krevet i odmarao kako je znao dobrih dvanaest sati; još je bio tu kad oseti da je sav mokar u svome krevetu; diže oči, vidi strop probijen hiljadama rupa a iz svake pršće jedna fontana koja preti da ga potopi ukoliko se što brže ne skloni odatle; brzo juri potpuno go u donje odaje, gde zatiče pukovnika i gazdu Pjera kako zaboravljaju na svoju muku oko sočne paštete i bedema od boca burgonjskog vina; šta su mogli nego da se nasmeju ugledavši Fontanisa kako trči prema njima dvojici u tako neprikladnom odelu; ispriča im svoje nove muke, nateraše ga da sedne za sto ne ostavljajući mu vremena da obuče svoje hlače koje je stalno držao pod pazuhom na način kako se to vidi kod naroda iz Pegua*. Predsednik poče da pije i nađe utehu za svoja zla na dnu treće boce vina; kako su im bila preostala još dva sata do povratka u Olenkur, pripremiše konje i krenuše.

— Nema šta, poštena škola, markiže, u koju ste me doveli ovde — reče Provansalac čim se popeo u sedlo.

— Neće to biti i poslednja, moj prijatelju — reče Olenkur — čovek je rođen da uči škole, a naročito ljudi s

---

* Ovo nije jedini »nadrealni skok« u Markizovom načinu. Peguanci su bili stanovnici kraljevstva Pegu, koje se nalazilo na prostoru današnje Burme. Nisam uspeo ništa da saznam o tom njihovom posebnom načinu nošenja hlača. *Prim. prev.*

togom, glupost je pod hermelinom podigla svoj hram, ona mirno diše tek u vašim sudovima; ali na kraju krajeva ma šta da kažete, zar je trebalo napustiti taj dvorac a ne razjasniti šta se to zbilja u njemu zbiva?

— Da li nam nešto koristi što smo to saznali?

— Svakako, sad možemo uložiti naše žalbe s mnogo više razloga.

— Žalbe, neka me đavo odnese ako ih budem ulagao, čuvaću ono što imam, a vi ćete me obavezati beskrajno ako o ovome ne budete nikom ništa govorili.

— Moj prijatelju, vi niste dosledni, jer ako je smešno ulagati žalbe onda kad smo uvređeni, zbog čega ih vi onda neprekidno tražite, zašto ih podstičete? Eto ga! Vi koji ste jedan od najvećih neprijatelja zločina hoćete da ga ostavite nekažnjenog iako je potpuno dokazan? Zar nije jedan od najuzvišenijih aksioma sudskog postupka da čak i ako oštećena strana dâ svoj odustanak pravda traži svoje zadovoljenje, zar upravo ona nije očigledno silovana u ovome što vam se dogodilo i hoćete li odbiti zakonito kađenje koje ona zahteva?

— Koliko god budete hteli, ali ja neću reći ni reč.

— A miraz vaše žene?

— Očekivaću da baron pokaže svoju pravičnost, i lično ću ga zadužiti da raščisti ovu stvar ovde.

— On neće hteti da se umeša.

— Pa dobro, ješćemo okrajke.

— Junačina! Vi ćete biti razlog što će vas vaša žena prokleti, što će se čitavog života kajati zato što je svoju sudbinu vezala za jednog kukavicu vašeg soja.

— Oh, što se kajanja tiče, ostaće nam oboma po jedan deo, ali zašto hoćete da se ja žalim sada kad ste malopre bili tako daleko od toga?

— Nisam znao šta je u pitanju: sve dok sam verovao da sam mogu pobediti bez ičije pomoći, ponašao sam se kao najpošteniji, a sada kada smatram da je veoma bitno da pozovemo u pomoć zakone, ja vam to predlažem, šta ima nedosledno u mome ponašanju?

— Odlično, odlično — reče Fontanis silazeći s konja pošto su stigli u Olenkur — ali ne recimo ni reči, preklinjem vas, to je jedina milost koju tražim od vas.

Iako su bili odsutni samo dva dana, kod markize je bilo novina: gđica od Teroza ležala je u krevetu, navodno neraspoloženje uzročeno nespokojstvom, tugom zbog muža koji je bio u neprilici, primoralo ju je od pre dvadeset četiri sata da ostane ležati: u neobičnom ogrtaču, sa dvadeset aršina velova oko glave i vrata... njeno tako dirljivo bledilo, čineći je još sto puta lepšom, upali sve vatre u predsedniku čije je pretrpljeno bičevanje koje je upravo bio doživeo još bolje palilo njegovu fizičku snagu. Delgac je bio pored kreveta bolesnice, i upozori šapatom Fontanisa da ne pokaže ni zračak želje u bolnom stanju u kome se nalazila njegova žena; došlo je do kritičnog trenutka za vreme menstruacije, reč je bila ništa manje nego o jakom odlivu.

— Pobogu — reče predsednik — stvarno me prati nesreća, upravo sam izleman zbog te žene, i to nečuveno izleman, a sad mi uskraćuju zadovoljstvo da se utešim njome.

Pored toga društvo u dvorcu bilo je povećano za tri osobe o kojima je bitno da se povede računa. G. i gđa od Totvila, bogati ljudi iz okoline, doveli su sa sobom gđicu Lucilu od Totvila, svoju kćerku, lepu živahnu crnku otprilike od osamnaest godina i koja ni po čemu nije zaostajala za čežnjivim čarima gđice od Teroze; ali da ne bismo više budili radoznalost kod čitaoca, odmah ćemo mu objasniti ko su bile te tri osobe koje smo smatrali pogodnim da stupe na scenu da odgode rasplet ili da ga dovedu što bezbednije do željenog završetka. Totvil je bio jedan od onih uništenih vitezova Svetoga Luja koji su blateći svoj red za nekoliko večera ili za nekoliko talira ravnodušno prihvatali sve uloge koje bi im predložili da odigraju; njegova tobožnja žena bila je stara pustolovka u jednom drugom smislu, koja budući da više nije u doba kad može prodavati svoje draži nalazi obeštećenje u tome što trguje tuđima; što se tiče lepe princeze koja im je kao pripadala, držeći do jedne takve obitelji, može se lako zamisliti iz kakve je klase poticala: učenica Pafosa* od svoga detinjstva, već je bila uništila trojicu ili četvoricu veleposednika, a upravo zbog njene veštine i njenih draži bili su je usvojili; međutim, svaka od tih ličnosti izabrana u onome što je njena klasa mogla da ponudi kao najbolje, dobro pripremljena, savršeno obučena, i posedujući ono što se naziva sjaj dobrog ponašanja, izvršavala je ne može biti bolje ono što se očekivalo od nje, i bilo je teško, videći ih tako pomešane sa ljudima i ženama iz dobrog društva, ne poverovati da im stvarno pripadaju.

Tek što je predsednik stigao, a markiza i njena sestra se raspituju o njegovoj pustolovini.

— Ma ništa — reče markiz sledeći namere svoga zeta — čopor lupeža koje ćemo pre ili posle uništiti, treba samo znati kad se predsednik bude odlučio na to, svako će od nas sa zadovoljstvom da mu priskoči u pomoć.

A kako se Olenkur brzo potrudio da ih potiho obavesti o uspesima i predsednikovoj želji da se o njima ne govori, razgovor skrenu na drugu stranu i više se nije govorilo o utvarama u Terozi.

Predsednik pokaza svu zabrinutost zbog svoje ženice i još više krajnju ojađenost što je ta prokleta neprilika morala još jednom odgoditi njegovu sreću. A kako je već bilo kasno, večerali su i povukli se na spavanje, ništa izuzetno se nije dogodilo tog dana.

Gospodin od Fontanisa, kao dobar togaš, koji je zbir svojih dobrih osobina uvećavao jednom naglašenom naklonošću prema ženama, nije bez izvesne zbunjenosti ugledao mladu Lucilu u krugu markize od Olenkura; on poče da se raspituje kod svoga poverenika La Brija ko je ta mlada osoba, a ovaj mu je odgovorio tako da je pothra-

---

* Pafos je stari grad na Kipru, koji je bio poznat po hramu u čast Venere, čime se objašnjava Markizova aluzija. *Prim. prev.*

nio ljubav koju je primetio da se rađa u magistratovom srcu, uveravajući ga da ide napred.

— To je jedna vredna devojka — odgovori mu varljivi poverenik — ali uopšte nije zaštićena od ljubavnog predloga jednog čoveka vaše vrste; gospodine predsedniče — nastavi mladi spletkaroš — vi ste opasni za očeve i strašni za muževe, i ma koliko jedna ženska individua želi da ostane mudra, ipak joj je teško da vam uzvrati strogošću. Na stranu pojava, ostaje samo položaj, a koja žena može odoleti čarima jednog čoveka od prava, te velike crne toge, tog kockastog šešira, zar mislite da sve to ne zavodi?

— Istina je da se teško brane od nas, mi imamo u sebi jednog čoveka na raspolaganju koji je uvek predstavljao strah i trepet za vrline... znači dakle, La Bri, da kad bih rekao neku reč...

— Pripala bi vam, ne sumnjajte.

— Ali treba ćutati o ovome, i sam osećaš da stanje u kome se nalazim zahteva da ne započnem sa svojom ženom tako što ću joj biti neveran.

— Oh, gospodine, doveli biste je do očajanja, ona vam je tako nežno privržena.

— Da, misliš li da me malo voli?

— Ona vas obožava, gospodine, i bio bi to pravi zločin prevariti je.

— Međutim, veruješ da s druge strane?...

— Vaši će pokušaji nepobitno uspeti ukoliko to želite, pitanje je samo da se odlučite.

— Oh, moj dragi La Bri, ispunjavaš me prijatnošću, kakvo zadovoljstvo voditi dve stvari uporedo i prevariti dve žene odjednom! Prevariti, moj prijatelju, prevariti, kakva naslada za čoveka sa togom!

Nakon svih tih ohrabrenja Fontanis se uređuje, oblači, zaboravlja udarce bičem kojima je bio išaran i sve zavaravajući svoju ženu koja je još uvek u krevetu, upravlja sve snage prema prepredenoj Lucili koja slušajući ga najpre stidljivo priprema mu neosetno jednu lepšu igru.

Protekla su otprilike četiri dana kako je ta mala zavera trajala a da je niko kao nije primetio, kad u dvorac stigoše obavesti iz novina i glasnika, pozivajući sve ljubitelje astronomije da sledeće noći posmatraju *prolazak Venere kroz znak Kozoroga*.

— Oh, bogami, događaj je nesvakidašnji — reče predsednik kao znalac čim je pročitao tu vest — nikada se ne bih nadao jednoj takvoj pojavi: ja kao što znate, gospođe, imam izvesno znanje o toj nauci, čak sam i napisao jedno delo u šest tomova o *Marsovim satelitima*.

— O Marsovim satelitima — reče markiza smejući se — oni vam, međutim, nisu mnogo naklonjeni, predsedniče, čudim se da ste izabrali tu materiju.

— Uvek šaljiva, draga markizo, vidim jasno da je moja tajna bila slabo čuvana, ali bilo kako bilo, veoma me zanima događaj koji nam najavljuju... a imate li neko mesto ovde, markiže, odakle bismo mogli posmatrati kretanje te planete?

— Svakako — odgovori markiz — ja raspolažem iznad svoga golubarnika jednom veoma dobrom osmatračnicom: naći ćete tamo odlične durbine, kompase, uglomere, ukratko, sve ono što mora da se nalazi u radionici svakog astronoma.

— Vi se znači pomalo bavite i time?

— Ne uopšte, ali imamo oči kao i svi drugi, poznajemo ljude od te umetnosti i rado se prepuštamo da nas oni podučavaju.

— E pa dobro, sa zadovoljstvom ću vam dati nekoliko lekcija, za šest nedelja ću vas naučiti da upoznate Zemlju bolje nego Dekart ili Kopernik.

Uskoro dođe čas da svi pređu u osmatračnicu: predsednik je bio ožalošćen što će ga slabost njegove žene lišiti zadovoljstva da se pokaže kao naučnik pred njom, ne sumnjajući, jadni đavo, da će ona igrati glavnu ulogu u toj neobičnoj komediji.

Iako baloni još nisu bili pokazani svetu, oni su već bili poznati 1779. a vešti fizičar koji je izveo onaj o kome će biti reči, mnogo umniji od svih koji će krenuti za njim, imao je toliko mnogo duha da posmatra kao i svi drugi i da ne progovori ni reč kada su uljezi došli da mu otmu njegov izum; u središtu jednog aerostata savršeno izvedenog morala se dići, u predviđenom trenutku, gđica od Teroza u naručju grofa od Elbena, a ta scena viđena iz velike daljine i obasjana samo jednim veštačkim i lakim plamenom bila je dovoljno spretno predstavljena da bi delovala na jednu takvu budalu kao što je predsednik koji u svome životu nije pročitao nijedno delo o nauci kojom se hvalisao.

Čitava družina dolazi na vrh kule, uzimaju durbine, balon kreće.

— Vidite li išta? — govore jedan drugom.

— Još ništa.

— Evo, ja vidim.

— Ne, to nije to.

— Oprostite molim vas, nalevo, nalevo, uperite prema istoku.

— Ah! Imam ga — povika predsednik sav razdragan, imam ga, moji prijatelji, upravite se prema meni... malo bliže Merkuru, ne dalje od Marsa, jako ispod Saturnove elipse, tu, ah, veliki Bože, kako je to lepo!

— Vidim isto što i vi, predsedniče — reče markiz — zaista izvanredna stvar, primećujete li tačku spajanja?

— Imam je na vrhu svoga durbina...

A u tom trenutku balon prolazi iznad kule:

— E pa — reče markiz — jesu li najave koje smo dobili bile pogrešne, i nije li ovo *Venera iznad Kozoroga?*

— Potpuno tačno — reče predsednik — ovo je najlepši prizor koji sam video u svome životu.

— Ko zna — reče markiz — da li ćete uvek biti obavezni da se penjete tako visoko da biste ga gledali.

— Ah! markiže, kako su vaše šale neprilične u jednom ovako lepom trenutku...

I kad se balon izgubio u pomrčini, svi siđoše jako zadovoljni zbog alegorijske pojave koju je umetnost ustupila prirodi.

— Zaista sam ožalošćen što niste došli da s nama podelite zadovoljstvo koje nam je pričinio taj događaj — reče g. od Fontanisa svojoj ženi koju je zatekao u krevetu pošto se vratio — nemoguće je videti nešto lepše.

— Verujem vam — reče mlada žena — ali rekli su mi da u svemu tome ima mnogo nepriličnih stvari, pa u suštini nisam nezadovoljna što ih nisam videla.

— Nepriličnih — reče predsednik cereći se sa mnogo dražesti... — ma ne, uopšte, reč je samo o tački spajanja, šta ima veće od toga u prirodi? To je ono što bih voleo da se dogodi i među nama najzad, i što će se dogoditi kada vi budete hteli; ali recite mi, sasvim otvoreno, moćna upravljateljko mojih misli... zar vaš sužanj nije dovoljno čeznuo i hoćete li mu uskoro odrediti nagradu za njegove muke?

— Avaj, moj anđele — reče mu zaljubljeno njegova mlada supruga — zar mislite da se meni manje žuri nego vama, ali vi vidite moje stanje... i to ga vidite bez ikakvog žaljenja, okrutniče, iako je ono potpuno vaše delo: manje mučenja za ono što vas privlači, i osećaću se mnogo bolje.

Predsedniku se učinilo da je na sedmom nebu od svih tih nežnosti, sav se razgalio, sav uspravio, nikada jedan togaš, čak ni svi oni koje je obesio, nije imao vrat tako ukočen. Ali kako su se sa svim tim od strane gđice od Teroza umnožavale prepreke, i kako se s Luciline najavljivala najlepša igra na svetu, Fontanis se nije mnogo kolebao između procvalih mirti i ljubavi s odocnelim bračnim ružama; jedna mi ne može pobeći, govorio je sam sebi, i imaću je kad god budem hteo, a druga je ovde možda samo na trenutak, treba se požuriti da nešto izvučem; i sledeći svoja ubeđenja Fontanis nije propuštao nijednu priliku koja je mogla ubrzati njegove naume.

— Avaj, gospodine — reče mu jednoga dana ta mlada osoba puna lažnog stida — zar neću postati najnesrećnije biće ukoliko vam priuštim ono što zahtevate... vi ste vezani, da li ćete ikada moći popraviti zlo koje biste naneli mome ugledu?

127

— Šta to znači popraviti? Nema tu šta da se popravlja, ni vi ni ja nemamo šta da popravljamo, to je ono što se zove ubod mačem u vodu; nema čega da se plašite s oženjenim čovekom, pošto je njemu prvom stalo do tajne, tako da vas to neće sprečiti da nađete muža.

— A religija i čast, gospodine...

— Sve je to nevažno, moje srce, vidim da ste vi jedna Agneza i da imate potrebu da provedete neko vreme u mojoj školi; ah! kako ću rasterati sve te predrasude detinjstva.

— Ali ja sam mislila da vas vaš položaj obavezuje da ih poštujete.

— Uistinu da, ali spolja, mi se predstavljamo samo spolja, ali kad jednom svučemo sa sebe taj prazni dekor koji nas obavezuje na obzirnost, mi ličimo na sve ostale smrtnike. I, kako možete da nas zamislite kao zaštićene od njihovih poroka? Naše strasti podgrejane pričom ili neprekidnim pokazivanjem njihovim čine nas različitim od njih samo zbog preterivanja koja oni ne poznaju a u kojima mi svakodnevno uživamo; gotovo uvek zaštićena zakonima pomoću kojih zadajemo strah drugima, ova nedodirljivost nas rasplamsava i mi postajemo sve opakiji...

Lucila je slušala sve te besmislenosti i bez obzira na to kakav su užas izazvali u njoj i fizički i moralni izgledi te odvratne ličnosti, ona se ponašala s puno lakomislenosti, jer je nagrada koju su joj obećali zavisila od tih uslova. Što su predsednikove ljubavne želje više napredovale, njegova je nadmenost postajala sve nepodnošljivija: ništa nije tako zabavno na svetu kao zaljubljeni togaš, to je najpotpunija slika nespretnosti, bezobrazluka i blesavosti. Ako je čitalac ikada video ćurana spremnog da produži svoju vrstu, onda ima skicu onoga što bismo mu hteli ponuditi u vezi s tim idejama. Bez obzira na sve predostrožnosti koje je poduzeo da se preruši, jednoga dana kad ga je njegova bestidnost ipak malo previše izložila pogledima, markiz odluči da ga stavi za sto i ponizi pred njegovom boginjom.

— Predsedniče — kaže mu on — upravo sam primio vesti neprijatne za vas.

— Šta to?

— Govori se da će Sud u Eksu biti ukinut; javnost se žali da je nekoristan, Eks ima manje potrebe za Sudom nego Lion, i ovaj će grad, dovoljno daleko od Pariza da ne bi zavisio od njega, obuhvaćati čitavu Provansu; on je natkriljuje, potpuno je smešten kako treba da bi u sebe primio sve sudije jedne tako značajne provincije.

— Takva odluka nema nikakvog smisla.

— Ona je mudra, Eks je na kraju sveta, bez obzira na to u kome kraju živi neki Provansalac, nema nijednog koji neće radije doći u Lion zbog svojih poslova, nego u vaš blatnjavi Eks; užasni putevi, nigde mosta na Duransi koja se kao vaše glave devet puta godišnje poremećuje, a onda i pojedinačne greške, neću da vam krijem; pre svega napadaju vaš sastav, nema, kažu, u čitavom Sudu u Eksu nijedne ličnosti koja bi se mogla imenovati... trgovci tunjevinom, mornari, krijumčari, jednom rečju, rulja prezira dostojnih lupeža s kojima plemstvo neće da išta ima i koja ljuti narod da bi nadoknadila nepoverenje u kome se nalazi, glupaci, budale... oprostite, predsedniče, ja vam kažem ono što mi pišu, daću vam pismo da ga pročitate posle večere, mangupi, jednom rečju, koji podstiču fanatizam i sramotu držeći u svome gradu kao dokaz svoje ispravnosti stratište uvek spremno, koje je u stvari spomenik njihovoj glupoj strogosti, čijim bi kamenjem narod morao kamenovati poznate krvnike koji se usuđuju sa puno oholosti da mu večito nameću gvožđa; čudno je da još to nije učinio, i pretpostavlja se da neće još dugo oklevati... gomila nepravičnih presuda, zloupotrebljavanje istinske strogosti koje ima za cilj da opravda sve zakonske zločine koje oni žele da počine; zatim stvari mnogo ozbiljnije koje treba pridodati ovome... odlučni neprijatelji Države, i to u svim stolećima, tako se otvoreno govori. Javni užas koji su pobudile vaše gadosti u Merindolu još nije ugašen u srcima; niste li u to vreme priredili jedan od

129

prizora koji nije mogućno naslikati, mogu li se bez drhta-
nja zamisliti zaštitnici reda, mira i pravednosti kako trče
provincijom kao poludeli, s buktinjom u jednoj ruci,
nožem u drugoj, paleći, ubijajući, koljući sve što im stoji
na putu, kao krdo besnih tigrova koji su pobegli iz šuma,
zar priliči magistratima da se ponašaju na takav način.
Podsećaju isto tako na više prilika kada ste uporno odbija-
li da pomognete kralja u njegovim naporima, u različitim
trenucima bili ste spremniji da dignete provinciju na usta-
nak nego da shvatite vašu ulogu posrednikâ; mislite li da
je zaboravljeno ono nesrećno razdoblje kada ste bez ika-
kve opasnosti koja bi vam pretila stali na čelo stanovnika
vašega grada da predate njegove ključeve zapovedniku
vojske De Burbonu koji je bio izdao svoga kralja, ili ono
kada ste drhteći od samog približavanja Šarla Kenta
požurili da mu ukažete počast i da ga pustite da uđe među
vaše zidine, zar se ne zna da su u Sudu u Eksu iznikle prve
klice Lige i da su u svim vremenima, jednom rečju, svi vi-
deli u vama smutljivce ili buntovnike, ubojice ili izdajni-
ke? Vi znate bolje nego iko, gospodo provansalski magis-
trati, kada hoćemo da uništimo nekoga, traži se sve ono
što je mogao ranije počiniti, priseća se svih njegovih pret-
hodnih grešaka kako bi se povećao zbir novih: ne čudite
se prema tome ako se s vama ponašaju isto kao što ste vi
činili sa nesrećnicima koje vam se izvolelo žrtvovati vašem
cepidlačenju; shvatite, moj dragi predsedniče, da nikakvo
telo nema više prava od običnog pojedinca da progoni
poštenog i mirnog građanina, a ako se to telo odluči na
jednu sličnu nepromišljenost, neka se ne čudi ako se svi
glasovi dignu protiv njega, i proglase prava slabijeg i vrli-
ne protiv despotizma i bezakonja.

Predsednik ne mogući više ni podnositi te optužbe ni-
ti odgovoriti na njih, besno usta od stola kunući se da će
napustiti kuću; posle prizora sa zaljubljenim togašem
ništa nije tako smešno kao razbesneli togaš, mišići nje-
govog lica prirodno udešeni licemerjem, prinuđeni da se
iz toga pretvore u grčenja izazvana besnilom, uspevaju u

tome tek kroz žestoke prelive čiji je razvoj smešno posmatrati: pošto su se zabavljali njegovim malim gnevom, pošto još nisu došli do scene koja je bila potrebna onome čemu su se nadali, to jest da ga se oslobode za sva vremena, počeše da ga smiruju, odoše do njega, i vratiše ga; zaboravljajući prilično lako uveče sve male nevolje preživljene ujutru, Fontanis dobi svoj uobičajeni izgled, i sve se zaboravi.

Gospođica od Teroza osećala se bolje, iako još uvek pomalo utučena spolja, dolazila je ipak na obede i čak se šetala sa društvom; predsednik manje užurban pošto ga je jedino Lucila zanimala, shvati da će uskoro morati da se brine samo oko svoje žene. Posledično tome, odluči se da živo ubrza drugu stvar, koja se nalazila u kritičnom trenutku, gđica od Totvila nije više pružala nikakav otpor, trebalo je samo ugovoriti jedan bezbedan sastanak. Predsednik predloži svoju slugansku sobicu, Lucila koja nije spavala u sobi sa svojim roditeljima rado prihvati to mesto za sledeću noć, i odmah to dojavi markizu; objašnjavaju joj ulogu i ostatak dana prolazi mirno. Oko jedanaest sati Lucila, koja se prva morala uvući u predsednikov krevet pomoću ključa koji joj je ovaj poverio, reče da je boli glava i iziđe. Četvrt sata posle toga, užurbani Fontanis se povlači, ali markiza želeći da mu ukaže čast ima nameru da ga otprati do njegove sobe: čitavo društvo prihvata šalu, gđica od Teroza među prvima želi da se zabavlja, i ne vodeći računa o predsedniku koji je na iglicama, i koji bi rado želeo ili da se izbavi te smešne ljubaznosti, ili da bar upozori onu za koju je pretpostavljao da će je iznenaditi, uzimaju svetiljke, muškarci idu prvi, žene okružuju Fontanisa, daju mu ruku, i ta tako neobična povorka dolazi pred vrata njegove sobe... Naš zlosrećni zavodnik jedva je disao.

— Ne odgovaram nizašta — govorio je mucajući — vodite računa o nepromišljenosti koju činite, ko vam kaže da me predmet moje ljubavi ne čeka u ovom trenutku u

131

mom krevetu, a ako je tako, razmislite dobro šta sve može da proistekne iz vašeg neozbiljnog postupka?

— Za svaki slučaj — reče markiza otvarajući naglo vrata — hajdemo, lepotice, koja, kako kažu, čekate predsednika u krevetu, pojavite se i nemajte straha.

Ali kakvo je opšte iznenađenje, kad svetla naspram kreveta obasjaše jednog čudovišnog magarca, nemarno poleglog u čaršavima, i koji se kao nekakvim šaljivim čudom, veoma zadovoljan bez sumnje zbog uloge koju su mu odredili da igra, bio uspavao spokojno na sudijskom krevetu i tu je sladostrasno hrkao.

— Ah! do đavola — povika Olenkur držeći se za stomak od smeha — predsedniče, pogledaj malo ovog srećnog ravnodušnika od životinje, zar se ne bi moglo reći da je to jedan od tvojih drugara iz sudnice?

Predsednik koliko-toliko smiren što se sve tako svršilo sa šalom, predsednik koji je umišljao da će ona baciti veo na sve ostalo, i da je Lucila dosetivši se prva imala dovoljno opreznosti da zataška njihovu spletku, predsednik, kažem, poče da se smeje s ostalima, sklonaše kako su mogli magare veoma rastuženo što su ga trgnuli iz sna, staviše bele čaršave, i Fontanis dostojanstveno zameni najveličanstvenijeg od magaraca koga su uspeli pronaći u čitavom kraju.

— U stvari to je ista stvar — reče markiza kad ga vide u krevetu — nikada ne bih pomislila da postoji tolika sličnost između jednog magarca i predsednika Suda u Eksu.

— U kakvoj ste zabludi bili, gospođo — odgovori markiz — zar ne znate da među tim doktorima taj parlament uvek bira svoje članove, kladio bih se da je onaj koga ste upravo videli kako izlazi odavde bio njihov prvi predsednik.

Prva Fontanisova briga sutradan bila je da upita Lucilu kako se izvukla iz čitave stvari: ova dobro podučena kaže da je naslutila šalu, brzo se povukla, ali u zebnji da je bila odana, zbog čega je provela jednu groznu noć u žarkoj želji da dođe trenutak da joj se sve objasni; predsednik je primiri i dobi njeno obećanje za sutra; prepredena Lucila je pustila da je prvo malo moli, Fontanis od toga posta još požudniji i sve se sređuje prema njegovim željama. Ali ako je onaj prvi sastanak bio pokvaren jednom komičnom scenom, kakav sudbonosni događaj sprečiće drugi! Stvari se odvijaju kao prethodne noći, Lucila se povlači prva, predsednik je sledi malo iza toga i niko ga u tome ne sprečava, nalazi je na ugovorenom sastanku, grabi je u naručje, već se sprema da joj da nedvosmislene dokaze svoje strasti... kad odjednom vrata se otvaraju, tu su g. i gđa od Totvila, to je markiza, to je čak lično gđica od Teroza.

— Čudovište — povika ova — besno se bacajući na svoga muža, tako se znači rugaš mojoj čistoti i mojoj nežnosti!

— Kćerko grozna — reče g. od Totvila Lucili koja je pala na kolena pred svoga oca — tako znači zloupotrebljavaš poštenu slobodu koju ti ostavljamo!...

Sa svoje strane, markiza i gđa od Totvila bacaju gnevne poglede na dvoje krivaca i gđa od Olenkura je trgnuta iz tog stanja tek da bi prihvatila svoju sestru koja pada u nesvest na njene ruke. Bilo bi teško naslikati Fontanisov izgled usred ove scene: iznenađenje, stid, užas, neizvesnost, sva ta različita osećanja potresaju ga u istom trenutku i čine ga ukipljenim; međutim, markiz dolazi, raspituje se o čemu je reč, s gnušanjem saznaje za sve što se događa.

— Gospodine — reče mu odlučno Lucilin otac — nikada ne bih ni pomislio da kod vas jedna poštena devojka može biti izložena nasrtajima ovakve vrste; vi ćete priznati da ja to ne mogu podneti, i da ćemo moja žena, moja kćerka i ja iz ovih stopa krenuti da tražimo pravdu za one od kojih smo mislili da joj se možemo nadati.

— Zaista, gospodine — reče na to predsedniku markiz sasvim suvo — priznaćete da su ovo scene na koje sam mogao računati; zar ste se vezali za nas samo zato da biste obeščastili moju sestru i moju kuću?

Nakon toga obraćajući se Totvilu:

— Nema ničeg pravednijeg, gospodine, od zadovoljštine koju tražite, ali usuđujem vas zamoliti u ovom trenutku da izbegnete skandal, ne tražim to zbog ovog nevaljalca ovde, on je jedino dostojan prezira i kazne, nego zbog sebe, gospodine, zbog moje porodice, zbog moga nesrećnog punca koji će, uloživši sve svoje poverenje u ovog lakrdijaša, umreti od tuge što se prevario.

— Želeo bih da vas mogu zadužiti — reče gordo g. od Totvila, odvodeći svoju ženu i kćerku — ali ćete mi dozvoliti da svoju čast stavim iznad tih razmatranja; vi uopšte nećete biti izloženi sramoti, gospodine, u tužbama koje ću učiniti, taj nepošteni čovek će biti jedini... dozvoljavate li da više ne slušam ništa i da iz ovih stopa idem tamo gde me osveta zove.

Na ove reči te tri osobe se povlače tako odlučno da ih nikakav ljudski napor ne bi mogao zaustaviti, i lete, tako tvrde, u Pariz da predstave optužnicu na Sudu protiv gadosti kojima ih je hteo pokriti predsednik Fontanis... Međutim, u tom nesrećnom dvorcu ostaje da vlada zbrka i očajanje; gđica od Teroza jedva povraćena sebi, ponovo leže u krevet s groznicom za koju smatraju da je opasna; g. i gđa od Olenkura grme protiv predsednika koji, imajući kao jedino utočište tu kuću sa članovima koji mu prete, ne usuđuje se da išta kaže protiv prekora koji su mu s pravom upućeni, i sve ostaje tri dana u tom stanju, sve dok tajna obaveštenja ne otkrivaju markizu da je stvar ne može biti ozbiljnija, da je uzeta u razmatranje kao krivično delo, i da će Fontanis za koji dan biti uhapšen.

— Ma šta, čak i da me ne saslušaju — reče užasnuti predsednik.

— Je li to pravilo — odgovori mu Olenkur — da li su sredstva odbrane dozvoljena onome koga zakon hapsi, a zar jedna od vaših najpoštovanijih navika nije u tome da ga žigošete pre nego što ga saslušate? Znači da se u odnosu na vas koriste ista oružja kojima se vi služite protiv drugih; nakon što ste primenjivali nepravdu tokom trideset godina, zar nije razumno da bar jednom u životu i vi postanete njena žrtva?

— Ali zbog stvari sa devojkama?

— Kako zbog stvari sa devojkama, zar ne znate da su upravo one najopasnije? Ona nesrećna stvar sećanja koja su vas stajala pet stotina udaraca bičem u dvorcu sa utvarama, šta je to bilo nego stvar sa devojkama, i zar niste mislili da zbog jedne stvari sa devojkama možete uprljati jednog plemića? Odmazda, predsedniče, odmazda, to je vaša busola, prepustite joj se dakle hrabro.

— Pravedno nebo — reče Fontanis — u ime Boga, moj brate, ne napuštajte me sada.

— Verujte da ćemo vas potpomoći — odgovori Olenkur — bez obzira na sramotu kojom ste nas uprljali, i nekoliko tužbi koje smo morali da vam uputimo, ali sredstva su gadna... vi ih poznajete.

— Koja to?

— Kraljeva dobrota, pismo neke uticajne osobe, ne vidim ništa drugo.

— Kakve pogubne neprilike!

— Slažem se, ali nađite druga, hoćete li da odete iz Francuske i da se zauvek izgubite, dok bi nekoliko godina zatvora možda sredile sve to? To sredstvo koje vas pobunjuje, uostalom, zar ga vi i vaši niste ponekad upotrebili, kad ste ga ono grubo savetovali plemiću koga ste hteli da dokrajčite ali koga su duhovi tako dobro osvetili, zar se niste usudili da, ogrešenjem isto toliko opasnim koliko i kažnjivim, stavite tog nesrećnog vojnika između zatvora i večite sramote i da zaustavite vaše prezrenja dostojne udarce tek pod uslovom dok ga oni koji su dolazili od njegovog kralja do kraja ne unište? Nema, prema tome, ničeg čudnovatog, moj dragi, u ovome što vam predlažem, ne samo da vam je taj put poznat, nego ga sada morate čak slediti.

— O strašna sećanja — reče predsednik lijući suze — ko bi rekao da će osveta neba zagrmiti nad mojom glavom gotovo u istom trenutku kada sam mislio da su moji zločini zaboravljeni! Sada mi se vraća sve što sam počinio, podnesimo, podnesimo i ćutimo.

Međutim, kako je trebalo ubrzati pomoć, markiza živo posavetova svoga muža da ode u Fontenblo gde se u tom trenutku nalazio dvor; što se tiče gđice od Teroza ona se nije mešala u sve to, sramota, žalost spolja, i grof od Elbena iznutra, zadržavali su je u njenoj sobi čija su vrata bila zatvorena jedino za predsednika; on se najavio više puta, pokušao je da ih otvori svojim kajanjima i svojim suzama, ali uvek neplodno.

Markiz dakle ode, put je bio kratak, vratio se već sutradan, praćen od dva sudska činovnika i snabdeven jednom tobožnjom naredbom od koje su predsedniku pri samom pogledu na nju zadrhtali svi udovi.

— Niste mogli doći u boljem trenutku — reče markiza koja se pretvarala da je dobila vesti iz Pariza dok je njen muž bio na dvoru — postupak se odvija izvanredno, i moji mi prijatelji pišu da će veoma uskoro izbaviti predsednika; moj otac bio je obavešten, on je očajan, savetuje nam da dobro služimo njegovog prijatelja, i da mu objasnimo bol u koji ga sve to baca... njegovo zdravlje mu ne dozvoljava da ga pomogne drukčije nego svojim lepim željama, koje bi bile još iskrenije da je on bio malo pametniji... evo pisma.

Markiz pročita na brzinu, i nakon što je održao govor Fontanisu kome nije bilo lako da se odluči na zatvor, preda ga njegovoj dvojici čuvara, koji su u stvari bili konjički oficiri u njegovom odredu, i ohrabri ga da se teši tim pre jer ga on neće nikako izgubiti iz vida.

— Uspeo sam uz mnogo napora da dobijem jedno utvrđenje — reče mu — smešteno na otprilike pet ili šest milja odavde, tu ćete biti pod prismotrom jednog od mojih starih prijatelja koji će se s vama ophoditi kao da sam u pitanju ja, šaljem mu i pismo po vašim čuvarima kojim vas najživlje preporučujem, budite dakle potpuno mirni.

Predsednik zaplaka kao dete, ništa nije tako gorko kao kajanje zločinca, koji gleda kako na njegovu glavu padaju sve napasti kojima se on sam služio nekad... ali nije više mogao ničemu izbeći, samo usrdno zamoli dozvolu da zagrli svoju ženu.

— Na sreću — odgovori mu naglo markiza — ona još nije vaša žena, i to je u našim nesrećama jedino ublaženje koje imamo.

— Neka — reče predsednik — imaću hrabrosti da podnesem još i ovu ranu — i pope se u kola sa sudskim činovnicima.

Dvorac u koji su bili odveli tog nesrećnika pripadao je imanju od miraza gđe od Olenkura, gde je sve bilo spremno za njegov doček; jedan kapetan Olenkurovog odreda, čovek osor i nezgodan, morao je igrati ulogu upravnika. On primi Fontanisa, otposla čuvare, i reče grubo svome zatvoreniku šaljući ga u jednu veoma lošu sobu da ima za njega naknadna naređenja, od čije strogosti nije imao načina da se udalji. Ostaviše predsednika u tom okrutnom stanju gotovo mesec dana; niko nije dolazio da ga vidi, služili su mu samo supu, hleb i vodu, spavao je na slami u sobi punoj strašne vlage, a oni koji su ulazili kod njega ulazili su kao u Bastilju, to jest kao u kavez sa životinjama, jedino da bi doneli jelo. Nesrećni togaš prebiraše po svojoj glavi okrutne misli za vreme tog zlokobnog boravka, niko mu nije smetao; najzad se lažni upravnik pojavi i nakon što ga je slabašno utešio, poče da mu govori na sledeći način:

— Ne smete sumnjati — reče mu ovaj — gospodine, da je prva od vaših grešaka bila ta što ste hteli da se vežete za jednu porodicu toliko iznad vas u svakom pogledu; baron od Teroza i grof od Olenkura su ljudi najvišega plemstva u čitavoj Francuskoj, a vi ste jedan jadni provansalski togaš, bez imena kao i bez uticaja, bez položaja kao i bez ugleda; da ste se malo pogledali morali biste se izviniti baronu od Teroza koji je bio potpuno slep u odnosu na vas, da niste prilika za njegovu kćerku; kako ste uostalom u ijednom trenutku mogli pomisliti da ta devojka lepa kao ljubav sama može postati žena jednog starog i gadnog majmuna poput vas, mogućno je biti slep; ali ne do te tačke; misli koje su vam dolazile za vreme vašeg boravka ovde, gospodine, morale su vas uveriti da ste tokom četiri meseca, koliko ste proveli kod markiza od Olenkura, poslužili tek kao igračka i sprdnja: ljudi vašeg položaja i vašeg izgleda, vaše profesije i vaše gluposti, vaše zluradosti i vaše podlosti, mogu očekivati jedino da im se uzvraća na isti način; na hiljadu ne može biti zabavnijih lukavstava sprečili su vas da uživate u onoj koju ste priželjkivali, uredili su da dobijete pet stotina udaraca kaišem u dvorcu sa utvarama, pokazali su vam vašu ženu u rukama onoga koga ona obožava, što ste vi glupavo protumačili kao nebesku pojavu, namestili su vam zamku sa plaćenom kurvom koja se sprdala s vama, ukratko, zatvorili su vas u ovaj dvorac gde samo od markiza od Olenkura, mog pukovnika zavisi da li će vas u njemu držati do kraja vašega života, što će se svakako dogoditi ukoliko odbijete da potpišete ovaj list; shvatite pre nego što ga pročitate, gospodine — nastavi tobožnji guverner — da vi važite za svet kao čovek koji je trebalo da oženi gđicu od Teroza, ali uopšte ne kao njen muž; vaše venčanje je obavljeno na najtajniji mogućni način, ono malo svedoka pristalo je da ga porekne; sveštenik je vratio venčanicu, evo je; beležnik je odustao od ugovora, vidite ga pred vašim očima; štaviše, niste nikada spavali sa vašom ženom, vaš brak je dakle nepostojeći, on je dakle rastavljen prećutno i uz pristanak svih zainteresovanih strana, što njegovom prekidu daje istu snagu kao da je to bilo delo građanskih i crkvenih zakona; evo takođe odustanaka barona od Teroza i njegove kćerke, nedostaje još samo vaš, evo ga, gospodine, izaberite između sporazumnog potpisa tog lista ili izvesnosti da ćete ovde završiti svoje dane... Odgovorite, ja sam sve rekao.

Predsednik nakon što je malo porazmislio, uze list i tu pročita ove reči:

»Potvrđujem svima onima koji budu čitali ovo da nikada nisam bio muž gđice od Teroza, ovim pismom joj vraćam sva prava koja su u jednom trenutku bili pomislili da mi daju nad njom i izjavljujem da ih neću tražiti sve dok sam živ. Mogu samo da budem zahvalan za sve ono što je ona i njena porodica učinila za mene tokom leta koje sam proveo u njihovoj kući; jer mi zajedničkim dogovorom, uz puni pristanak jednog i drugog, skupa odustajemo od namerâ da ostvarimo jedinstvo koje su nam bili namenili, uzajamno jedno drugom vraćamo slobodu da raspolažemo našim ličnostima, kao da nikada i nije postojala želja da se spojimo. U punoj slobodi tela i duha potpisujem ovo u dvorcu Valnor, koji pripada gđi markizi od Olenkura.«

— Rekli ste mi, gospodine — poče predsednik pošto je pročitao te redove — šta me čeka ako ne potpišem, ali mi uopšte niste rekli šta će mi se dogoditi ako pristanem na sve.

— Naknada za to biće vaše trenutno oslobođenje, gospodine — preuze lažni upravitelj — molba da prihvatite ovaj nakit od dve stotine lujeva koji vam poklanja gđa markiza od Olenkura, i izvesnost da ćete na vratima dvorca zateći svoga slugu i dva odlična konja koji vas čekaju da vas odvedu do Eksa.

— Potpisujem i polazim, gospodine, odviše mi je stalo do toga da se oslobodim sveg tog sveta da bih oklevao i jednu minutu.

— To je dobro, predsedniče — reče kapetan uzimajući potpisani list i predajući mu nakit — ali pazite na vaše ponašanje; kad se nađete vani, razmislite pre nego što vas uhvati pomama za osvetom, razmislite pre nego što to odlučite da imate posla sa jačom stranom, da će ta moćna porodica koju biste čitavu uvredili jednim takvim pokušajem odmah dokazati da ste ludi i da će bolnica za takve nesrećnike postati zauvek vaše poslednje prebivalište.

— Ne plašite se ništa, gospodine — reče predsednik — meni je prvom najviše stalo da nemam posla s takvim osobama, i kažem vam da ću znati da ih izbegavam.

— Ja vam to savetujem, predsedniče — reče kapetan otvarajući mu zatvor — idite na miru i neka vas više nikada ne vidi ova zemlja.

— Računajte na moju reč — reče togaš penjući se na konja — ovaj mali događaj me izlečio od svih mojih poroka, živeo bih još hiljadu godina a ne bih došao da tražim ženu u Parizu; dosad sam shvatio kako je žalosno biti rogonja posle braka, ali nisam mislio da je to mogućno postati i pre... S istom mudrošću, s istom opreznošću u mojim presudama, neću se nametati kao posrednik između devojaka i ljudi koji vrede više od mene, odviše košta stati na stranu tih takvih gospođica i isto tako ne želim više imati posla s tim ljudima koji imaju duhove spremne da ih uzmu u odbranu.

Predsednik nesta i posta razborit za svoj račun, niko više nikada nije čuo ništa o njemu. Kurve su se žalile, niko ih više nije podržavao u Provansi i dobri običaji zavladaše, jer mlade devojke videći da su lišene jedne tako neprilične podrške više su volele put vrline nego opasnosti koje su ih mogle dočekati na stazi poroka, jer magistrati su postali dovoljno razumni da osete strašnu nepriličnost da ih podrže svojom zaštitom.

Ne treba sumnjati da je za vreme predsednikovog pritvora markiz od Olenkura, nakon što je kao prvo oslobodio barona od Teroza odviše povoljnih uveđenja o Fontanisu, radio na tome da svi pristanci koje smo upravo videli budu obavljeni u najvećoj bezbednosti; njegova spretnost i ugled uspeli su u tom tako dobro, da se tri meseca kasnije gđica od Teroza javno udala za grofa od Elbena, sa kojim je živela savršeno srećna.

— Ponekad mi je malo žao što sam se onako ponašao sa onim poganim starcem — govorio je jednoga dana markiz svojoj lepoj svastici — ali kad s jedne strane vidim sreću koja proizlazi iz mojih postupaka, i kad sam svestan da sam uvredio samo jednog nevaljalca nekorisnog za društvo, ukletog neprijatelja Države, uznemiritelja javnog mira, krvnika jedne poštene i ugledne porodice, ozloglašenog klevetnika jednog plemića koga poštujem i kome imam čast da pripadam, tešim se i uzvikujem zajedno s filozofom: O uzvišena Providnosti, zbog čega su ljudske mogućnosti toliko ograničene da nikada ne može dosegnuti dobro bez bar malo zla!*

---

* Ova priča je završena 16. jula 1787. godine u 10 sati uveče.

Markiza od Telema
ili posledice raspusništva

Pre otprilike osamnaest meseci markiz od Telema, čovek iz jedne veoma dobre kuće, ali ne prebogat, oženio se u Poatjeu, svojoj domovini, jednom od najlepših i najbogatijih naslednica u toj provinciji; nikada jedan bračni par nije bio tako sjedinjen; lakoća, složnost, ugladenost, uzajamno poverenje, poštovanje i ljubav pojačavali su svakodnevno nežne veze izmedu to dvoje supružnika: svi su ih posmatrali sa divljenjem, i posećivali sa poštovanjem. Ali nije bezrazložno gospodar bogova naslikan izmedu dva ogromna ćupa od kojih je jedan ispunjen patnjama, drugi blagostanjem: njegova ruka, tako kažu, sipa uvek u čistom stanju ono što uzima u prvom ćupu; ako nešto malo podeli iz drugog to je uvek zamućeno. Za šest nedelja nekakva zarazna bolest odnela je mladoj markizi svu njenu porodicu: neki neznanac dolazi, izjavljuje da je stariji brat gđe od Telema, on je zaštićen, ima prijatelje, i bogatstvo g. od Telema, gotovo u potpunosti počivajući na mirazu njegove žene, nestaje u jednoj minuti, izlaže najstrašnijoj nevolji jednu od najsjajnijih porodica u provinciji. Ništa lakše ipak nego ustati protiv jednog tako nepravednog rešenja, trebalo se samo pojaviti na sudu i zatražiti zaštitu: gđa od Telema imala je zaista jednog brata nekad davno, ali taj brat, sasvim izvesno ubijen u jednom dvoboju, očigledno nije mogao da se pojavi. Varalica nije poricao priču o dvoboju, ali je tvrdio da je bio samo ranjen, dokazivao je kako se, da bi izbegao strogosti zakona, bio udaljio na nekoliko godina i da se pojavio kad je čuo za smrt svoga oca, da bi preuzeo nasledstvo: ova priča bila je besmislena, mogla je biti razglašena brzo samo uz pomoć novca i mnogo drskosti. Šta činiti međutim u jednoj tako okrutnoj okolnosti? Gospodin od Telema nije oklevao, skupio je sav novac koji je mogao naći, i nagovorio svoju ženu da sama ode u Pariz da raspravi tu značajnu stvar ubeđujući je da u tom gradu ništa ne deluje ubedljivije na sudije od molbi koje ulaže jedna lepa žena. Ova mlada osoba stidljiva i neiskusna ne usuđuje se najpre da preuzme na sebe jednu tako veliku odgovornost, plaši se da neće uspeti: šta će biti s njom ako, potrošivši u Parizu to malo što je ostalo dvoma supružnicima, bude prinuđena da se vrati ne dobivši parnicu? Hoće li se usuditi da iziđe pred oči mužu koga obožava, koga izgleda kao da je prevarila iako uopšte nije kriva i koga će videti kako umire od tuge zato što je poželeo da je uzme za ženu? Njena tananost navodi je na dvadeset rešenja drukčijih od onog koje joj predlažu: prodaće ono malo što joj ostaje, sve to nudi svome mužu kao slabo obeštećenje, a ona će se zatvoriti u kakav manastir da u njemu završi život. Nestaće, niko je nikada više neće videti; ili ako treba, radiće, zaradiće za svoj život i daće svome mužu sve ono što bude mogla steći svojim sposobnostima... Nijedna od ovih odluka donesenih manje mudrošću nego očajanjem, ne dopada se g. od Telema: on izjavljuje svojoj ženi da treba krenuti, da treba lično suditi se za svoju stvar, i dodaje odlučnim glasom da je štaviše mora rešiti u svoju korist. Pobeđena tako živim ubeđivanjima, molitvama na kraju koje odviše liče na naređenja da bi se mlada markiza mogla prevariti, odlazi sa jednom služavkom po imenu Flavija, od otprilike dvadeset godina, ljupkog izgleda i poznate kao duhovita devojka.

Često se dogodi da neki plemić iz provincije koji nikada nije služio, obezbeđen jednim prijatnim životom, držeći samo do svoga imena i svoga bogatstva, bude u Parizu bez zaštitnika kao i bez poznanika, a da njegov ugled ne trpi ni zbog čega među njegovim zemljacima među kojima se nalazi i koji su navikli da ga vole i da ga poštuju. Može se smatrati za himeričan taj ugled koji se stiče tek u predsobljima ministara; on nije, u običajima naroda, priča od jednog ili najviše dva stoleća; još uvek ga možemo posmatrati kao stvar mode, i istim okom kao što gledamo velike kapuljače za spavanje ili velike šešire: uski krug raskošnih stvari menja se od jednog doba do drugog, razne prilike, načini življenja, veliki običaji, kratko rečeno, zahtevaju malo više vremena da bi se prešle sve tačke tog omeđenog prostora, ali na kraju se i oni izmene takođe, a ta revolucija koju već najavljuje zemljomanija[*] nije tako daleko kao što se misli u Francuskoj. Posednik velikih imanja videće na kraju da nije stvarno moćan u Versaju, da našavši se u njemu, ili s nižima koji ga često zbunjuju svojom raskoši, ili s višima koji ga ponizuju onako kako mogu, igra tek ulogu roba dok bi u isto vreme mogao biti gospodar kod sebe.

Bilo kako bilo, markiz od Telema, potpuno nepoznat u prestonici, i ne želeći da se ponižava tražeći pisane preporuke od upravnika svoje provincije, zamisli da njegova žena tako lepog izgleda, lepog imena i s novcem, ima sve što treba da bi uspela, i takvo je bilo stanje stvari u kome se nalazila markiza, kako smo opisali. Već sutradan poslala je po sudskog zastupnika, priča mu o svome problemu, priznaje mu da nema gotovo nikakvu podršku moćnog zaštitnika; ali obećava da će dobro platiti ukoliko joj se pomogne da dobije taj proces pravedan i tako značajan za nju. Protivnik gđe od Telema nije više bio u Parizu: zadovoljan što je uspeo svojim podvalama, bio je otišao za Poatu i već se pripremao da preuzme dobra za koja je smatrao da mu pripadaju.

Bogata kasta pariskih razvratnika nije bez svojih predstavnika među svim staležima; red sudskih zamenika za nju je daleko nezanemariviji nego što bi se moglo pomisliti: kako mnoštvo udovica i siročadi svakodnevno pada u njihove mreže, ko zna šta sve iz toga može izvući kakav bo-

---

[*] U originalu: *agromanie*, što označava preteranu ljubav, čak maniju, prema posedovanju i obrađivanju zemlje. *Prim. prev.*

gati razvratnik, od kakvog veštog glasnika iz te bratije. Zahvaljujući jednoj zaista neobičnoj podudarnosti, Sen Veark, sudski zamenik gđe od Telema, bio je istovremeno lični savetnik g. od Fondora, jednog od najbogatijih zakupaca u prestonici; jedva da je video tu mladu ženu od sedamnaest godina, najvitkijeg i najprijatnijeg stasa, najsvežijih usta, najživljjih crnih očiju, najsilnijih kosa na svetu, najlepših prsa, najnežnije i najbelje kože, najtananijih crta i sva, ukratko, ne može biti privlačnija i poželjnija, a već je otrčao da obavesti svoga gazdu da je sama Venera stigla sa Kitere bez sumnje da poseti zavičaj svoga sina; ili da prekine s metaforom, on mu poveri da je ta provincijalka, koju je mogućno za osam dana dovesti do prosjačkog štapa, jedan slasni komad koji sudbina dovodi u Pariz jedino za njega, da što se tiče njene stvari ona gaji pouzdanje i da, nakon što je sa njom pregledao sve hartije, postaje jasno da je preuzimač njenog bogatstva jedna obična varalica, treba samo objasniti na Sudu kako bi za mesec dana gđa od Telema postala gospodarica onoga što su joj oduzeli.

— Sve je to ne može biti bolje — reče Fondor — ali treba se pažljivo ponašati ovde, a ono glavno što treba učiniti, tako mi izgleda, jeste polako izvući od mlade osobe sav novac koji joj je još preostao; postati za to vreme neprimetno onaj od koga zavisi uspeh njenog procesa; objasniti joj da neće biti mogućno, dovesti je dotle da posegne za bodežom i kada dođemo dotle, predstavićete me njoj, najavićete me kao čoveka od poverenja, ja ću učiniti svoje ponude. Ukoliko je lepotica stroga, šta možemo, rasturićemo ono što smo dotad napravili i poslaćemo je kočijama njenom mužu; ako se naprotiv prepusti, načinićemo poslednje poteze, učinićemo da dobije svoj spor, a troškovi koje ćemo imati ako bude trebalo i koje ću ja isplatiti ukoliko ona ne bude mogla, biće obeštećeni onim što, moj dragi Sen-Verak, treba odmah da počnete pripremati, jer ništa se ne može napraviti od žene koja ima novac: vrlina tih dama uglavnom je uslovljena stanjem njihove kese; čim je malo ispražnjenija odmah postaju blage poput jaganjaca.

Takva su bila načela tog globitelja, rođenog bez sumnje za takve poteze; naviknut da opakom zlatu duguje ono što jedan osećajan čovek želi zaraditi jedino ljubavlju, on je sudio žene prema tom okrutnom položaju u koji ih je očigledno bio sveo; a pošto nikada nije bio u stanju da upozna njihovo srce jer nikada nije bio dovoljno prefinjen ili dovoljno ljubazan da bi zagrejao ijedno, svetio se potcenjujući taj predivni spol, jer je u njihovim očima bio tek predmet mržnje i prezira. Fondor je već bio star, bednog izgleda, niske i zdepaste pojave koja je već iz daljine odavala srebroljupca, ali još uvek vrlo živih želja i spreman da sve učini kako bi ih odmah zadovoljio.

Sve se sredilo prema planu kako je bio zamislio zakupac i već od sutradan Sen-Verak poče dejstvovati, učini da gđa od Telema oseti teškoće jednog takvog procesa... Kakvog bi zaštitnika morala imati da prevagne nad onima koji su podržavali njenog protivnika? On je imao mnoge, on je bio jedan veoma prijatan vitez: on ga je upoznao za vreme njegovog boravka u Parizu, premda se uopšte nije mešao u njegove poslove; taj mladi čovek izazvao je pažnju celog dvora i grada, njegove namere činile su se neoborive, kako ih onda raspršiti? Ovaj proces mogao bi uostalom biti poguban, gđa od Telema potrošiće u njega sve što joj je preostalo, i biće možda prinuđena da se peške vrati u svoju provinciju mužu koji će je izvesno veoma grubo primiti, videći u njoj tek ženu koja ga je uništila; možda bi bilo bolje da gđa od Telema uštedi to malo novca što joj je preostalo i da se vrati u Poatje, ne započinjući jednu opasnu stvar koja bi zahtevala ogromne svote i mnogo zaštitnika... Naša privlačna junakinja prosu suze kao jedini odgovor... ali da li čovek koji ima nesreću da nosi crno odelo i da živi od tuđih propasti može ikada biti raznežen suzama? Da najlepše žene Francuske natope njima njegove stope ne bi prestao da se i dalje brine za svoja podlaštva, svoju škrtost i svoju pohotljivost... Tvrdi je oklop ta smešna jakna; pre će ponovo pasti nebeska mana nego što će se naći ijedna poštena duša u ijednom od tih nesrećnih stvorenja koji imaju nesreću da je nose, bez obzira na to kakva bila titula koja ih krasi.

— Međutim, gospođo — nastavi Sen-Verak — ukoliko želite po svaku cenu, parničićemo se, ali vam ne odgovaram nizašta... poverite mi pre svega stanje vaših sredstava.

— Avaj, gospodine — odgovori markiza — sve što smo mogli pribaviti jeste pet stotina lujeva; moj muž koji i nema drugo blago osim moje, sada je uništen zajedno sa mnom, a ova svota na svu sreću nastala od naše ušteđevine bilo je sve što smo imali u trenutku kad su svi naši prihodi bili oduzeti.

— Pet stotina lujeva — reče Sen-Verak dižući se i idući prema vratima — potražite među našim pisarima, gospođo, nekoga ko će poduzeti jednu takvu stvar za pet stotina lujeva; što se tiče mene koji smatram da od toga ne bih mogao platiti ni prve troškove, smatrajte da je bolje da se odmah povučem.

— Ali, gospodine, imam još nekog nakita.

— Koliko vredi?

— Možda isto toliko.

— Da, kad ih kupujete, ali najmanje polovinu ako ih prodajete ovde; pa dobro, pošto je sigurno da će sve biti potrebno, odmah se rasteretite tih drangulija, da bismo videli šta vam sve to zajedno može doneti.

Posle kratkog nećkanja markiza prista, i dogovoriše se da već sutra jedan draguljar dođe kako bi se nagodili oko njenog nakita.

— Kad smo to sredili — reče sudski predstavnik — treba sada pošto se potpuno prepuštate mojim savetima da napustite ovaj stan koji je previše skup za vaše mogućnosti — i odmah joj dade adresu jednog malog zaista mračnog hotela nasuprot Fondorove kuće. — Eto — reče joj — gde treba da stanujete, biću vam bliže, vi ćete jevtinije proći a bićete i izdvojeniji, sve te stvari su bitne za vaš položaj, više je nego bitno da iz početka uopšte nikoga ne viđate ili jedino ljude od kojih zavisi naš poduhvat, koje ću vam predstaviti ja lično.

I čim je dao sve te preporuke, Sen-Verak se povlači odnoseći sa sobom neznatni predujam od dve stotine lujeva, da bi, kako reče, stavio kako se to kaže gvožđe u vatru.

Gospođa od Telema koja je obećala svome mužu da će mu iz dana u dan pisati tačno šta se s njom dešava, nije propustila da mu piše od prve večeri o svemu što je proživljavala, ali kako je imala njegov potpuni pristanak u vezi sa svim, nastavila je da postupa prema svome nahođenju i slušajući savete onoga koji je njom upravljao ona napusti skupi hotel u kome je bila odsela i od sutradan se smesti u onaj u susedstvu gospodina Fondora, gde je sve bilo pripremljeno da bude primljena kako su zamislili za nju. Bedna soba koju su joj dali imala je prozore doslovno naspram prozora Fondorovog stana, i to na takav način da nalazeći se u toj sobi, sem ukoliko ne bi spustila zastore, gđi od Telema nije bilo mogućno sakriti svoje kretnje od onoga koji bi je osmatrao s okana kuće našeg poreznika. Odatle ju je raspusnik vrebao od prvoga dana do mile volje i odatle se njegovo izopačeno srce upali najnedostojnijom strašću koju je ikada dotad osetio u svome životu, ali kako ta razvratnička kipljenja ne poznaju tananost osećanja koje, obavijajući tamjanom predmet obožavanja, sve žrtvuje tom jedinom božanstvu, i smatra da je nepostojanost ravna zločinu, Flavija prva i jedina podrška nesrećne markize, Flavija gotovo isto toliko dobra koliko i njena gospodarica, isto tako zagreja neumerenost tog opakog fauna, i on pomisli da će se ne samo zadovoljiti njome bez ikakve opasnosti, nego da će to stvorenje koje će on zavesti poslužiti da što brže upropasti i drugu. Sutradan se već poveri Sen-Veraku, i kako ovaj nije video ništa neodgovarajuće u toj nameri, poslaše gazdaricu hotela nesrećnoj Flaviji koja nemoćna da odoli stotinjku talira zadovolji obilno poreznika čim je to poželeo, i od tog trenutka posta ne može biti vernija robinja njegovih želja. Čim se uveriše da je potpuno osvojena, poveriše joj čitav plan, ona prista, obeća da će mu služiti, i nesrećnica se čak zakle Fondoru, ukoliko sudski zastupnik ne bude uspeo da ubrzo baci njenu gospodaricu u bedu ka-

ko su želeli, da će je ona pokrasti, kako bi imala zadovolj-
stvo da vidi . . . .
. . . . behu vani, ne pomišljajte da ću učini-
ti išta više.

— I šta, gospodine, zar mi niste rekli da ćete mi vra-
titi sav moj novac, i da ćete voditi moj proces.

— Mogao sam reći mnogo toga pre nego što sam vi-
deo, i moram poreći mnogo toga nakon što sam video, je
li ispravno da vam platim više nego što vredite? . . .

I dok je strašno očajanje zahvatalo na to gđu od Telema:

— Gospođo, ima mnogo toga što se kaže pre nego što
dođemo do uživanja, i koje uopšte ne mislimo posle, ta iz-
dajnička ruka naslade skida veo varke i ostavlja predmet u
onoj istini koja mu je uglavnom kobna, to. . . anđele moj,
znam da ostaje još nekoliko... uspevaju bolje . . . .
. . . .
isto tako slabo pošteđena, i razuverena najzad u vezi s
uslugom za koju je poverovala da će Fondor učiniti njenoj
gospodarici, spustila se pred noge svoje gospodarice čim
su ih ostavili nasamo, i suzama je rosila kolena te žene ko-
ju je tako strahovito izneverila: priznala je da je bila zave-
dena i priznala je to lijući vrlo gorke suze; njena briga . .
. . . .
. . . . To što vam se dogodilo, gospođo
— reče on obraćajući se markizi — mora da vam se učini-
lo veoma izuzetnim, a u stvari je najjednostavnija stvar na
svetu; došavši u Pariz bez sredstava, bez uticaja, bez zaštit-
nika, sa jedva sedamnaest godina i odviše lepog izgleda,
morali ste neizbežno biti prevarena, to nije vaša greška. . .
. . . .
. . . . * . . . .

---

* Mnogi Markizovi tekstovi, a možda najviše ovi koji čine ci-
klus PRIČA, trpeli su zbog uslova u kojima su nastajali, vrlo često
u zatvoru, i od onih koji su, imajući ih u rukama, mogli uticati na
njihov izgled. Nema sumnje da je ova priča o markizi od Telema
ostala u odlomcima i nezavršena ne zahvaljujući Markizu, nego
upravo tim okolnostima i ličnostima koje sam pomenuo. *Prim. prev.*

Odmazda

Neki dobri građanin iz Pikardije, potomak može biti jednog od onih sjajnih trubadura sa obala Oaze ili Some, i čiji je zaboravljeni život pre deset ili dvanaest godina izvukao iz tame jedan od najvećih pisaca ovoga stoleća; neki hrabri i pošteni građanin, kažem, živeo je u gradu Sen-Kentenu, veoma slavnom po velikim ljudima koje je dao književnosti, i stanovao je u njemu časno, on, njegova žena i jedna rođaka na trećem spratu, kaluđerica u samostanu u tom gradu. Rođaka sa trećeg sprata bila je mala crnka živih očiju, umiljatog vragolastog lica, prćastog nosa i vitkog stasa; bila je ucveljena u dvadeset drugoj godini i kaluđerica od pre četiri; sestra Petronila, to je bilo njeno ime, imala je veoma umilan glas, i više temperamenta nego pobožnosti. Što se tiče g. od Esklaponvila, tako se zvao naš građanin, bio je to dobri veseli debeljko otprilike dvadeset osam godina, jako zaljubljen u svoju rođaku i ne baš toliko u gđu od Esklaponvila, imajući u vidu da je već deset godina spavao s njom, i da navika od deset godina mora biti pogubna za bračnu vatru. Gospođa od Esklaponvila — jer treba slikati, za šta bi nas smatrali kad ne bismo slikali u jednom stoleću kad se svuda traže samo slike, u kome čak nijedna tragedija ne bi bila prihvaćena kad trgovci ramovima ne bi u njoj našli najmanje šest motiva — gđa od Esklaponvila, kažem, beše plavojka pomalo uvenula, ali veoma bela, prilično lepih očiju, dobre kože, i sa onim bucmastim obraščićima koje tako najčešće nazivaju u svetu *dobrog uživanja.*

Do ovog trenutka gđa od Esklaponvila nije znala da postoji način da se osveti jednom nevernom suprugu; pametna kao i njena majka koja je živela devedeset tri godine sa istim čovekom ne izneverivši ga nikad, ona je još uvek bila dosta bezazlena, dosta puna sramežljivosti da bi i pomislila na taj užasni zločin koji su zakonodavci zvali brakolomstvo, a koji su uživatelji koji sve ublažuju jednostavno nazvali galantnošću; ali jedna prevarena žena ubrzo prima od svoje uvređenosti savete o osveti, a kako nijedan ne želi da ostane neisproban, nema toga što ona ne bi učinila čim može, kako joj ništa ne bi bilo prebačeno. Gospođa od Esklaponvila zaključi na kraju da njen dragi suprug pomalo odviše posećuje rođaku na trećem spratu: demon ljubomore osvaja njenu dušu, ona vreba, ona se raspituje i na kraju otkriva da u Sen-Kentenu ima malo stvari koje su tako očigledne kao ašikovanje njenog muža i sestre Petronile. Ubeđena u sve, gđa od Esklaponvila izjavljuje najzad svome mužu da joj njegovo ponašanje probija dušu, da njeno ne zaslužuje takve postupke i da ga preklinje da prestane sa svojim gresima.

— Sa svojim gresima — odgovara muž hladnokrvno — zar ne znaš da se njih rešavam, draga moja prijateljice, spavajući sa svojom pobožnom rodakom? Duša se pročišćava u jednom tako svetom ašikovanju, to je poistovećivanje s uzvišenim Bićem, to znači oteloviti Sveti Duh u sebi: nema greha, draga moja, sa osobama posvećenim Bogu, one očišćuju sve što se radi s njima i njih posećivati znači otvarati sebi put nebeskog blaženstva.

Gospođa od Esklaponvila, nezadovoljna uspehom svoga prigovora, ne kaže ništa ali se zaklinje duboko u sebi da će pronaći neko po rečitosti ubedljivije sredstvo... Đavo je u tome što žene uvek imaju jedno potpuno spremno: ako su samo malo lepe, dovoljno je da progovore, osvetioci padaju sa svih strana.

Bio je u gradu jedan izvesni kapelan iz parohije koga su zvali opat Di Boske, veliki nestaško od tridesetak godina koji je trčao za svim ženama praveći čitavu šumu od svih čela senkentenskih muževa. Gospođa od Esklaponvila upozna kapelana, neosetno kapelan upozna gospođu od Esklaponvila, i na kraju se oboje upoznaše tako savršeno da su mogli naslikati jedno drugo od glave do pete a ne bi bilo mogućno da se prevare. Nakon jedno mesec dana čestitahu nesrećnom Esklaponvilu koji se hvalio da je jedini izbegao opasnim kapelanovim udvaranjima, i da je jedini u Sen-Kentenu imao čelo koje taj obešenjak još nije uprljao.

— Nije mogućno — reče Esklaponvil onima koji su mu to kazali — moja je žena pametna kao kakva Lukrecija, ne bih poverovao da mi se to kaže stotinu puta.

— Dođi onda — reče mu jedan od njegovih prijatelja — dođi da te ubedim tvojim vlastitim očima, a posle ćemo videti da li ćeš sumnjati.

Esklaponvil pristaje da ga povedu, i njegov ga prijatelj vodi na otprilike pola milje izvan grada, na jedno pusto mesto gde Soma, okružena sa dve živice sveže i pokrivene cvetovima, pravi ugodno kupalište stanovnicima grada; ali kako je sastanak zakazan u vreme kad se uglavnom još niko ne kupa, naš jadni muž ima žalosnu priliku da vidi kako jedno za drugim dolaze i njegova poštena žena i njegov suparnik, tako da ih niko ne bi mogao prekinuti.

— E pa — reče prijatelj Esklaponvilu — da li čelo počinje da te svrbi?

— Ne još — reče građanin ipak se trljajući nehotično — možda ona dolazi ovde da se ispovedi.

— Ostanimo dakle do raspleta — reče prijatelj...

Nije potrajalo dugo: čim stiže u prijatnu senku mirisave živice, g. opat Di Boske odvezuje sve što smeta strastvenim dodirima o kojima sanja, i počinje da ispunjava svetu obavezu da možda već po trideseti put svrsta dobrog i poštenog Esklaponvila u red svih drugih muževa u gradu.

— E pa, veruješ li sada — reče prijatelj.

— Vratimo se — reče oporo Esklaponvil — jer ako budem poverovao mogao bih ubiti tog prokletog sveštenika i ispalo bi da je bolji nego što jeste; vratimo se, moj prijatelju, i sačuvaj ovo kao tajnu, molim te.

Esklaponvil se vraća kući sav zbunjen, a malo potom njegova bezazlena supruga se pojavljuje da obeduje kraj njegovih časnih bedara.

— Trenutak, ljubice — reče besni građanin — još u detinjstvu zakleo sam se svome ocu da nikada neću obedovati sa kurvama.

— Sa kurvama — odgovara bezazleno gđa od Esklaponvila — moj prijatelju, zbunjena sam time što kažete, šta imate da mi prebacite?

— Kako, beštijo, šta imam da vam prebacim, šta ste danas po podne radili na kupalištu s našim kapelanom?

— Oh, Bože moj — odgovara mila žena — samo to, sine moj, zar je to sve što imate da mi kažete.

— Kako, bogamu, samo to...

— Ali, moj prijatelju, poslušala sam vaše savete, zar mi sami niste kazali da nema nikakve opasnosti ako spavamo sa ljudima od Crkve, da se duša očišćuje u jednom tako svetom ašikovanju, da to znači poistovetiti se sa uzvišenim Bićem, pustiti da Sveti Duh uđe u nas i jednom rečju otvoriti sebi put nebeskog blaženstva... e pa, sinko moj, učinila sam samo ono što ste mi vi kazali, što znači da sam svetica a ne kurva! Ah! Reći ću vam da, ako jedna od tih dobrih božjih duša poseduje ono što treba da otvori, kako vi kažete, put nebeskog blaženstva, onda je to svakako g. kapelan, jer nisam dosad videla jedan tako veliki ključ.

153

Narogonjio samog sebe
ili nepredviđeno pomirenje

Jedna od najvećih mana loše odgojenih osoba sastoji se u tome što neprekidno obasipaju mnoštvom neuviđavnostî, ogovaranja ili klevetanja sve što diše, i to pred ljudima koje ne poznaju; teško se može zamisliti količina posledica koje su plod sličnih brbljarija: koji je to pošteni čovek zaista koji će čuti kako govore loše o onome što ga se tiče a da ne prekine glupana koji se usudio da to čini? Ne Čini se mnogo da u odgoj mladih ljudi uđe i to načelo mudre suzdržanosti, ne učimo ih dovoljno da upoznaju svet, imena, vrednosti, podatke o ličnostima s kojima su stvoreni da žive; namesto toga stavlja se hiljadu gluposti koje su dobre tek da bi bile zgažene pod nogama kad se uđe u zrelo doba. Moglo bi se učiniti da odgajamo kaluđere: u svakom trenutku o pobožnosti, o izmotavanjima ili o nekorisnostima, a nikada jedna dobra maksima o moralu. Pođite dalje, ispitajte nekog mladog čoveka o njegovim istinskim dužnostima prema društvu, pitajte ga šta duguje sebi a šta drugima, kako treba da se tu ponaša da bi bio srećan: on će vam odgovoriti kako su ga naučili da ide na misu i da vergla litanije, ali da uopšte ne shvata ništa od toga što hoćete da mu kažete, da su ga naučili kako se pleše, kako se peva ali ne kako se živi sa ljudima. Stvar koja je proistekla iz nepriličnosti koju slikamo nije bila toliko ozbiljna da bi bilo potrebno prolivati krv, iz nje je nastala samo jedna šala koju ćemo sada prepričati u pojedinostima, oduzimajući nekoliko minuta strpljenja našim čitaocima.

Gospodin od Ranvila, star otprilike pedeset godina, imao je jedan od onih hladnokrvnih karaktera koje nam je uvek prijatno susresti u društvu: smejući se malo, ali čineći da se drugi mnogo smeju i dosetkama svoga zajedljivog duha i hladnim načinom kojim ih je kazivao, uvek je nalazio, bilo da je ćutao, bilo burleksnim izrazima svoga ozbiljnog lica, tajnu da beskrajno zabavlja krugove u koje je zalazio, mnogo više nego oni teški naporni, jednolični brbljivci, koji uvek mogu ispričati kakvu priču kojoj se sami smeju čitav sat unapred umesto da su srećni što su bar na jedan minut razvedrili čela onih koji ih slušaju. On je raspolagao jednim prilično velikim poslom sa imanjima, a da bi se utešio zbog jednog veoma slabog braka koji je nekada bio sklopio u Orleanu, nakon što je u njemu ostavio svoju nečasnu suprugu, mirno je trošio u Parizu dvadeset ili dvadeset pet hiljada livri rente sa jednom veoma lepom ženom koju je izdržavao i s nekoliko prijatelja ništa manje ugodnih od njega.

Ljubavnica g. od Ranvila nije tačno govoreći bila devojka, bila je to udata žena i posledično još privlačnija, jer ma šta ko rekao, taj neznatni začin brakolomstva daje još više vrednosti uživanju; ona je bila veoma lepa, stara trideset godina, ne može biti lepšeg tela; rastavljena od jednog glupog i dosadnog muža, bila je došla iz provincije da potraži sreću u Parizu, i nije joj trebalo mnogo da je nađe. Ranvil po prirodi raskalašan, vrebajući svaki dobar komad, nije dao da mu ovaj izmakne, i od pre tri godine, krajnje poštenim ophođenjem, sa mnogo duha i mnogo novca, činio je sve da ta mlada žena zaboravi sve muke kojima ju je jedno vreme bio obasuo bračni život. Kako su oboje imali gotovo istovetnu sudbinu, zajednički su se tešili, i uveravali se u tu veliku istinu koja, međutim, ne može popraviti nikoga, da u svetu ima toliko promašenih brakova i posledično toliko nesreća samo zato što škrti ili glupavi roditelji više misle na bogatstvo nego na želje: — Jer — govorio je često Ranvil svojoj ljubavnici — sasvim je izvesno da nas je sudbina sjedinila, umesto da nam da, vama jednog muža tiranina i budalu, a meni jednu kurvu

155

od žene, izvesno je da bi ruže rasle pod našim stopama umesto trnja koje smo oboje dugo vremena morali gaziti. Nekakav događaj o kome je sada sasvim nepotrebno da se priča, odvede g. od Ranvila u ono blatnjavo i nezdravo selo koje se zove Versaj, u koje kraljevi koji su stvoreni da bi ih svet obožavao u njihovoj prestonici, izgleda beže od prisustva svojih podanika koji ih žele, u koje ambicija, škrtost, osvetoljubivost, i ponos svakodnevno dovode gomilu nesrećnika koji pod krilom čamotinje idu da prinose žrtve idolu dana, u koje elita francuskog plemstva koja bi mogla igrati važnu ulogu na svojim posedima pristaje da dolazi i da se ponižava u predsobljima, da se bedno dodvorava stražarima pred vratima, ili da moljakaju da budu pozvani na ručak daleko slabiji od njihovog kod neke od onih osoba koje sudbina na trenutak izdvaja iz oblaka zaborava da bi ih ubrzo opet tamo zagnjurila.

Obavivši svoje poslove, g. od Ranvila penje se u jednu od onih putničkih kočija koje nazivaju *pot-de-chambre**i tu se slučajno nalazi u društvu izvesnog g. Ditura, veoma brbljivog, vrlo otvorenog, vrlo debelog, velikog podrugljivca, zaposlenog kao i g. od Ranvila u sektoru imanja, ali u Orleanu, svome zavičaju, koji je kako smo malopre kazali bio i zavičaj g. od Ranvila. Započinje razgovor, Ranvil veoma kratak i ne odajući se zna već ime, nadimak, zavičaj i poslove svoga saputnika, a da gotovo nije izgovorio nijednu reč. Iznevši ove pojedinosti, g. Ditur polako ulazi u one koje se tiču društva.

— Vi ste boravili u Orleanu, gospodine — reče Ditur — čini mi se da ste mi to kazali.

— Bio sam tamo nekoliko meseci davno.

— A da li ste upoznali, molim vas, jednu izvesnu gđu od Ranvila, jednu od najvećih k. koja je ikada stanovala u Orleanu?

---

* Markiz ovako poredi kočije kojima se vozi g. od Ranvila. One dakle liče na noćnu posudu, ako bismo doslovno preveli. *Prim. prev.*

— Gospođa od Ranvila, jedna dosta lepa žena.

— Tačno.

— Da, video sam je među svetom.

— E pa, u poverenju ću vam reći da sam je imao, ne više od tri dana, jer drukčije se i ne može. Zaista ukoliko postoji jedan muž rogonja, može se reći da je to siroti Ranvil.

— A poznajete li njega?

— Ne uopšte, to vam je jedan loš čovek koji se uništava u Parizu, kažu, sa devojkama i sebi sličnim razvratnicima.

— Neću vam ništa reći, ja ga ne poznajem, ali ja žalim sve muževe rogonje, da i vi to niste, slučajno, gospodine?

— Šta hoćete reći od to dvoje, rogonja ili muž?

— Ma i jedno i drugo, te dve stvari su danas toliko povezane da je zaista teško napraviti nekakvu razliku.

— Ja sam oženjen, gospodine, imao sam nesreću da uzmem jednu ženu koja se uopšte nije slagala sa mnom; njen karakter mi je takođe veoma slabo odgovarao, razišli smo se dogovorno, ona je htela da se nastani u Parizu i da živi u samoći sa jednom svojom pobožnom rođakom u manastiru Sent-Ora, i ona sada stanuje u toj kući, odakle mi se ponekad javi, ali je više uopšte ne viđam.

— Je li pobožna?

— Ne, inače bih je više voleo.

— Ah! Shvatam vas. A nije vas čak zanimalo da se raspitate za njeno zdravlje, za vreme ovakvog boravka kad vas poslovi prinuđuju da budete u Parizu?

— Ne zaista, ne volim manastire: ja sam prijatelj zabave, veselja, stvoren za zadovoljstva, tražen u krugovima, ne vidim sebe kako idem u manastir da razgovaram u sobi za prijem posetilaca.

— Ali žena...

— ... je osoba koja može biti zanimljiva kada se njom služimo, ali od koje se treba odlučno odvojiti kada nas ozbiljni razlozi na to prinuđuju.

— Ima pomalo grubosti u tome što kažete.

— Ni najmanje... filozofije... to je uobičajeni ton, to je jezik razuma, treba ga prihvatiti ili biti glupan.

— To pretpostavlja nekakvu grešku u vašoj ženi, objasnite mi to: prirodna mana, nedostatak ljubaznosti ili ponašanje.

— Pomalo svega... pomalo svega, gospodine, ali ostavimo to, molim vas, i vratimo se toj dragoj gđi od Ranvila: ješamu, ne razumem da ste bili u Orleanu a da se niste zabavljali sa tom osobom... ali svi su je imali.

— Ne svi, jer dobro vidite da je ja nisam imao: ja ne volim udate žene.

— Ali, bez mnogo ljubopitljivosti, s kim vi provodite vaše vreme, gospodine, molim vas?

— U svojim poslovima, a onda s jednim prilično lepim stvorenjem sa kojim povremeno večeram.

— Niste oženjeni, gospodine?

— Jesam.

— A vaša žena?

— Ona je u provinciji i ja je ostavljam tamo, kao što vi vašu ostavljate u Sent-Oru.

— Oženjeni, gospodine, oženjeni, a da li pripadate bratstvu, recite mi molim vas?

— Zar vam nisam rekao da su muž i rogonja dve sinonimne reči? Izopačenost navika, raskoš... toliko stvari može učiniti da jedna žena posrne.

— Oh! To je tačno, gospodine, to je tačno.

— Odgovarate kao vrlo upućen čovek.

— Ni najmanje; znači dakle, gospodine, da vas jedna lepa osoba teši u odsutnosti napuštene supruge.

— Da tako je, jedna veoma lepa osoba, upoznaću vas s njom.

— Gospodine, to mi čini čast.

— Oh! Ostavite, gospodine, uostalom evo nas stigli smo, večeras vas ostavljam samoga zbog vaših poslova, ali sutra vas čekam za ručak na ovoj adresi.

I Ranvil mu je daje ali s pogrešnim imenom, o čemu odmah obaveštava sve svoje, kako bi oni koji dođu da ga traže pod tim imenom mogli da ga lako nađu.

Sutradan, g. Ditur ne zaboravlja sastanak, a kako su preduzete sve mere opreznosti i pod pogrešnim imenom pronašao je Ranvila u stanu, bez ikakve teškoće. Čim je obavio uobičajene pozdrave, Ditur počinje da izgleda nespokojan što ne vidi boginju na koju računa.

— Nestrpljivi čoveče — reče mu Ranvil — vidim koga tražite očima... obećali smo vam jednu lepu ženu, već biste hteli da se uzletite oko nje; naviknuti da obeščašćujete čela orleanskih muževa, hteli biste, ubeđen sam u to, da se na isti način ponašate i s pariskim ljubavnicima: kladim se da biste me rado svrstali u isti red s onim nesrećnim Ranvilom o kome ste mi tako zabavno pričali juče.

Ditur odgovara kao čovek mažen sudbinom, kao uobraženko i samim tim kao budala, razgovor se razgaljuje za trenutak i Ranvil, uzimajući svoga prijatelja pod ruku:

— Dođite — reče — okrutni čoveče, dođite u svetilište gde vas boginja već čeka.

Rekavši to, uvodi Ditura u jednu izazovno nameštenu prostoriju, gde se Ranvilova ljubavnica pripremljena za šalu i znajući šta treba da čini nalazila otmeno obnažena na otomanu od somota, ali prekrivena velom: ništa nije skrivalo gospodstvo i raskošnost njenog tela, jedino se njeno lice nije moglo videti.

— Evo jedne veoma lepe osobe — povika Ditur — ali zašto me lišavate zadovoljstva da gledam njeno lice, nalazimo li se ovde u haremu velikog Gospodara?

— Ne, ni reči, to je stvar stidljivosti.

— Kako stidljivosti?

— Svakako, zar mislite da ću se zadržati samo na tome da vam pokažem telo ili haljinu svoje dragane, da li bi moj trijumf bio potpun ako vas, otkrivajući sve njene velove, ne bih ubedio koliko moram biti srećan što imam na raspolaganju toliko draži. Kako je ova mlada žena neobično skromna, ona bi pocrvenela zbog takvih pojedinosti; ona je pristala na ovo, ali pod jednim jedinim uslovom da ostane pokrivena velom. Vi znate šta znače stidljivost i osetljivosti žena, g. Dituru, jednom tako otmenom i svetskom čoveku ne treba objašnjavati te stvari!

— Kako ćete mi je, časti vam, pokazati?

— Sve, rekao sam vam, niko nema manje ljubomore od mene, sreća koju sam uživao meni se čini otužnom, ja nalazim slasti samo u onome što se deli.

I da bi dokazao svoja ubeđenja, Ranvil počinje tako što podiže jednu laku maramu koja u trenutku otkriva jedne od najlepših mogućih grudi... Ditur sav gori.

— Hm — kaže Ranvil — kako vam se sviđa ovo?

— Ovo su čari same Venere.

— Verujete li da su te tako bele i tako čvrste sise napravljene da pale oganj... dodirnite, dodirnite, moj druškane, oči nas ponekad prevare, moje je mišljenje da kad je reč o strasti treba koristiti sva čula.

Ditur primiče drhtavu ruku, zanesen pipa najlepše grudi na svetu, i ne može da dođe sebi zbog neverovatne uslužnosti svog prijatelja.

— Hajdemo niže — reče Ranvil podižući do sredine tela suknju od lake svile — ništa se ne odupire tom kretanju, e pa, šta kažete na ova bedra, verujete li da hram ljubavi može biti podržaniji lepšim stubovima?

A dragi Ditur pipajući stalno ono što Ranvil otkriva:

— Vragolane, čitam vas, nastavlja ljubazni prijatelj, taj otmeni hram koji su same Gracije prekrile mekom mahovinom... vi gorite od želje da ga otvorite, zar ne? Šta kažem, da uberete na njemu jedan poljubac, kladim se.

I Ditur zaslepljen... mucajući... odgovaraše tek žestokim uzbuđenjima kojima su oči bili jedini organi; ohrabruju ga, njegovi razbludnički prsti miluju vratanca hrama koji strast sama otvara njegovim željama: taj božanstveni poljubac koji mu obećavaju, on ga daje i uživa jedan čas.

— Prijatelju — reče — ne mogu više izdržati, ili me oterajte odavde, ili dopustite da idem dalje.

— Kako to, dalje, a gde biste to do đavola hteli da idete, molim vas?

— Avaj, zar me ne razumete, ja sam pijan od ljubavi, ne mogu više da se savladam.

— A ako je ova žena ružna?

— To nije mogućno sa ovakvim božanstvenim čarima.

— Ako jeste...

— Neka bude sve što hoće, kažem vam, moj dragi, ne mogu više da odolevam.

— Hajte onda, strašni prijatelju, hajte onda, zadovoljite se kad morate: hoćete li bar reći koliko sam ljubazan?

— Ah! Najviše što je mogućno. I Ditur blago odgurnu svoga prijatelja rukom kao dâ mu da na znanje neka ga ostavi samog sa tom ženom.

— Oh! Da vas ostavim, ne, ne mogu to — reče Ranvil — ali zar ste toliko obazrivi da se ne možete zadovoljiti u mom prisustvu? Među muškarcima ne treba biti takav: uostalom to su moji uslovi, ili preda mnom, ili ništa.

— Ma i pred đavolom — reče Ditur — ne suzdržavajući se više i bacajući se na svetilište gde će se njegov tamjan raspaliti, kad tako hoćete, pristajem na sve...

— E pa — reče hladnokrvno Ranvil — je li vas izgled prevario, i blagosti obećane tolikim dražima jesu li prividne ili stvarne... ah! Nikad, nikad nisam video nešto tako sladostrasno.

— Ali taj prokleti veo, prijatelju, taj podmukli veo, zar mi neće biti dozvoljeno da ga podignem?

— Da, biće... u poslednjem trenutku, u onom nasladnom trenutku kada, svih naših čula zavedenih pijanstvom koje dolazi od bogova, postajemo srećni poput njih, a često i više. To iznenađenje neiskazive slasti posmatranja Florinog lica, i kad se sve to objedini kako bi uvećalo vašu blaženost, još bolje ćete zaroniti u taj okean zadovoljstava, u kome čovek s toliko naslade pronalazi utehu za svoj život... Vi ćete mi dati znak...

— Oh! Ne plašite se za to — reče Ditur — hrlim prema tome trenutku.

— Da, vidim, vi ste plahoviti.

— Ali plahovit do jedne tačke... oh, moj prijatelju, stižem do tog božanstvenog trenutka, sklonite, sklonite te velove, da ugledam nebo samo.

— Evo ga — reče Ranvil skidajući prozirno platno — ali pazite da pored tog raja ne bude malo i pakla!

— *Oh pravedno nebo* — povika Ditur prepoznavši svoju ženu... — *šta, to ste vi, gospođo...* gospodine, kakva čudna šala, zaslužili ste... ova veštica...

— Samo malo, samo malo, plahoviti čoveče, vi zaslužujete sve, znajte, moj prijatelju, da treba biti malo oprezniji sa ljudima koje ne poznajete, da niste takav bili sa mnom. Taj nesrećni Ranvil s kojim ste se tako loše ophodili u Orleanu... to sam ja, gospodine; sad vidite da sam vam sve vratio u Parizu; uostalom, postigli ste više nego što mislite, mislili ste da ćete načiniti rogonjom samo mene, a načinili ste to i od sebe.

Ditur shvati pouku, pruži ruku svome prijatelju, i prizna da je dobio ono što je i zaslužio.

— Ali ta bestidnica...

— E pa, zar vas ona ne oponaša, koji je to surovi zakon koji neljudski sputava taj spol dok nama dopušta svu slobodu, je li pravedan? I po kakvom pravu prirode držite vašu ženu zatvorenu u Sent-Oru, dok u Parizu i u Orleanu pravite muževe rogonjama? Moj prijatelju, to nije pravedno, ova mila osoba čiju vrednost niste znali proceniti, došla je da traži nova poznanstva: imala je pravo, našla je mene; ja sam njena sreća, vi budite sreća gđi od Ranvila, pristajem na to, živimo sve četvoro srećni, i neka žrtve sudbine ne postanu žrtve ljudi.

Ditur zaključi da njegov prijatelj ima pravo, ali nekakvim nepojmljivim potezom sudbine, posta ludo zaljubljen u svoju suprugu; Ranvil, bez obzira na to koliko zajedljiv da je bio, imao je odviše lepu dušu da bi odoleo Diturovim navaljivanjima da ponovo bude sa svojom ženom, mlada osoba je takođe pristala, i u tom jedinstvenom događaju svi su mogli videti bez sumnje jedan veoma čudnovat primer udaraca sudbine i hirovitosti ljubavi.

Ima mesta za dvojicu

Jedna veoma ljupka buržujka iz ulice Sen-Onore, od otprilike dvadeset dve godine, dežmekasta, punačka, ne može biti svežije i privlačnije boje kože, i koja je sve te privlačnosti spajala prisustvom duha, živahnošću, i najživljim uživanjem u svim zadovoljstvima koja joj behu zabranjena strogim zakonima braka, bila je odlučila od pre jedne godine da nađe dva pomoćnika svome mužu, koji star i ružan ne samo da joj se nije mnogo sviđao, nego je veoma retko ispunjavao dužnosti koje bi, da su bile malo bolje ispunjene, možda i smirile zahtevnu Dolmenu, kako se zvala naša ljupka buržujka. Veoma je dobro uskladila sastanke koje je određivala svojoj dvojici ljubavnika: De-Ru, mladi vojnik, imao je uglavnom od četiri do pet sati popodne, a od pet i po do sedam dolazio je Dolbrez, mladi trgovac od koga je bilo teško zamisliti nešto zgodnije. Nije bilo mogućno odrediti neke druge trenutke, to su bili jedini kad je gđa Dolmen bila slobodna: ujutru je trebalo biti u dućanu, uveče se ipak trebalo povremeno pojaviti, a trebalo se dogovarati i o poslovima. Uostalom, gđa Dolmen je bila poverila jednoj svojoj prijateljici da joj se dopadalo što se trenuci odvojeni za zadovoljstva tako povezuju: ognjevi maštarenja nisu se gasili, smatrala je, na taj način, šta ima lepše nego preći iz jednog zadovoljstva u drugo, nije bilo potrebno uhodavati se; jer gđa Dolmen je bila jedno ljupko stvorenje koje je ne može bolje izračunavala sva ljubavna uzbuđenja, nije bilo mnogo žena koje su ih sagledavale kao ona i upravo zbog tih sposobnosti priznavala je da, nakon svega, dva ljubavnika vrede više od jednoga; u odnosu na ugled to je bilo gotovo isto, jedan je pokrivao drugoga, moglo se dogoditi i da se prevari, mogao je stalno biti isti koji je odlazio i dolazio više puta, ali kakva razlika u odnosu na zadovoljstvo! Gospođa Dolmen koja se posebno plašila trudnoća, sasvim sigurna da njen muž neće nikada počiniti s njom tu ludost da joj pokvari stas, takođe je izračunala da sa dva ljubavnika ima mnogo manje opasnosti od onoga čega se plašila s jednim, pošto se, govorila je kao dobar poznavalac anatomije, dva ploda uništavaju međusobno.

Jednog izvesnog dana ustaljeni red sastanaka bi poremećen, i naša dva ljubavnika koji se nikada nisu videli, upoznaše se kao što ćemo videti na prilično zgodan način. De-Ru je bio prvi ali je došao prekasno, a kao da se đavo umešao, Dolbrez, koji je bio drugi, došao je nešto ranije.

Čitalac pun razumnosti odmah vidi da iz prepletanja ta dva mala greha mora da se rodi, na žalost, jedan neizbežan susret: što se i dogodilo. Ali recimo kako se odigrao i ako možemo prepričajmo ga s puno pristojnosti i suzdržanosti koje zahteva jedna slična već sama po sebi vrlo raskalašna stvar.

Zbog nekakvog prilično čudnog hira — ali ima ih toliko kod svih ljudi — naš mladi vojnik kome je dojadila uloga ljubavnika, hteo je u jednom trenutku da preuzme ulogu svoje dragane; umesto da ljubavnički bude utopljen u zagrljaj svoga božanstva, hteo je da bude obratno: rečju, ono što je ispod stavio je gore, i tim obrtom igre, nagnuta nad svetilištem gde se obično prinosi žrtva, bila je gđa Dolmen koja se gola kao Venera, gologuza, nalazila opružena na svome ljubavniku, izlažući prema vratima sobe u kojoj se slavila misterija, ono što su Grci vernički obožavali na statui koju smo upravo pomenuli, onaj deo veoma lep, kratko rečeno, koji, da ne idemo predaleko u traganju za primerima, ima toliko obožavalaca u samom Parizu. Takav je bio položaj, kad je Dolbrez naviknut da uđe bez kucanja stigao pevušeći, i ugledao kao prizor ono što jedna žena zaista poštena, kako kažu, ne sme nikad pokazati.

Ono što bi pričinilo zadovoljstvo većini ljudi, nateralo je Dolbreza da ustukne.

— Šta to vidim — povika — ... nevernice... to si mi dakle pripremila?

Gospođa Dolmen koja se u tom trenutku nalazila u jednoj od onih kriza kad žena neuporedivo bolje dela nego što rezonuje, odlučujući se da naplati drskost:

— Koji ti je đavo — reče tom iskrslom Adonisu ne prestajući da se predaje drugom — ne vidim ništa što bi te moglo ražalostiti; ne ometaj nas, prijatelju moj, i lezi u to što ti preostaje; i sam dobro vidiš, ima mesta za dvojicu.

Dolbrez ne uspevši da se ne nasmeje zbog hladnokrvnosti svoje ljubavnice, shvati da je najjednostavnije poslušati njen savet, nije čekao da ga dvaput moli, i pretpostavlja se da su sve troje bili zadovoljni.

Popravljeni muž

Neki čovek već u godinama odluči da se oženi iako je sve dotad živeo bez žene, i najnespretnija stvar koju je učinio prema svojim osećanjima bila je što je uzeo jednu mladu devojku od osamnaest godina, ne može biti privlačnijeg lika i izazovnijeg stasa. Gospodin od Bernaka, jer tako se zvao muž, počinio je utoliko veću glupost uzimajući ženu, jer je bio daleko od navike uživanja u zadovoljstvima koja pruža brak, a trebalo je mnogo da se nastranosti, kojima je nadomeštavao čista i tanana zadovoljstva bračne veze, dopadnu jednoj mladoj osobi nalik gđici De Lursi, kako se zvala nesrećnica koju je Bernak bio vezao za svoju sudbinu. Od prve bračne noći on iznese svoje navike svojoj mladoj supruzi, nakon što ju je naterao da se zakune da ništa neće otkriti svojim roditeljima; reč je bila, kako kaže slavni Monteskje, o jednom gnusnom ponašanju koje ima veze sa detinjstvom: mlada žena u položaju male devojčice koja je zaslužila kaznu, prepuštala se tako petnaest ili dvadeset minuta, više ili manje, grubim nastranostima svoga starog muža, koji je samo u iluziji koju mu je stvarala ta scena uspevao da doživi onu zanosnu pjanost zadovoljstva koju svaki čovek bolje sređen od Bernaka ne bi želeo osetiti drukčije nego u premilim Lursijinim rukama. Postupak se učinio pomalo grub toj tako tananoj, ljupkoj devojci odgojenoj u blagostanju i daleko od svake nameštenosti; međutim, kako su joj bili savetovali da bude potčinjena, verovala je da se tako ponašaju svi muževi, možda joj je čak sam Bernak nametnuo tu misao, i tako se najpoštenije na svetu prepuštala izopačenosti svoga satira; svakoga dana dešava-

PRIČE I KRATKE PRIČE

la se ista stvar, a češće dvaput nego jednom. Nakon dve go-
dine, gđica Lursi koju ćemo nastaviti da zovemo tim ime-
nom jer je još uvek bila nevina kao i prvoga dana svoga
braka, izgubi svoga oca i majku, a s njima i nadu da će joj
neko ublažiti patnje, kako se bila pripremala od nekog
vremena.

Ovaj gubitak učinio je Bernaka još poduzetnijim, i ako
se i držao nekih granica za života roditelja svoje žene, sa-
da više uopšte nije vodio računa o meri čim ih je izgubila
i kad je video da je u nemogućnosti da potraži osvetnike.
Ono što je u prvi mah imalo izgled detinjaste zabave po-
stalo je malo-pomalo stvarna muka; gđica Lursi nije više
mogla, njeno srce se steže, poče jedino razmišljati o osve-
ti. Gospođica Lursi viđala je vrlo malo sveta, njen ju je
muž držao po strani što je više mogao; vitez od Aldura,
njen rođak, uprkos svim De Bernakovim pokušajima, nije
nikako bio prestao da viđa svoju rođaku, taj mladi čovek
imao je ne može biti ljupkiji izgled i nije bilo bezrazložno
što je uporno nastavljao da posećuje svoju rođaku; pošto
je poznavao mnogo sveta, stari ljubomornik, u strahu da
ne bude ismejan, nije se usuđivao da ga otera s praga...
Gospođica Lursi baci oči na tog rođaka kako bi se oslobo-
dila ropstva u kome je živela: slušala je svakoga dana pri-
jatne reči koje joj je upućivao njen rođak, i napokon se sva
otvori pred njim, ona mu sve prizna.

— Osvetite me pred tim gadnim čovekom — reče mu
ona — i to me osvetite jednom scenom koja će biti dovolj-
no jaka da se neće usuditi da je ikome prepriča: dan kada
budete uspeli u tome biće dan vašeg trijumfa, biću vaša sa-
mo po tu cenu.

Aldur, očaran, obećava sve i radi samo na tome da
uspe i obezbedi za sebe tako lepe trenutke. Kad je sve
došlo u najbolje stanje:

— Gospodine — reče Bernaku jednoga dana — imam
čast da vam budem vrlo blizak, a moje poverenje u vas je
odviše veliko da vam ne bih poverio da sam sklopio tajni
brak.

167

— Tajni brak — reče Bernak očaran misleći da će se tako osloboditi suparnika zbog koga je strepeo.

— Da, gospodine, upravo sam se vezao za sudbinu jedne ljupke supruge i sutra je dan kad će me učiniti srećnim; to je jedna siromašna devojka, priznajem, ali to mi nije važno, imam dovoljno za oboje; ženim se, istina je, čitavom jednom obitelji, ima ih četiri sestre koje žive zajedno, ali kako je njihovo društvo prijatno sve mi je to kao dodatak sreći... Uzdam se, gospodine — nastavlja mladi čovek — da ćete moja rođaka i vi ukazati mi čast i doći bar na svadbeni ručak.

— Gospodine, ja izlazim veoma slabo a moja žena još manje, mi oboje živimo u velikoj povučenosti, njoj se tako dopada, ja ne želim da joj išta kvarim.

— Poznajem vaše navike, gospodine, nastavlja Aldur — i kažem vam da ćete biti posluženi onako kako želite... ja volim samoću isto kao i vi, uostalom imam razloga da sve držim u tajnosti, već sam vam rekao: to je na selu, lepo je vreme, sve vas pozivam a ja vam dajem svoju časnu reč da ćemo biti potpuno sami.

Lursi pokazuje izvesnu želju, njen muž se ne usuđuje da joj protivureči pred Aldurom, i dogovor je načinjen.

— Zar ste morali pristati na tako nešto — reče gunđalo čim je ostao sam sa svojom ženom — vi dobro znate da me sve to uopšte ne privlači, naći ću načina da ubijem u vama sve te želje, a najavljujem vam da gotovo imam nameru da vas smestim na jednom od svojih poseda gde nećete viđati nikoga osim mene.

A kako je povod, osnovan ili ne, mnogo doprinosio čarima raskošnih scena koje je Bernak izmišljao kad su mu nedostajale u stvarnosti, on iskoristi tu priliku, povede Lursi u svoju sobu i reče joj:

— Ići ćemo... da, obećao sam, ali skupo ćete platiti želju koju ste pokazali zbog toga...

Jadna mala nesrećnica nadajući se da je pred raspletom, podnosi sve bez reči žalbe.

— Činite sve što želite, gospodine — reče ponizno — ukazali ste mi milost, dugujem vam samo zahvalnost. To-liko blagosti, toliko prepuštenosti razoružalo bi svako drugo srce prožeto porokom kao što je srce raskalašnoga Bernaka, ali ništa ne zaustavlja ovoga, on se zadovoljava, zatim mirno idu na spavanje; sutradan Aldur, držeći se dogovora, dolazi po supružnike i polaze.

— Vidite i sami — reče mladi Lursijin rođak ulazeći sa mužem i ženom u jednu veoma usamljenu kuću — vidite i sami da ovo ni najmanje ne liči na javno slavlje; nema kola, nema lakeja, rekao sam vam, potpuno smo sami.

Ipak četiri velike žene od otprilike trideset godina, snažne, čile i od pet i po stopa u visinu svaka, prilaze predvorjem i s najvećim mogućnim poštovanjem pozdravljaju g. i gđu Bernak.

— Evo moje žene, gospodine — reče Aldur predstavljajući jednu od njih — a ove tri su njene sestre; mi smo se venčali jutros u osvit dana u Parizu, i čekamo vas da proslavimo naše venčanje.

Sve se odvija uz uzajamne učtivosti; u jednom trenutku iz kruga u salonu, gde se Bernak uverava da je zaista sam koliko je i želeo da bude, jedan slugan najavljuje ručak, i svi sedaju za sto; obed je ne može biti veseliji, četiri tobožnje sestre veoma sviknute na dosetke, ispuniše prisutne oko stola najvećom mogućnom živošću i veseljem, ali kako uljudnost ni u jednom trenutku nije bila zaboravljena, Bernak potpuno zavaran veruje da se nalazi u najboljem društvu na svetu; međutim, Lursi očarana gledajući svoga tiranina u klopci veselila se sa svojim rođakom i iz očajanja spremna da najzad prestane s uzdržavanjem koje joj je dosad donosilo samo žalosti i suze, ispijala je nadušak s njim šampanjac upućujući mu najnežnije poglede; naše junakinje koje su takođe htele da se okrepe, predavale su se sa svoje strane, i Bernak prepušten, ne sluteći ni trunku jednostavne igre u tim okolnostima, nije se štedeo ništa više od ostalog društva. Ali kako ipak nije trebalo izgubiti razum, Aldur prekida na vreme i predlaže da popiju kafu.

— Hajte, moj rođače — reče on čim popiše — hajte dođite da pogledate moju kuću, znam da ste čovek od ukusa, kupio sam je i namestio za svoje venčanje, ali plašim se da sam možda napravio loš posao, vi ćete mi reći svoje mišljenje molim vas.

— Veoma rado — reče Bernak — niko se ne razume u te stvari bolje od mene, proceniću vam sve do deset lujeva manje ili više, kladim se.

Aldur se upućuje stepeništem dajući ruku svojoj ljupkoj rođaki, stavljaju Bernaka između četiri sestre, i u tom rasporedu ulaze u jednu veoma mračnu i udaljenu prostoriju, sasvim na kraju kuće.

— Ovo je svadbena soba — reče Aldur starom ljubomorniku — vidite li ovaj krevet, moj rođače, evo gde će supruga prestati da bude nevina; nije li vreme nakon toliko čežnje?

To je bila dogovorena reč: u istom trenutku, naše četiri vragolanke skaču na Bernaka naoružane svaka jednim svežnjem šiba; svlače ga, dve ga drže, dve druge ga vezuju kako bi ga mogle batinati i dok rade žestoko na tome:

— Moj dragi rođače — povika Aldur — nisam li vam rekao juče da ćete biti posluženi po vašoj želji? Nisam mogao smisliti ništa bolje da bih vam dao ono što svakoga dana dajete ovoj ljupkoj ženi; vi niste toliko grubi da biste joj činili nešto što i sami ne biste hteli primiti od nje, zato smatram da vam ovo što činim godi; jedna stvar nedostaje ipak ovoj ceremoniji, moja rođaka je, smatraju, još uvek nova, iako je već odavno s vama, kao da ste se venčali tek juče; jedno takvo zanemarivanje dolazi s vaše strane iz neznanja očigledno, kladim se da ne znate kako to treba učiniti, ja ću vam pokazati, moj prijatelju.

I rekavši to, sve uz zvuke krasne muzike, živahni rođak baca svoju rođaku na krevet i čini je ženom pred očima njenog nedostojnog muža... Tek u tom trenutku ceremonija se prekida.

— Gospodine — reče Aldur Bernaku silazeći s oltara — smatraćete možda da je poduka malo prejaka, ali priznajte da je i uvreda bila ništa manje takva; ja nisam, niti želim biti ljubavnik vaše žene, gospodine, evo je, ja vam je vraćam, ali vam savetujem da se ubuduće odnosite s njom na malo časniji način; u suprotnom slučaju imaće u meni ponovo jednog osvetnika koji će vas još manje štedeti.

— Gospođo — reče Bernak besan — uistinu ovaj postupak...

— ... Jeste upravo onakav kakav zaslužujete, gospodine — odgovara Lursi — ali ako vam se ne dopada, slobodni ste da ga razglasite, izložićemo svi naše razloge, i videćemo kome će se od nas dvoje ljudi smejati.

Bernak zbunjen priznaje svoje greške, ne izmišlja više sofizme da bi ih opravdao, baca se pred kolena svoje žene moleći je da mu oprosti: Lursi nežna i velikodušna diže ga i grli, oboje se vraćaju u svoju kuću a ja ne znam kakvim se sredstvima poslužio Bernak, ali nikada od tog trenutka prestonica nije videla jedan bračni par bliskiji, nežnije prijatelje i vrlije supružnike.

Suprug sveštenik

Provansalska priča

Između grada Menerb u grofoviji avinjonskoj i grada Apt u Provansi nalazi se mali karmelitski manastir, izdvojen, koji se zove Sen-Hiler, smešten na litici jedne planine gde i koze čak retko dođu da brste; ta mala nastamba je nešto kao slivnik svih susednih kermelitskih bratstava, od kojih svako tu odlaže ono što ga sramoti, iz čega se lako može prosuditi koliko mora da je čisto društvo u jednoj takvoj kući: pijanice, zavodnici, sodomisti, kockari, takav je otprilike plemeniti sastav, isposnici koji u tom opakom utočištu podaruju Bogu, onako kako mogu i znaju, svoja srca koja svet ne želi više. Jedan ili dva dvorca nedaleko odatle, i mestašce Menerb koje se nalazi na jednu milju od Sen-Hilera, to je sve društvo tih dobrih pobožnika, koji i pored svoje odeće i svoga stanja uopšte ne nalaze lako otvorena vrata u svojoj okolici.

Već duže vremena otac Gabrijel, jedan od svetaca tog isposničkog mesta, priželjkivao je jednu izvesnu ženu iz Menerba čiji se muž rogonja, ako je to uopšte ikada bio, zvao g. Roden. Gospođa Roden bila je jedna mala crnojka od dvadeset osam godina, vragolastog oka, zaobljenih sapi i koja je u svakom pogledu činila odličan kaluđerski komad. Što se tiče g. Rodena, bio je to dobar čovek, koji je ćutke negovao svoje blago, prodavao je sukno, bio je sudija[*], ono dakle što se naziva pošteni građanin; ne stvarno ubeđen u vrlinu svoje nežne polovine, bio je ipak dovoljno mudar da oseti kako je najbolji način da se

---

[*] Markiz na ovom mestu koristi jednu provansalsku reč za sudiju, i to naglašava u svojoj fusnoti. *Prim. prev.*

suprotstavi preteranom odizanju kose koje se ponekad primećuje kod muževa, jeste da i ne pomišlja kako ga nosi; pripremao se da bude sveštenik, govorio je latinski kao Ciceron, a često je igrao dame sa ocem Gabrijelom koji je kao vešt i predusretljiv udvarač znao da se uvek pomalo treba dodvoriti mužu ako želimo njegovu ženu. Bio je pravi uzorak Elijeve dece taj otac Gabrijel[*]: reklo bi se kad ga ko pogleda da bi mu čitav ljudski rod mogao prepustiti brigu da ga razmnožava; pravitelj dece kakvog je retko bilo, čvrstih ramena, širokih bedara, mrkog i preplanulog lica, obrva nalik Jupiterovim, visok šest stopa i ono što naročito oličava jednog karmelita, sazdan, kako se to kaže, prema uzorcima najlepših pastuva iz pokrajine. Kojoj se to ženi jedan takav razbludnik ne bi neizbežno dopao? Tako da je veoma čudnovato godio i gđi Roden, više nego dalekoj od toga da nađe tako uzvišene osobine u dobrom gosparu koga su joj njeni roditelji dali za muža. Gospodin Roden se činio kao da zatvara oči pred svim tim, već smo rekli, ali ne znači da je zato bio manje ljubomoran, nije ništa govorio, ali ostajao je tu, i to je ostajao u trenucima kad su želeli da bude što dalje; jabuka je, međutim, bila već sasvim zrela. Bezazlena gđa Roden prostodušno je izjavila svome ljubavniku da samo očekuje zgodnu priliku kako bi odgovorila na želje koje su joj se činile odviše vrele da bi im odolevala dalje, a sa svoje strane otac Gabrijel dao je na znanje gđi Roden da je spreman da ih zadovolji... U jednom vrlo kratkom trenutku kad je Roden bio prinuđen da iziđe, Gabrijel je pokazao čak svojoj umilnoj dragani one stvari koje čine da se žena odluči i pored svega kolebanja... trebalo je još samo da se ukaže prilika.

Jednoga dana kad je Roden došao na ručak kod svog prijatelja iz Sen-Hilera u nameri da mu predloži i odlazak u lov, nakon što su ispraznili nekoliko boca *lanertskog* vina, Gabrijelu se učini da mu prilika nudi zgodan trenutak za njegove želje.

---

[*] Reč je svakako o proroku Eliju iz Biblije. *Prim prev.*

— O dovraga, gospodine *sudijo* — reče kaluđer svome prijatelju — baš mi je drago što vas vidim ovde danas, niste mogli doći u boljem trenutku po mene, reč je o jednoj izvanredno važnoj stvari u kojoj mi vi možete biti jako korisni.

— Šta je u pitanju, oče?

— Vi poznajete onoga što se zove Renu iz našeg grada?

— Renu šeširdžija.

— Upravo taj.

— Pa?

— Pa, taj nevaljalac mi duguje sto talira a upravo sam saznao da se nalazi pred stečajem, možda je u ovom trenutku dok vam govorim o njemu već izišao iz Grofovije... moram po svaku cenu da odletim tamo a ne mogu.

— Ko vas sprečava?

— Moja misa, do vraga, moja misa koju moram obaviti, dođe mi da poželim da misa ode do đavola a sto talira u moj džep.

— Kako, ne mogu da vas oslobode toga?

— Oh da svakako, oslobode! Samo nas je trojica ovde, ako svaki dan ne održimo po tri mise, čuvar koji ih nikada ne drži tužio bi nas dvoru u Rimu; ali ima jedan način kojim bih mogao da se poslužim, dragi moj, ako biste ga vi prihvatili, sve zavisi tek od vas.

— Hoću bogami rado, samo o čemu je reč?

— Ja sam ovde sam sa crkvenjakom; kad se održe prve mise naši su kaluđeri već napolju, niko neće posumnjati u varku, neće biti mnogo sveta, nekoliko seljaka, i još jedino možda ona mala dama tako pobožna koja stanuje u dvorcu od *** na pola milje odavde, anđeosko stvorenje koje strogostima umišlja popraviti sve ludosti svoga muža; vi ste se školovali za sveštenika, rekli ste mi, čini mi se.

— Potpuno tačno.

— E pa, mora da ste naučili kako se obavlja misa.

— Obavljam je kao sam nadbiskup.

— O moj dragi i dobri prijatelju — nastavlja Gabrijel bacajući se Rodenu oko vrata — za ime Boga, navucite moju odeću, sačekajte da jedanaest sati otkuca, sada je deset, u tom trenutku održite moju misu, preklinjem vas; naš brat crkvenjak je jedan dobri đavo koji nas nikada neće odati; onima kojima će se učiniti da me nisu prepoznali, reći će se da je to jedan novi kaluđer, druge ćemo ostaviti u zabludi; otrčaću do tog bednika od Renua, ubiću ga ili ću dobiti svoj novac, i ovde sam ponovo za dva sata. Vi ćete me sačekati, ispržićete ribu, zgotoviti jaja, doneti vino iz podruma; kad se vratim ručaćemo, i u lov... da, moj prijatelju, u lov, a nadam se da će ovoga puta biti dobar: videli su, kažu, nedavno jednu zver s rogovima u okolini, hteo bih do vraga da je bocnemo, makar se dvadeset puta sporili sa gospodarom zemlje!

— Vaša namera je dobra — reče Roden — i nema toga što neću učiniti da bih vam bio na usluzi, ali nema li u tome kakvog greha?

— Greha, moj prijatelju, ni reči, bilo bi možda da učinite to i da učinite loše, verujte mi ja sam moralista, nema u tome postupku ničega što se zove obični greh.

— Ali treba li izgovoriti i reči?

— A zašto ne? Te reči imaju vrednosti tek u našim ustima, ali ta vrednost je i u nama... vidite, moj prijatelju, ja bih te reči mogao izgovoriti na donjem trbuhu vaše žene koji bih poput boga pretvorio u hram gde vi posvećujete... Ne, ne, dragi moj, svako od nas poseduje sposobnost preobražavanja; možete izgovoriti dvadeset hiljada puta reči a ništa se neće dogoditi; a čak i sa nama taj pokušaj zna često propasti; vera je ta koja sve čini u tome, jedno zrno vere dovoljno je da se pomaknu brda, to vam je poznato, Isus Hristos je to rekao, ali ko nema vere ne čini ništa... Ja, na primer, koji ponekad služeći misu radije mislim na cure i žene pred sobom nego na taj đavolski komad testa koji gnječim među svojim prstima, zar mislite da ja mogu prizvati bilo šta tada... radije bih verovao u kuran nego što bih zabio sve to sebi u glavu. Vaša misa će dakle i pored svega biti isto tako dobra koliko i moja; zato, dragi moj, ponašajte se bez opterećenja, i naročito budite hrabri.

— Pobogu — reče Roden — nevolja je u tome što sam strahovito gladan, a treba čekati još dva sata do ručka!

— A ko vas sprečava da pojedete jedan komad, evo, uzmite ovo.

— A ta misa koju treba obaviti?

— E do vraga, šta to uopšte znači, zar verujete da je Bog više uprljan ako pada u pun stomak a ne u prazan? Ako je hrana iznad ili ispod, neka me đavo odnese ako to nije potpuno isto; hajte, dragi moj, kad bih obaveštavao Rim svaki put kad jedem pre nego što održim misu, čitav bih život proveo na putu. A sem toga vi niste sveštenik, naša pravila se vas ne tiču, vi ćete dati samo privid mise, vi je nećete stvarno održati; prema tome, vi možete činiti sve što hoćete pre ili posle, ljubiti svoju ženu kad bi bila ovde, nije reč o tome da se ponašate kao i ja, nije reč o tome da slavite, niti da izvršite posvećenje.

— Dobro — reče Roden — učiniću to, budite spokojni.

— Dobro — reče Gabrijel bežeći i ostavljajući svoga prijatelja koga je lepo preporučio crkvenjaku — ... računajte na mene, moj dragi, za dva sata sam vaš; i očarani kaluđer nestaje.

Lako je zamisliti da je brzo stigao do gospođe sudijinice; iznenađena što ga vidi, verujući da je s njenim mužem, ona ga pita za razlog te nepredviđene posete.

— Požurimo, draga moja — reče sveštenik zadihan — požurimo, imamo tek jedan trenutak za nas... čašu vina i na rad.

— Ali moj muž?

— On drži misu.

— On drži misu?

— Eda bogami, eda, mila — odgovara karmelit, povaljujući gđu Roden na njen krevet — da, draga prijateljice, načinio sam sveštenika od vašeg muža i dok taj mangup slavi božansku misteriju, požurimo se da mi ispunimo svetovnu...

Kaluđer je bio silovit, bilo je teško odoleti mu kada bi se dočepao kakve žene: njegovi razlozi su uostalom biti tako ubedljivi, on uspeva da razuveri gđu Roden, i kako mu nije bilo teško da ubeđuje jednu malu vragolanku od dvadeset osam godina provansalske ćudi, ponovio je više nego jednom svoje dokaze.

— Ali, dragi moj anđele — reče na kraju lepojka savršeno ubeđena — znaš li da vreme prolazi... moramo se rastati: ako naša zadovoljstva ne mogu trajati duže od jedne mise, ima već poodavno kako *ite missa est.*

— Ne, ne, dobra moja — reče karmelit imajući još jedno opravdanje da ponudi gđi Roden — čuj, srce moje, imamo još dosta vremena, još jednom, draga moja prijateljice, još jednom, te novajlije ne obavljaju tako brzo kao mi... još jednom, kad ti kažem, kladim se da rogonja još nije uzvisio svog boga.

Trebalo je ipak da se rastanu ne bez obećanja kako će se ponovo videti, dogovorili su se oko nekih novih lukavstava, i Gabrijel ode da vidi šta je s Rodenom; ovaj je služio ništa slabije od biskupa.

— Samo me malo — reče — zbunio onaj *quod aures,* moglo se dogoditi da jedem umesto da pijem, ali me crkvenjak opomenuo; a sto talira, kume moj?

— Imam ih, sinko moj; nevaljalac je hteo da se odupre, dograbio sam neke vile, i dobio je, vere mi, po glavi i svuda.

Čim su završili s obedom, naša dva prijatelja odlaze u lov, a u povratku Roden priča svojoj ženi o tome kako je učinio uslugu Gabrijelu.

— Slavio sam misu — govoraše veliki mulac smejući se od sveg srca — da, bogme, slavio sam misu kao pravi pop, dok je naš prijatelj vilama uzimao meru po Renuovim leđima... A ti, ljubavi moja, šta si ti radila dok sam ja služio misu?

— Ah! Prijatelju moj, odgovara sudijinica, izgleda da nas je nebo nadahnulo, pogledaj kako su nas nebeske stvari ispunjavale i jedno i drugo: dok si ti obavljao misu, ja sam izgovarala onu lepu molitvu kojom Devica odgovara Gabrijelu kad ovaj dođe da joj najavi da će zatrudneti posredstvom Svetoga Duha. Čuj, moj prijatelju, bićemo sigurno spaseni, sve dok budemo obavljali toliko dobrih dela odjednom zajedno.

Vlastelinka od Lonževila
ili osvećena žena

U vreme kad su vlastelini živeli despotski na svojim pose-
dima, u ona slavna vremena kad je Francuska brojala
među svojim granicama mnoštvo gospodara, umesto tri-
deset hiljada sužnjeva koji gamižu u prašini pred jednim,
živeo je usred svojih poseda gospodar od Lonževila, vla-
snik jednog prilično velikog feuda, pokraj Fima u Šampa-
nji. Imao je sa sobom jednu malu ženu crnu, nestašnu, ve-
oma živahnu, ne tako lepu, ali vragolastu i strasno željnu
zadovoljstva: dama vlastelinka mogla je imati dvadeset
četiri do dvadeset šest godina a gospodin trideset najviše;
u braku od pre dve godine, i oboje su, u godinama kada
se traži malo zabave pored dosade koju nosi brak, po-
kušavali da se snađu u susedstvu onako kako su najbolje
mogli. Mesto ili bolje rečeno zaselak Lonževil nije pružao
mnogo: međutim, jedna mala seljanka od osamnaest go-
dina, vrlo poželjna i vrlo sveža, otkrila je tajnu da se svidi
gospodinu, i već se dve godine slagao s njom ne može bi-
ti bolje. Luizon, to je bilo ime drage grlice, dolazila je sva-
ke noći da spava sa svojim gospodarom služeći se skrive-
nim stepeništem, podignutim u jednoj od kula koja je bila
uz sobu u kojoj je spavao gazda, a ujutru je odlazila pre
nego što bi gospođa ušla kod svog muža, kao što je
uobičavala da čini zbog doručka.
   Gospođi od Lonževila uopšte nije bilo nepoznato ma-
lo nedolično ponašanje njenog muža, ali kako se i ona ra-
do zabavljala sa svoje strane, nije ništa govorila; ništa nije
tako prijatno kao neverne žene, jer one imaju toliko razlo-
ga da kriju svoje postupke i da postupke drugih ispituju

179

mnogo manje nego što to čine verne. Jedan mlinar iz okoline po imenu Kola, mladi nestaško od osamnaest do dvadeset godina, beo kao njegovo brašno, mišićav kao njegov magarac i ljubak kao ruža koja je rasla u njegovom vrtu, ulazio je svako veče kao i Luizon u prostoriju pored gospođine sobe, i to vrlo hitro u krevet dok je sve bilo mirno u celom zamku. Ništa nije moglo biti mirnije od ta dva para; bez demona, koji se tu umešao, ubeđen sam da bi ih navodili kao *primerne* u celoj Šampanji.

Nemojte se smejati ni najmanje, čitaoce, nemojte se uopšte smejati zbog ove reči *primerni;* kad nema vrline, porok sasvim pristojan i sasvim skriven može poslužiti kao uzor: zar isto tako nije srećnije i spretnije grešiti a ne uznemiravati svoga bližnjega i, uostalom kakvu opasnost može predstavljati zlo ako niko za njega i ne zna? Pogledajte — odlučite — ovo malo ponašanje ma kako se činilo neopravdanim, zar ipak nije bolje od slike koju nam sadašnji moral može ponuditi; zar ne volite više gospara od Lonževila dobrano i bez buke opruženog između lepih ruku njegove lepe seljančice, i njegovu suprugu na prsima jednog lepog mlinara čiju sreću niko ne zna, nego jednu od ovih naših pariskih vojvotkinja koje javno svaki mesec menjaju svoje prijatelje, ili se daju sluganima, dok za to vreme gospodin troši dve stotine hiljada talira godišnje sa jednom od onih odvratnih prilika koje raskoš prerušava, koje poreklo unižava i koje p.[*] iskvaruje? Kažem dakle, bez nesloge čiji se otrovi ubrzo izliše na to četvero miljenika ljubavi, ništa tako nežno i razumno kao njihov lepi mali dogovor.

Ali gospar od Lonževila koji je kao i mnogi drugi nepravični muževi imao okrutnu želju da bude srećan i ne želeći da njegova žena to takođe bude, gospar od Lonževila koji se zamišljao kao prepelica koju niko ne vidi zato što ima pokrivenu glavu, otkri prevaru svoje žene, i nađe da

---

[*] Markiz je u originalu stavio kraticu: v. — podrazumevajući verovatno reč: *vice, porok,* odakle *p.* u prevodu. *Prim. prev.*

ne valja, kao da njegovo ponašanje nije davalo nikakvo pravo onoj koju je hteo da ukori.

Od otkrića do osvete nema mnogo u jednom ljubomornom duhu. G. od Lonževila se odluči dakle da ne kaže ništa, i da se oslobodi nevaljalca koji je žigosao njegovo čelo; biti rogonja, govorio je sam sebi, zbog čoveka istog ugleda kao ja, u redu... ali zbog jednog mlinara, oh! Gospodine Kola, bićete tako dobri da odete mleti u neki drugi mlin, mlin moje žene prestaće da se otvara za vaše žito. I kako je mržnja tih malih despotskih vlastelina uvek bila veoma okrutna, kako su često zloupotrebljavali pravo na život i smrt koje su im feudalni zakoni davali nad njihovim podanicima, g. od Lonževila ode tako daleko da odluči da siroti Kola bude bačen u opkope pune vode koji su okruživali njegovu naseobinu.

— Klodomire — reče jednoga dana svome *upravniku slugana* — treba da me tvoji momci i ti oslobodite jednog *nevaljalca* koji prlja krevet moje gospođe.

— Biće tako, moj gospodaru — odgovori Klodomir — preklaćemo ga ako želite, i poslužićemo vam ga pripremljenog poput pečenice.

— Ne, moj prijatelju — odgovori g. od Lonževila — dovoljno je da ga stavite u vreću sa kamenjem, i da ga tako opremljenog bacite na dno opkopâ oko zamka.

— Biće tako.

— Da, ali pre svega treba ga uhvatiti jer još nije naš.

— Imaćemo ga, moj gospodaru, moraće biti jako vešt ako hoće da nam izmakne, imaćemo ga, kažem vam.

— Doći će večeras u devet sati — reče uvređeni suprug — proći će kroz vrt, stići će odmah zatim u donje odaje, ići će da se sakrije u sobu koja se nalazi pokraj kapele i tu će biti šćućuren sve dok gospođa ne pomisli da sam se uspavao i ne dođe da ga povede u svoje prostorije; treba ga pustiti da napravi sve te kretnje, treba samo da ga osmatramo, a čim bude pomislio da je u bezbednosti uhvatićemo ga i poslaćemo ga da pije kako bi ublažio svoju vatru.

Ništa bolje pripremljeno od tog plana i jadni Kola bi izvesno bio pojeden od riba da su svi bili oprezni; ali baron se bio poverio mnogima, bio je izdan; jedan mladi dečak iz kuhinje koji je mnogo voleo svoju gazdaricu i koji se možda nadao da će jednoga dana podeliti njenu milosrdnost sa mlinarom, podležući više osećanju koje je u njemu budila njegova ljubavnica nego ljubomori koja ga je mogla ispuniti srećom zbog nesreće njegovog suparnika, otrča da je obavesti o svemu što se plelo, i beše nagrađen jednim poljupcem i sa dva talira koji su za njega bili vredni bar koliko i poljubac.

— Zaista — reče gđa od Lonževila čim je ostala sama sa onom od svojih žena koja je učestvovala u njenoj ljubavnoj stvari — gospodar je čovek veoma nepravedan... i šta, on radi što mu se hoće, ja ne kažem ništa, a smatra lošim ako nadoknađujem sve posne dane koje zbog njega trpim. Ah! Neću to podnositi, draga moja, neću to više podnositi. Slušaj, Zaneta, jesi li ti devojka spremna da mi poslužiš u nameri koju imam i da spasim Kola, i da uhvatim gospodara?

— Svakako, gospođa samo treba da mi naredi, sve ću učiniti; taj siroti Kola je jedan pošten momak, ni kod jednog momka nisam videla takve mišiće i tako sveže boje. Oh da, gospođo, oh da, služiću vam, šta treba činiti?

— Treba već iz ovih stopa — reče gospođa — da odeš i obavestiš Kola da se ne pojavljuje u zamku pre nego što ga ja ne obavestim, i zamoli ga s moje strane da mi pošalje ono odelo koje obično nosi kad dolazi ovamo; čim budeš imala to odelo, Žaneta, potražićeš Luizon, ljubaznicu moga nevernika, i reći ćeš joj da te šalje gospodin koji joj naređuje da obuče odeću koju ćeš ti nositi u pregači, da ne dolazi više uobičajenim putem, nego preko vrta, dvorišta i donjih odaja, i da se odmah čim uđe u kuću sakrije u prostoriju koja se nalazi pokraj kapele* sve dok gospodin ne dođe da je potraži, a na pitanja koja će ti sigurno postavi-

---

* Sav ovaj raspored mesta još i sad postoji u zamku Lonževil.

ti u vezi s tim izmenama reći ćeš joj da je to zbog gospođine ljubomore koja je sve saznala i koja će je vrebati na putu kojim uobičajeno dolazi. Ukoliko se uplaši razuveri je, daćeš joj neki poklon i preporučićeš joj da nipošto ne bi propustila da dođe jer večeras gospodin ima da joj kaže neke stvari od velike važnosti u odnosu na ono što se dogodilo posle izliva gospođine ljubomore.

Žaneta odlazi, ispunjava svoje dve poruke ne može bolje, i u devet sati uveče nesrećna Luizon se pod Kolaovim odelom nalazi u prostoriji u kojoj žele da iznenade gospođinog ljubavnika.

— Krenimo — reče g. od Lonževila svojim ljudima koji su zajedno s njim bili u zasedi — krenimo, svi ste ga videli kao i ja, prijatelji moji, zar ne?

— Da, moj gospodaru, bogami, to je lep dečko.

— Otvorite hitro vrata, nabacite mu ručnike preko glave kako ne bi vikao, ubacite ga u vreću i bacite u vodu bez ikakve priče.

Sve se izvodi ne može bolje, tako dobro začepljuju organ nesrećne zarobljenice da uopšte nije u stanju išta reći, uvijaju je u vreću u koju su već brižljivo natrpali teškog kamenja, i kroz prozor iste prostorije gde su je uhvatili bacaju je u opkope. Posao obavljen, svi se povlače, a g. od Lonževila odlazi u svoju sobu, veoma užurban da vidi svoju curicu koja prema njemu nije trebalo da kasni i za koju nije mogao ni pomisliti da je smeštena na jedno tako sveže mesto. Polovina noći prolazi a niko se ne pojavljuje; kako je bila vrlo lepa mesečina, naš nespokojni ljubavnik odluči da ode u stan svoje lepojke i vidi kakav ju je razlog mogao sprečiti, izlazi, a za to vreme gđa od Lonževila koja nije prekidala svoj naum, uđe i smesti se u krevet svoga muža. Gospodin od Lonževila saznaje kod Luizon da je izišla iz kuće kao obično i da je svakako u zamku, nisu mu ništa rekli u vezi s prerušavanjem jer Luizon to nikome nije ni poverila i da je otišla a da je niko nije ni video, gazda se vraća i kako je sveća koju je ostavio u svojoj sobi bila već ugašena, prilazi krevetu da uzme ognjilo da je ponovo upali; prilazeći krevetu čuje kako neko diše, ne sumnja da je to njegova draga Luizon došla dok ju je on tražio, i da je legla od nestrpljenja ne videći ga u sobi; on se dakle ne koleba i evo ga između dva čaršava, kako miluje svoju ženu uz reči ljubavi i nežne izraze kojima se po običaju služio sa svojom dragom Luizon.

— Što si me ostavila da čekam, draga moja curice... gde si to bila, draga moja Luizon!...

— Izdajniče — reče tada gđa od Lonževila skidajući veo sa jedne svetiljke koju je bila prikrila — nemam razloga da više sumnjam u tvoje ponašanje, priznaj da sam ja tvoja žena a ne ta k. kojoj daješ ono što pripada meni.

— Gospođo — reče na to muž sasvim mirno — ja mislim da sam gospodar svojih postupaka, naročito kad mi se vi uskraćujete tako suštinski.

— Uskraćujem vam se, gospodine, a u čemu molim vas?

— Zar mislite da ne znam za vaše ašikovanje sa Kola, sa jednim od najpokvarenijih seljaka na mojim posedima?

— Ja, gospodine — odgovara ljutito vlastelinka — ... ja da se ponizim do te mere, vi se bavite vidovnjaštvom, nikada nije postojalo ništa od svega što govorite i ja vas pozivam da mi date dokaze.

— Istina je, gospođo, da bi to sada bilo teško, jer sam upravo bacio u vodu tog zlikovca koji me obeščašćivao, i vi ga više nikada nećete videti.

— Gospodine — reče vlastelinka s još više drskosti — ako ste bacili tog nesrećnika u vodu zbog takvih sumnji, zaista, onda ste krivi zbog jedne velike nepravde, ali ako je, recite mi, tako kažnjen samo zbog toga što je dolazio u zamak, veoma se plašim da ste se prevarili, jer on u njega nije kročio u svome životu.

— Zaista, gospođo, vi hoćete da poverujem kako sam lud.

— Razjasnimo, gospodine, razjasnimo, ništa lakše od toga, pošaljite Žanetu koja je ovde da ode da potraži tog seljaka zbog koga ste tako pogrešno i tako smešno ljubomorni, i videćemo šta će biti.

Baron pristaje, Žaneta odlazi, ona dovodi Kola lepo sređenog. Gospodin od Lonževila trlja oči gledajući ga, naređuje odmah svima da se probude i da što brže provere koja je osoba, u tom slučaju, koju je naredio da bude bačena u opkope; lete, ali donose samo jedan leš i to leš nesrećne Luizon koji opružaju pred očima njenoga ljubavnika.

— *O pravedno nebo* — povika baron — *nekakva nepoznata ruka izvela je sve ovo; ali proviđenje je upravlja, i ja se neću buniti zbog njenih udaraca.* Neka ste to vi ili ko god hoće, gospođo, koji ste uzrok ove zabune, odustajem da dalje istražujem; evo sad ste oslobođeni one koja vam je stvarala sve neprilike, udaljite od mene isto tako onoga koji ih stvara meni i neka od ovog trenutka Kola nestane iz zemlje. Pristajete li na to, gospođo?

— Činim čak više, gospodine, i pridružujem se vama da mu to naredite: neka se mir uspostavi između nas, neka ljubav i poštovanje ponovo preuzmu svoja prava i neka ih ništa ne uspe udaljiti ubuduće.

Kola ode i ne pojavi se više, sahraniše Luizon i nikada se od tada u celoj Šampanji nije mogao videti par supružnika sjedinjenijih od gospara i gospe od Lonževila.

Lupeži

Postoji oduvek u Parizu jedna vrsta ljudi raširena svetom, čiji se jedini zanat sastoji u tome da žive na račun drugih: ništa spretnije od umnoženih poteza tih spletkara, nema toga što neće izmisliti, što neće poduzeti da, na ovaj ili neki drugi način, namame žrtvu u svoje proklete mreže; dok glavnina te vojske radi po gradu, jedinice oblеću po krilima, raspršuju se po selima i uglavnom putuju javnim kolima; sad kad smo jasno uspostavili to tužno stanje, pogledajmo mladu došljakinju koju ćemo ubrzo oplakivati videći je u tako lošim rukama. Rozeta od Flarvila, kćerka jednog buržuja iz Ruana, nakon svih moljakanja dobila je na kraju dozvolu od svoga oca da provede karnevalske dane u Parizu kod izvesnog g. Matjea, svog strica, bogatog zelenaša, Ulica Kenkampoa. Rozeta, iako malo detinjasta, imala je već osamnaest godina punih, ljupko lice, plavka, lepe plave oči, blistavu boju kože, i prsa pod pramenom svile što je svakom poznavaocu nagoveštavalo da ono što mlada devojka ima pokriveno vredi najmanje koliko i ono što se primećivalo... Rastanak nije prošao bez suza: bilo je to prvo veče da dobri otac napušta svoju kćerku; ona je bila razumna, ona je sasvim bila u stanju da se snalazi, išla je kod jednog dobrog rođaka, trebalo je da se vrati za Uskrs, sve su to bez sumnje bili utešni razlozi, ali Rozeta je bila veoma zgodna, Rozeta je bila veoma lakoverna a išla je u jedan grad veoma opasan za lepi spol koji tu dolazi iz provincije sa nevinošću i mnogo vrline. Međutim, lepojka polazi, snabdevena svim što joj je potrebno da blista u Parizu u svome malom krugu, i uz to sa mnoštvom nakita i

poklona za strica Matjea i rođakinje, njegove kćerke; pre-
poručuju Rozetu kočijašu, otac je grli, kočijaš podiže
kandžiju, i svako plače za sebe; ali jasno je da ljubav dece
mora biti isto tako nežna kao i ljubav njihovih otaca: pri-
roda dozvoljava da ovi prvi u zadovoljstvima kojima se
opijaju nađu razloge za rasipanje koji ih neprimetno odva-
jaju od tvoraca njihovih života i ohlađuju u njihovom srcu
osećanja nežnosti, potisnutija, snažnija, i sasvim drukčije
iskrena u dušama očeva i majki koji dolaze u doba one ne-
izbežne ravnodušnosti koja, čineći ih neosetljivim na dav-
na zadovoljstva njihovog mladog doba, budi da tako
kažemo kod njih želju jedino prema tim svetim bićima ko-
ja ih oživljavaju.

Rozeta iskusi taj opšti zakon, njene suze behu brzo
osušene, i misleći tek na zadovoljstvo što će videti Pariz
već je bila sklopila poznanstvo sa dva čoveka koji su ta-
kođe išli tamo i koji su ga izgleda bolje poznavali od nje.
Njeno prvo pitanje bilo je da sazna gde se nalazi Ulica
Kenkampoa.

— To je u mojoj četvrti, gospođice — odgovara jedan
veliki momak dobro građen, koji je, donekle zbog načina
na koji je bio obučen, i zbog nametljivosti njegova glasa,
vodio glavnu reč u društvu putnika.

— Kako, gospodine, vi ste iz Ulice Kenkampoa?

— Već više od dvadeset godina stanujem u njoj.

— Oh! kad je tako — reče Rozeta — svakako pozna-
jete moga strica Matjea.

— Gospodin Matje je vaš stric, gospođice?

— Da, gospodine, ja sam njegova nećaka; idem da ga
vidim, provešću zimu kod njega i moje dve rođake Adela-
ide i Sofije koje vi, bez sumnje, takođe poznajete.

— Oh! da, poznajem ih, gospođice, a kako ne bih po-
znavao gospodina Matjea koji je moj najbliži sused, i go-
spođice njegove kćerke od kojih sam u jednu, da vam se
poverim, zaljubljen već više od pet godina.

— Zaljubljeni ste u jednu od mojih rođakinja, kladim
se da je to Sofija.

187

— Ne, uistinu, to je Adelaida, tako je ljupko biće.

— Tako svi kažu u Ruanu, jer ja ih nikada nisam videla, prvi put idem u prestonicu.

— Ah! vi ne poznajete vaše rođakinje, gospođice, i bez sumnje ni g. Matjea.

— E bogami ne, g. Matje je napustio Ruan one godine kad me majka donela na svet, nikada se više nije vratio.

— To je jedan veoma pošten čovek svakako i biće očaran što vas prima.

— Ima lepu kuću, zar ne?

— Da, ali iznajmljuje jedan deo, on stanuje na prvom spratu.

— A prizemlje.

— Bez sumnje, i nekoliko soba gore, bar tako mislim.

— Oh! to je jedan veoma bogat čovek, ali neću ga osramotiti: pogledajte, evo stotinu lepih zlatnih lujeva koje mi je moj otac dao da se obučem po modi kako ne bih postidela svoje rođakinje, i lepi pokloni koje im nosim takođe, pogledajte, ove naušnice vrede najmanje sto lujeva, eto, one su za Adelaidu, za vašu dragu; a ovaj lančić koji je najmanje isto toliko vredan, to je za Sofiju; a ima još, pogledajte ovu zlatnu kutiju sa portretom moje majke, još juče su nam je procenili na više od pedeset lujeva, eto, to je za moga strica Matjea, to mu moj otac poklanja. Oh! sasvim sam sigurna da u haljinama, u srebru i nakitima imam najmanje pet stotina lujeva sa sobom.

— Niste imali potrebu za svim tim da biste bili dobrodošli kod g. vašeg strica, gospođice — reče lupež odmeravajući lepojku i njene lujeve. — Njemu će sigurno mnogo više značiti zadovoljstvo što vas vidi od svih tih sitnica.

— Nije važno, nije važno, moj otac je čovek koji zna šta treba činiti, a on ne želi da nas iko potcenjuje zato što živimo u provinciji.

— Zaista, gospođice, tako je prijatno u vašem društvu da bi mi bilo drago da nikada ne napustite Pariz, i da vam g. Matje da svoga sina za supruga.

— On nema nikakvog sina.

— Nećaka, hoću reći, onog velikog mladog čoveka...
— Koga, Šarla?
— Tačno, Šarla, bogme najboljeg od mojih prijatelja.
— Šta, vi poznajete i Šarla, gospodine?
— Poznajem ga, gospođice, veoma dobro, i upravo zato da bih ga video i putujem u Pariz.
— Prevarili ste se, gospodine, on je mrtav; bila sam namenjena njemu još od detinjstva, nisam ga nikada upoznala, ali su mi rekli da je bio lep; želeo je da bude vojnik, bio je u ratu i tamo je ubijen.
— Dobro, dobro, gospođice, vidim da će se moje želje ostvariti; budite sigurni u to što vam kažem, žele da vas iznenade: Šarl uopšte nije mrtav, mislili su, ima šest meseci kako je došao, i piše mi da će se oženiti; ako vas šalju u Pariz, ne sumnjajte u to, gospođice, reč je o iznenađenju, za četiri dana vi ste Šarlova žena, a to što nosite sa sobom u stvari su svadbeni darovi.
— Zaista, gospodine, vaše pretpostavke su pune verovatnosti; ako to što mi vi kažete povežem s nekim pričama moga oca kojih se u ovom trenutku prisećam, vidim da je to što vi predviđate sasvim moguće... Šta, udaću se u Parizu... biću pariska dama, oh, gospodine, kakvo zadovoljstvo! Ali ako je sve tako, treba da i vi oženite Adelaidu, učiniću sve da ubedim svoju rođakinju i zajedno ćemo se družiti.
Takvi su tokom putovanja bili razgovori blage i dobre Rozete sa lupežom koji ju je ispitivao, ubeđen već unapred da će izvući korist od naivke koja se odavala s toliko bezazlenosti: kakav potez mrežom za razvratnu rulju, pet stotina lujeva i jedna lepa devojka, koje to od čula ne bi bilo nadraženo pred jednim takvim otkrićem. Čim su se približili Pontoazu:
— Gospođice — reče varalica — pada mi na um jedna ideja, uzeću ovde poštanske konje kako bih pre vas stigao kod g. vašega strica i da vas najavim kod njega; svi će izići pred vas, ubeđen sam, i nećete biti prepušteni sama sebi makar prilikom dolaska u taj veliki grad.

Predlog se prihvata, pokvarenjak se penje na konja žureći da obavesti učesnike svoje komedije, kad im je sve objasnio i upozorio ih, dva fijakera dovode u Sen-Deni tobožnju obitelj; iskrcavaju se pred krčmom, varalica obavlja upoznavanje, Rozeta tu nalazi g. Matjea, velikog Šarla koji je došao iz vojske i svoje dve lepe rođakinje; svi se grle, Normanka* predaje svoja pisma, dobri g. Matje lije suze radosnice saznavajući da je njegov brat dobroga zdravlja, ne čeka se na Pariz da se podele darovi, Rozeta veoma nestrpljiva da pokaže veličanstvenost svoga oca hita da ih uruči, novi zagrljaji, nova zahvaljivanja, i svi kreću prema četvrti naših lupeža za koju našoj lepotici kažu da je Ulica Kenkampoa. Ulaze u jednu prilično lepu kuću, gđica Flarvil je smeštena, donose njen prtljag u njenu sobu, i svi žele što pre da sednu za sto; tu pažljivo navode uzvanicu da pije sve dok joj se ne zavrti u glavi: naviknutoj tek da gasi žeđ jabukovačom ubeđuju je da je vino iz Šampanje jabučni sok iz Pariza, opuštena Rozeta čini sve što oni žele, najzad gubi razum; kad se našla u stanju u kome se više ne može braniti, svukli su je golu kao od majke rođenu, i naši se lupeži, uvereni da nema na telu ništa drugo do čari koje joj je podarila priroda, ne želeći ni te da joj ostave pre nego što ih pogaze, veseliše se punog srca cele noći; zadovoljni na kraju što su od te devojke dobili sve ono što se moglo izvući, zadovoljni što su je opili, obeščastili i opljačkali, oblače je u neku bednu krpu, i pre nego što se pojavi dan odnesoše je na vrh stepeništa kod Sen-Roša. Nesrećnica otvarajući oči u trenutku kad je sunce počelo da prosijava, zbunjena strašnim stanjem u kome se vidi, pipa se, ispituje i pita samu sebe da li je mrtva ili je još u životu; skitnice je obilaze, ona je dugo vremena njihova igračka, na kraju je na njenu molbu vode kod jednog upravnika policije kome iznosi svoju tužnu priču, preklinje ga da piše njenom ocu, i da joj u međuvremenu

---

* Normanka je mlada Rozeta, budući da se Ruan odakle dolazi nalazi u Normandiji. *Prim. prev.*

nađu kakvo utočište; upravnik policije vidi toliko bezazlenosti i toliko poštenja u odgovorima toga nesrećnog stvorenja da je prima u svoju kuću, dobri normandski buržuj
dolazi i posle mnogo prolivenih suza s jedne i druge strane odvodi svoje drago dete kući, koje, kako kažu, više u
životu nikada nije poželelo da ponovo vidi prosvećenu
prestonicu Francuske.

Čitaoče, radost, spasenje i zdravlje, govorili su nekada naši dobri preci nakon što su završili svoju priču. Zašto se plašiti da oponašamo njihovu uglađenost i otvorenost? Reći ću dakle kao i oni: čitaoče, spasenje, bogatstvo i zadovoljstvo; ako su ti moje brbljarije dale nešto od toga, stavi me u kakav lep kutak svoje biblioteke; ako sam ti bio dosadan, primi moja izvinjenja i baci me u vatru.

Dorsi
ili čudnovatosti sudbine

Od svih vrlina koje nam je priroda dozvolila da ih primenjujemo na zemlji, dobročinstvo je nepobitno najblaža. Postoji li dirljivije zadovoljstvo, zaista, nego kada tešimo sebi slične? I zar u trenutku kad se naša duša posvećuje tome ne postaje još bliža višnjim vrednostima Bića koje nas je stvorilo? Nesreće, uveravaju nas, prate ponekad sve to: nije važno, uživali smo, učinili smo da drugi uživaju; zar to nije dovoljno za sreću?

Odavno niko nije imao priliku da vidi bliskost savršeniju od one koja je vladala između grofa i markiza Dorsi, dvojice braće, obojica otprilike istih godina, to jest oko trideset i trideset dve, obojica oficiri u istom puku i obojica neženje; nikad ih nijedan događaj nije razjedinio, a da bi pojačali vezu koja im je bila tako dragocena, otkako su nakon smrti oca postali obojica gospodari svoga bogatstva, stanovali su u istoj kući, imali su iste slugane, i behu odlučili da se ožene tek sa dve žene čije će vrednosti odgovarati njihovima i koje će takođe pristati na tu doživotnu povezanost među njima bez koje nisu mogli zamisliti svoju sreću.

Navike te dvojice braće nisu ipak bile potpuno iste: grof Dorsi, stariji u kući, voleo je spokoj, samoću, šetnju i knjige; njegova narav pomalo turobna bila je ipak blaga, osetljiva, poštena, a zadovoljstvo da ugodi drugima jedno od najmilijih njegovoj duši. Idući retko u društvo, bio je najsrećniji kad su mu njegove obaveze dopuštale da provede nekoliko meseci na jednom dosta lepom dobru koje su dva brata posedovala u Eglu, u okolini Perša, okruženog velikom šumom.

Markiz Dorsi, neuporedivo življi od svoga brata, neuporedivo povezaniji sa svetom, nije imao tako veliku ljubav prema selu; obdaren lepim izgledom i onom vrstom duha koji se sviđa ženama, čiji je rob malo odviše bio, a ta naklonost koju nikada nije uspeo dovesti u red, pojačana jednom plahovitom dušom i strastvenim duhom, postala je okrutno vrelo njegovih nesreća. Jedna veoma lepa osoba iz okoline imanja o kome smo upravo govorili toliko je zanimala markiza, da, otvoreno govoreći, nije više znao za sebe. Te godine nije otišao da se prijavi u svoj puk, rastao se od grofa da bi se nastanio u gradiću u kome je stanovao predmet njegovog obožavanja, a tu je, isključivo zanesen svojim milim predmetom, zaboravljao pred njenim nogama čitavu zemlju, tu je žrtvovao i svoju dužnost i osećanja koja su ga donedavno vezivala za kuću njegovog ljubaznog brata.

Kaže se da ljubav postaje veća kada je ljubomora podbada; to je bio slučaj s markizom. Ali suparnik koga mu je sudbina odredila bio je, govorilo se, jedan čovek isto toliko kukavica koliko i opasan. Svideti se svojoj dragani, predvideti spletke tog nečasnog suparnika, slepo se prepuštati svojoj ljubavi, takve su bile veze tog mladog čoveka, takvi su bili razlozi koji su ga potpuno udaljavali tog leta od ruku jedinoga brata koji ga je obožavao, i koji je gorko oplakivao i njegovu odsutnost i njegovo ohladnjenje. Ponekad je grof primao vesti od markiza; je li mu pisao? Nikakvog odgovora, ili kakve jednostavne reči koji još potpunije nisu uveravali grofa, da je njegov brat izgubio glavu i da se neosetno udaljavao od njega. Mirno na svome imanju i dalje je vodio isti život; knjige, duge šetnje, česta dobročinstva, takve su bile njegove jedine zanimacije, i u tome je bio daleko srećniji od svoga brata, jer on je bar uživao sam sa sobom, dok je neprekidna uznemirenost u kojoj je živeo markiz jedva ovome ostavljala vremena da se prepozna.

Stvari su bile u tom stanju, kad se grof, zanesen čitanjem jedne veoma zanimljive knjige, zaveden predivnim vremenom, toliko udaljio od svoje kuće, jednoga dana, da se u trenutku kad je nameravao krenuti natrag našao na više od dve milje daleko od granica svoga imanja i više od šest od svoga zamka, u jednom usamljenom kutu šume, i gotovo nemoćan da bez pomoći pronađe pravi put kojim bi se vratio kući. U toj pometnji, bacajući poglede na sve strane, opazi na svu sreću stotinjak koraka odatle jednu malu seljačku kuću prema kojoj se odmah uputi da potraži savet i predahne koji trenutak.

Dolazi... otvara... ulazi u jednu slabo nameštenu kuhinju koja je bila najlepša prostorija u celoj kući, a tu, kakav zanimljiv prizor nudi se njegovoj osetljivoj duši, i kakvim je sve utiscima ne prožima? Jedna mlada devojka od šesnaest godina, lepa kao dan, držala je u svojim rukama jednu onesvešćenu ženu otprilike od četrdeset godina koja je izgleda bila njena majka i koju je ona oblivala suzama najdubljega bola; ona ispusti krik ugledavši grofa:

— Ma ko vi bili — reče ona — dolazite li da mi uzmete moju majku?... Ah! uzmite pre moj život, ako je tako, ali pustite ovu nesrećnicu da živi.

I to rekavši, Aneta se baci pred grofa, zaklinjući ga i praveći svojim rukama dignutim prema nebu neku vrstu bedema između svoje majke i njega.

— Zaista, dete moje — reče grof uzbuđen koliko i iznenađen — nemate nikakvog razloga da se plašite, ne znam šta vas uznemiruje, drage moje prijateljice, ali ono što je najizvesnije jeste da vam nebo u meni nudi, ma kakve bile vaše muke, mnogo više jednog zaštitnika nego neprijatelja.

— Zaštitnik! — reče Aneta dižući se i trčeći prema svojoj majci koja se, povraćena iz svoje nesvestice, povukla u jedan kutak, puna straha... — zaštitnik, majko moja! Čujete li? Ovaj gospodin kaže da će nas zaštititi, kaže da ga nebo koje smo toliko molile, majko moja... kaže da ga nebo šalje ovamo da nas zaštiti! A obraćajući se grofu:

— Ah, gospodine! kakvo dobro delo ako nas pomognete; nikada na zemlji nisu postojala dva stvorenja dostojnija sažaljenja. Pomognite nam, gospodine... pomognite nam... Ova sirota i časna žena... nije jela već tri dana... a šta bi i jela?... Čime bih joj olakšala patnje, kako se njeno stanje može promeniti?... kad u kući nema ni komada hleba... svi su nas napustili... Hoće da same umremo od gladi, a ipak Bog zna da smo nevine!... Avaj! moj siroti otac... najpošteniji i najnesrećniji od svih ljudi na svetu... on nije ništa više kriv nego mi... a sutra, možda... Oh! Gospodine, gospodine! vi nikada niste ušli u bedniju kuću od ove naše... Kažu da Bog nikada ne napušta nesrećne, a evo nas ipak potpuno ostavljenih...

Grof, koji shvati po zbunjenosti ove devojke, po njenim nepovezanim rečima, po jezivom stanju njene majke, da se očigledno u toj kući zbila nekakva strašna katastrofa, i nalazeći, svojom nežnom dušom, u svemu tome jednu lepu priliku da ispolji vrlinu koja mu je bila tako urođena, poče moliti te dve žene da se smire, ponovi im više puta, kako bi ih naveo na to, da će ih svakako zaštititi, i zatraži od njih da mu ispričaju sve o svojim mukama. Nakon novih bujica suza, nakon uzbuđenja zbog neočekivane sreće, Aneta, pošto je prethodno zamolila grofa da sedne, započe priču o strašnim nesrećama njene porodice... žalosnu priču koju nije mogla da ne prekine često jecajima i suzama.

— Moj otac je jedan od najsiromašnijih i najpoštenijih ljudi u ovom kraju, gospodine, on je drvoseča po zanimanju, on se zove Kristof Alen; imao je samo dvoje dece od ove sirote žene koju vidite ovde: jednog dečaka od osamnaest godina i mene, koja sam upravo napunila šesnaest; uprkos svome siromaštvu, sve je učinio da bi nas lepo odgojio. Moj brat i ja bili smo više od tri godine u školi u Eglu, i oboje znamo dobro čitati i pisati; kad smo obavili našu prvu pričest, otac nas je povukao; nije mogao više da troši toliko na nas, a jadni čovek, kao i njegova žena, za sve to vreme jeli su samo hleb, kako bi nama mogli dati malo više odgoja. Kad se moj brat vratio bio je već dovoljno jak da bi radio s njim; ja sam pomagala svojoj majci, i naša kuća bila je zbog toga manje jadna; najzad, gospodine, sve nam je išlo naruku, i činilo se da je naša tačnost u ispunjavanju obaveza privukla na nas nebeski blagoslov, kad nam se, danas će osam dana, dogodi najveća od nesreća koja može da pogodi sirote ljude bez uticaja, bez novca i bez zaštite kao što smo mi. Moj brat nije bio tu, on je radio na dve milje i dalje odavde; moj otac je bio sasvim sam na oko tri milje od nas, u pravcu šume koja se pruža prema Alansonu, kad je primetio leš nekog čoveka opruženog ispod drveta... On se približuje u nameri da pruži pomoć tom nesrećniku ako još ima vremena; okrenuo je to telo, trljao je slepoočnice s ono malo vina koje mu je bilo ostalo u čuturi, kad se iznenadno četiri konjanika iz javne bezbednosti, dolazeći u galopu, sručiše na njega, vezaše ga i odvedoše u zatvor u Ruanu gde su ga ostavili kao optuženog za ubistvo čoveka, koga je, naprotiv, pokušavao vratiti u život. Videći kako ne dolazi u uobičajeno vreme, možete lako predstaviti našu zabrinutost, gospodine; moj brat koji se već bio vratio obišao je trčeći svu okolinu i vratio se tek sutradan donoseći nam tu tužnu vest. Odmah smo mu dale ono malo novca što je bilo u kući, i on je odjurio u Ruan da pokuša pomoći našem sirotom ocu. Tri dana potom, moj brat nam je pisao, juče smo primile pismo... Evo ga, gospodine, reče Aneta prekinuta svojim jecajima... evo tog zlosrećnog pisma... On nam kaže da se čuvamo, da svaki čas mogu doći po nas i odvesti nas takođe u zatvor, da budemo suočene s našim ocem, koga ništa, kaže nam, makar bio i nevin, ništa neće moći spasiti. Još se ne zna čiji je leš, vrši se istraga, a tvrdi se u očekivanju ishoda da je to jedan plemić iz okoline koga je ubio i pokrao moj otac koji je, videći da dolaze po njega, novac bacio negde u šumi; to mišljenje potvrđuje činjenica da nisu našli ni paru u džepu ubijenog... Ali, gospodine, taj čovek, ubijen možda dan ranije, zar nije mogao biti pokraden od onih koji su ga ubili ili onih koji su nakon tog tragičnog slučaja naišli na

197

njega?... Oh! Verujte mi, gospodine, moj nesrećni otac je nesposoban za takvo delo, on bi pre umro nego što bi ga počinio... a evo ipak imaćemo nesreću da ga izgubimo, i to na kakav način, veliki Bože!... Vi sad znate sve, gospodine, znate sve... oprostite mi što sam ovako tužna i pomozite nam ako možete. Mi ćemo do kraja našeg života moliti nebo da štiti sve vaše... Vama nije nepoznato, gospodine, suze nesrećnika raznežuju Večnoga, on se ponekad udostoji uslišiti želje slabijega, molićemo mu se tek zbog vas, prizivaćemo ga tek zbog vaše sreće. Grof nije bez uzbuđenja slušao priču o tom događaju tako kobnom za te dobre ljude. Pun želje da im bude od koristi, zapita ih prvo kome gospodaru pripadaju, pokušavajući da im objasni da je uputno pre svega dobiti njegovu zaštitu.

— Avaj! Gospodine — odgovori Aneta — ova kuća pripada kaluđerima, mi smo im već o svemu govorili, ali oni su nam na grub način odgovorili da nam nikako ne mogu biti korisni. Ah! Da smo samo na dve milje s druge strane, na imanjima g. grofa Dorsija najljubaznijeg gospodara u celoj provinciji... najuslužnijeg... najmilosrdnijeg...

— I vi ne poznajete nikoga kod njega, Aneta?

— Ne, zaista, gospodine.

— Pa dobro, uzimam na sebe da mu vas predstavim; čak više, obećavam vam njegovu zaštitu... dobićete njegovu reč da će vas potpomoći svom svojom moći.

— Oh, gospodine, kako ste vi dobri! — rekoše te sirote žene — ... Kako ćemo vam se zahvaliti za sve što činite za nas?

— Da sve zaboravite kad se sve završi.

— Da zaboravimo, gospodine! Ah! Nikada! Sećanje na takvo dobročinstvo može se ugasiti samo s našim životom.

— Pa dobro, deco moja, vi gledate pred sobom glavom onoga čiju podršku želite.

— Vi, gospodine?... grof od Dorsija?

— Ja glavom, vaš prijatelj, vaš pomoćnik i vaš zaštitnik.

— O, majko moja!... majko moja, spasene smo! — povika mlada Aneta — spasene smo, majko moja, pošto jedan tako dobar gospodar želi da nam obeća svoju podršku.

— Deco moja — reče grof — kasno je, moram se što pre vratiti kući; napuštam vas ali odlazeći dajem vam reč da ću sutra uveče biti u Ruanu, i da ću vam za koji dan poslati određene vesti o mojim potezima... Neću vam reći ništa više, ali znajte da ću učiniti sve što mogu. Evo, Aneta, sigurno vam treba malo novca u ovom trenutku, evo petnaest lujeva, čuvajte ih za vaše kućne potrebe, a ja se obavezujem da pomognem vašem ocu i vašem bratu.

— Oh! Gospodine, koliko dobrote!... Majko moja, da li smo se mogle nadati ovome?... Pravedni Bože! Nikada toliko dobročinstva nije bilo u duši ijednog čoveka!... Gospodine, gospodine — nastavi Aneta bacajući se na kolena pred grofa — ... ne, vi i niste čovek, vi ste samo božanstvo koje je sišlo na zemlju da pomogne nesrećnike. Ah! Šta možemo učiniti za vas?... Naredite, gospodine, naredite i dozvolite nam da se potpuno posvetimo služenju vama.

— Biće mi potrebna vaša pomoć za koji trenutak, draga moja Aneta — reče grof... — Izgubio sam se, ne znam kojim putem treba da krenem prema svome zamku; budite dobri i poslužite mi kao vodič jednu ili dve milje, i uzvratićete mi za to dobročinstvo, kome vaša blaga i osetljiva duša daje više vrednosti nego što zaslužuje.

Lako se može zamisliti kako je Aneta poletela na grofove želje, ona ide pred njim, ona ga izvodi na put, ona peva svoje hvale celim putem; ako zastane za trenutak to je samo zato da orosi suzama ruke svoga dobročinitelja, i grof, u ovom blagom uzbuđenju koje stvara čarolija kad smo voljeni, uživa odraz nebeske sreće, i oseća se kao bog na zemlji.

O sveta Ljudskosti! Ako je istina da si ti kćerka neba i kraljica ljudi, moraš li dozvoljavati da jedno vrelo kajanja i žalosti bude nagrada tvojim sledbenicima, dok oni koji te bez prestanka vređaju, trijumfuju psujući te na ruševinama tvojih oltara?

Na oko dve milje od Kristofove kuće, grof prepozna svoj put.

— Kasno je, mala moja — reče on Aneti — evo me u mojoj zemlji; vratite se kući, dete moje, vaša je majka zabrinuta, ponovite joj da ću vam pomoći, i recite da se obavezujem da ću iz Ruana doći sa njenim mužem.

Aneta zaplaka kad je trebalo da se rastane od grofa; ona bi išla na kraj sveta s njime... Ona ga zamoli za dozvolu da zagrli njegova kolena...

— Ne, Aneta, ja ću vas zagrliti — reče grof uzimajući je pažljivo u svoje ruke — hajte, dete moje, nastavite da služite Bogu, svoje roditelje i svoga bližnjeg, budite uvek poštena devojka, i nebeski blagoslov neće vas nikad napustiti...

Aneta stezaše grofove ruke, sva oblivena suzama, njeni jecaji su je sprečavali da izrazi ono što je proživljavala njena osetljiva duša. Dorsi, takođe veoma uzbuđen, poljubi je još jednom, blago je odgurnu i ode.

O, ljudi savremenici! Vi koji ćete čitati ovo, vidite u ovome carstvo vrline u jednoj lepoj duši, i neka vas taj primer barem gane, ako se osećate nesposobnim da ga oponašate: grof jedva da je imao trideset dve godine... bio je na svome... bio je usred šume... imao je u rukama jednu mladu ljupku devojku, koja mu se puna zahvalnosti predavala... On prosu suze na zlu kob tog nesrećnog stvorenja, i razmišljaše samo kako da mu pomogne.

Grof dolazi u zamak, i priprema sve za svoj polazak... Kobni znak predosećanja... unutrašnji glas prirode, kome čovek nikada ne treba da se odupre... grof se poveri jednom od svojih prijatelja koji ga je očekivao i kome je sve ispričao o događaju, on priznade da mu je nemogućno sakriti pred samim sobom nekakav neshvatljiv predznak koji kao da mu je savetovao da se uopšte ne meša u tu stvar...

Ali dobročinstvo pobedi, ništa nije moglo ugroziti čari koje je osećao Dorsi čineći dobro, i on krenu.

Stigavši u Ruan grof obiđe sve sudije, svima je rekao da čak sebe nudi kao jemstvo za nesrećnog Kristofa, ukoliko je to potrebno, da je ubeđen u nevinost tog čoveka, i to tako pouzdano ubeđen da daje svoj život, ako treba, da bi spasio tobožnjeg krivca. Zatražio je da ga vidi, ispitivao ga je i beše tako zadovoljan njegovim odgovorima, tako uveren da je ovaj bio nesposoban za zločin za koji su ga optuživali, da je izjavio sudijama da otvoreno preuzima odbranu tog seljaka, da će se ako ga na nesreću budu osudili obratiti višem Sudu, da će napraviti predstavke koje će preplaviti čitavu Francusku i koje će sručiti sramotu po magistratima koji su toliko nepravedni da mogu osuditi čoveka koji je izvesno nevin.

Grof Dorsi bio je poznat u Ruanu, bio je voljen, njegovo poreklo, njegova titula, sve je to učinilo da ljudi otvore oči; primetiše da se išlo prebrzo u postupku s tim Kristofom, počeše skupljati nove podatke, grof plati sve nove troškove istrage i dokazivanja; polako se ukaza više nego jedan dokaz u korist osuđenoga. U tom trenutku grof Dorsi posla Anetinog brata njegovoj majci i njegovoj sestri savetujući im da budu mirne, i uveravajući ih da će uskoro videti na punoj slobodi onoga čije su ih nesreće toliko zabrinjavale.

Sve je išlo ne može biti bolje, kad grof primi jedno anonimno pismo, sa malo reči koje ćete pročitati:

»Napustite odmah stvar koju isleđujete, odustanite od svake istrage o ubici čoveka iz šume; vi dubite ponor u koji ćete se i sami survati... Kako će vas vaše vrline skupo stajati! Okrutni čoveče, kako vas žalim... ali možda više nema vremena. Zbogom.«

Grof oseti jedan tako strašan drhtaj prilikom čitanja tog pisma, da je pomislio da će se onesvestiti; povezujući ono što je sadržavala ta zlokobna poruka s predosećanjem koje je imao, on shvati da mu je nešto pogubno neizbežno pretilo. On osta u gradu, ali se više nije ni u šta mešao...

Pravedno nebo! Imali su pravo kad su mu rekli... nije više bilo vremena, on je već sve učinio što je trebalo, njegovi okrutni postupci potpuno su uspeli.

U osam sati ujutru, petnaest dana nakon njegovog dolaska u Ruan, jedan savetnik iz Suda koga je dobro poznavao zatraži da govori s njim, i užurbano mu prilazeći:

— Idite, moj dragi grofe, idite iz ovih stopa — reče mu magistrat sav uzbuđen — vi ste najnesrećniji od svih bića; kad bi sve ovo što ste načinili moglo da bude izbrisano iz sećanja ljudi! Ah! Kad bi bilo mogućno poverovati da je proviđenje nepravedno, danas bi to bilo potrebnije nego ikada!

— Vi me zastrašujete, gospodine! Objasnite, molim vas, šta mi se to događa?

— Vaš štićenik je nevin, vrata će mu biti otvorena, vaša istraživanja pomogla su da krivac bude nađen... U trenutku dok vam govorim on je već u našim zatvorima: ne pitajte me ništa više.

— Govorite, gospodine, govorite! Zarijte bodež u moje srce... Pa dobro, ko je taj krivac?

— Vaš brat.

— On, veliki Bože!...

I Dorsi pade bez pokreta; trebalo je više od dva sata da ga povrate svesti. On najzad dođe sebi na rukama tog prijatelja koji, zbog bliske veze s njim, nije bio među sudijama i koji je mogao, kad je grof otvorio oči, da mu objasni bar ovo što sledi.

Ubijeni čovek bio je markizov suparnik; obojica su se zajedno vraćali iz Egla; idući tako, posvađali su se zbog nekoliko reči; markiz, besan što ne može da svoga neprijatelja izazove da se bori, znajući da je on kukavica koliko i lukav, srušio ga je s njegovog konja besnim pokretom, a svojim ga je nagazio po stomaku. Učinivši to markiz, videći svoga protivnika bez života, potpuno je izgubio glavu i umesto da pobegne ubio je i plemićevog konja, čije je telo sakrio u jezero, a odatle se pravo uputio u gradić gde je stanovala njegova dragana, mada je odlazeći naglasio da će odsustvovati najmanje mesec dana. Kad su ga videli, upitali su ga za njegovog suparnika: putovao je, odgovorio je, tek jedan sat skupa s njim, a onda su krenuli svaki svojim pravcem. Kad su u tom gradu saznali za smrt suparnika i priču o drvoseči optuženom da ga je ubio, markiz je sve mirno saslušao i pričao je o tom događaju kao i sav ostali svet, ali tajni poteži od strane grofa izazvali su podrobnija istraživanja, i sve sumnje su tad pale na markiza. Nije mu bilo mogućno da se odbrani, nije ni pokušavao; po prirodi plahovit, ali ne da bi činio zločin, priznao je sve predstavniku predsednika suda koji je došao da mu postavi nekoliko pitanja, pustio je da ga uhapse i još je rekao da mogu raditi od njega što god im je volja. Ne znajući za udeo koji je njegov brat imao u svemu tome, verujući da je spokojan u svome zamku gde je upravo imao nameru da ga poseti, molio je kao jedinu milost, ako je ikako mogućno, da sve te nesreće budu sakrivene od njegovog brata koga je obožavao i koga bi taj okrutni događaj odveo u grob! Što se tiče novca uzetog s leša, njega je najverovatnije pokupio kakav lovokradica koji se potrudio da ništa ne kaže. Na kraju su markiza doveli u Ruan, i tu se nalazio u trenutku kad je grof sve saznao.

Dorsi, došavši malo sebi nakon prvog udarca, učini sve na svetu, i sam i uz pomoć prijatelja, da spasi svoga jadnoga brata; svi su ga žalili, ali ga niko nije ozbiljno slušao. Čak su mu odbili mogućnost da zagrli tog nesrećnog prijatelja, i, u stanju koje je teško odslikati, on napusti Ruan istoga dana kada je smaknut čovek koji mu je bio najdragoceniji i najsvetiji na čitavoj Zemljinoj kugli, a koga je on poslao na stratište; vratio se za trenutak na svoje zemlje, ali u nameri da napusti sve zauvek.

Aneta je brzo saznala koja je žrtva pala umesto one kojoj je bila posvetila sve svoje želje. Usudila se pojaviti u zamku Dorsija, bila je došla sa svojim ocem; oboje su pali na noge svoga dobročinitelja, i dotičući čelom tle pred njim, zaklinjahu grofa da prolije njihovu krv kao odštetu za onu koju je prosuo da bi poslužio njima; ako neće da učini tu pravdu, oni ga mole da im dozvoli da mu do kraja života služe bez ikakve nadoknade.

Grof, ništa manje razborit u nesreći nego što je bio milosrdan u blagostanju, ali čije se srce otvrdnuto od preteranih zala koje je pretrpeo ne može više kao nekad predati osećanju koje ga košta tako skupo, naređuje drvoseči i njegovoj kćerki da se povuku, i želi im da uživaju oboje, što duže bude moguće, u tom dobročinstvu koje njemu zauvek oduzima čast i spokojstvo. Ti nesrećnici se ne usudiše da odgovore, izgubiše se.

Grof je za svoga života ostavio svoja bogatstva svojim najbližim naslednicima, sa jednom obavezom da mu obezbede izdržavanje od hiljadu talira koje je trošio na jednom povučenom mestu nedostupnom očima ljudi, gde je umro nakon petnaest godina jednog turobnog i tužnog života, čiji su svi trenuci bili označeni delima očajanja i čovekomrštva.

O izvorniku

U popisu svojih dela *(Catalogue raisonné)*, kojeg je načinio 1. oktobra 1788. godine, u Bastilji, Sad navodi pedeset priča. Jednu od njih će proširiti u roman *(Les Infortunes de la vertu)*. Neke će potom biti uključene u filozofski roman *Aline et Valcour*. Rukopisi izvesnih, pak, nisu pronađeni: dosadašnja znanja ukazuju na odsustvo nekih petnaest tekstova čiji su naslovi poznati (ukoliko, razume se, poneki nije uključen u neki od kasnije redigovanih piščevih romana, ili se možda krije pod drukčijim, docnije izabranim naslovom).

Osim priča objavljenih za Sadova života (1800. godine), na osnovu pristupačnih rukopisa, 1926. godine, priredio je Moris Ajn *(Maurice Heine)* zbirku *Historiettes, contes et fabliaux*, čije je prvo izdanje objavljeno, te godine, kod izdavača Simona Kraa. U zbirci se nalazi dvadeset pet priča, prevedenih u ovom svesku našeg izdanja, kojima je Ajn pridodao, u čemu smo ga i mi sledili, takođe, priču *Dorci ou la bizarrerie du sort*, pod kakvim ju je naslovom objavio, 1881. godine, izvesni A. F. *(Anatole France)*. Za tu pridodatu priču u Ajnovom izdanju, međutim, pokazaće do danas najbolji Sadov životopisac, Žilber Leli *(Gilbert Lely)*, da joj je Sad već u rukopisu precrtao navedeni naslov.

Sažeta hronologija života i dela Markiza de Sada

1740. Poreklom iz starog provansalskog plemstva i, po majci, u srodstvu s mlađom granom kuće Burbona, u Parizu se, 2. juna, rodio Donatjen Alfons Fransoa, markiz De Sad. Detinjstvo od četvrte do desete godine provodi u Somanu, grofovija Vensen, gde mu prve pouke daje stric, opat u Ebreju.

1750. Povratak u Pariz i stupanje u jezuitski kolež »Luj Veliki«; podučava ga i domaći učitelj.

1754. Pohađa vežbe na Školi lake konjice.

1755. Imenovan je za potporučnika u regimenti Kraljeve infanterije.

1757. Imenovan za stegonošu karabinjera grofa od Provanse. Učestvuje u takozvanom Sedmogodišnjem ratu.

1759. Postaje kapetan u burgonjskoj konjičkoj regimenti.

1763. Demobiliše se i, uprkos ljubavi prema gospođici De Loris, ženi se, uz odobrenje kraljevske porodice, s Rene-Pelagijom Kordije de Lone de Montrej. Biva zatočen petnaest dana u vensenskoj tvrđavi zbog »prekomernog razvrata« otežanog »užasnim bezbožništvom«.

1764. Primljen u parlament Burgonje kao opšti upravnik provincija Bresa, Bige, Valrome i Žeks. Postaje ljubavnik gospođice Kolet, glumice u Italijanskom teatru, koja ga napušta posle šest meseci.

1765/1766. Javne veze s kurtizanom Bovoazenovom, glumicama i mnogim igračicama s Kraljevske muzičke akademije.

1767. Umire grof De Sad, markižev otac. Rođenje prvog markiževog sina.

1768. Afera s Rozom Keler koju bičuje u svojoj »kućici« u Arkeju. Kelerova beži, podnosi tužbu i dobija ogromnu odštetu. Markiz je zatvoren u Somiru (petnaest dana), zatim u Pjer-Ansizu, blizu Liona (sedam meseci). Po kraljevoj naredbi ostaje zatvorenik do novembra. Priređuje svečanosti i balove u svome zamku Lakost, u Provansi.

1769. Rođenje njegovog drugog sina.

1771. Rođenje njegove kćeri.

1772. Afera sa četiri devojke u Marselju. Markiz ih, sa svojim domoupraviteljem Laturom, zatvara u jednu sobu. Uzajamno bičevanje, svakojake razvratne radnje do homoseksualnih. Tu su i bombone od anisa sa afrodizijačkim prahom od španske muve koji u većim količinama izaziva grčeve kao od nekog otrova. Protiv markiza je podignuta tužba, ali on sa svojom mladom svastikom An-Prosper de Lone, tek zaređenom, beži u Italiju. Svastiku predstavlja kao svoju ženu. Biva osuđen u odsustvu na smrt. Smrtna kazna u odsustvu izvršena je na liku, u Eksu, 12. septembra. Sam markiz, dospevši u Šamberi oktobra, uhapšen je decembra po naredbi sardinijskog kralja na osnovu zahteva markiževe tašte, predsednikovice De Montrej. Odveden je u tvrđavu Miolan, u Savoji.

1773. Iz Miolana beži zahvaljujući pomoći svoje žene. Gospođa De Montrej, pak, uspeva da dobije nalog za njegovo zatvaranje.

1774. Boravi u svome zamku Lakost. Taj boravak je obeležen mnogim skandalima.

1775. Nedovoljno rasvetljena afera s tri mlade devojke (po nekima ih je bilo pet) koje je on pozvao iz Beča i Liona i zaposlio u zamku. Novo bekstvo u Italiju. Ponovo boravak u Lakosti.

1777. Umire gospođa De Sad, njegova majka. Prilikom prolaska kroz Pariz, februara, markiz je zatvoren na osnovu naloga kojeg je ranije već izborila njegova tašta. Zatočen je u tvrđavi u Vensenu.

1778. Odveden je u Eks gde na sudu biva oslobođen zbog navodnog zločina trovanja devojaka u Marselju, ali predan na kraljevu »milost«, pa kao takav ispraćen iz Eksa pod policijskom pratnjom. Iako pod nadzorom, uspeva da pobegne u Valenciju i opet traži pribežište u Lakosti, gde je iznova uhapšen. Sproveden je i ponovo zatvoren u Vensenu.

1782. Završava svoj *Razgovor sveštenika i samrtnika.*

1784. Prebačen je u Bastilju.

1785. Prepisuje učisto *120 dana Sodome.*

1787. Rediguje svoje priče i kratke priče.

1788. Rediguje *Evgeniju de Franval* i *Nesreće zbog vrline.*

1789. Verovatno učisto prepisuje *Alinu i Valkura.* Polovinom ove godine, pošto je pokušao da podbuni narod iz okoline Bastilje, vičući kroz prozor svoje ćelije da zatvorenike dave, biva brzo, noću, prebačen kod kanonika u Šaranton. Zauzimanje Bastilje i pljačka njegovih stvari i papira.

1790. Oslobođen je iz Šarantona po ukazu o ukidanju zatvorskih naloga. Veza s Mari-Konstans Kene, koja ga neće napustiti do kraja.

1791. Ilegalno publikovanje *Justine, ili nevolja zbog vrline.* Pisanje prve političke brošure.

1792. Postaje član i sekretar jedne revolucionarne sekcije, zadužen naročito za reformu pariskih bolnica. Piše niz političkih brošura.

1793. I dalje piše političke brošure. Izabran je za optužnog porotnika, zatim za predsednika svoje sekcije, ali zbog toga što je odbio da se saglasi sa izvesnim nehumanim predlogom — okrivljen je za umerenjaštvo i uhapšen krajem godine.

1794. Zatvoren je najpre u Madlonete, pa u Karme, onda u Sen-Lazar, konačno u bolnicu Pikpis. Osuđen na smrt, krvnik Revolucionarnog suda ga uzalud traži po zatvorima, zahvaljujući čemu je »građanin« Sad, bivši markiz, izmakao giljotini. Oslobođen je posle glasovitog Termidora, po prestanku četvorogodišnjeg perioda Terora.

1795. Publikovanje (ilegalno) *Filozofije u budoaru,* kao i (zvanično) *Aline i Valkura, ili filozofskog romana.*

1797. Publikovanje *Nove Justine,* te *Julijine povesti,* ilegalno.

1799. Veoma siromašno stanuje u Versaju, gde biva repriziran njegov pozorišni komad *Okstijern,* a on igra ulogu Fabrisa u njemu.

1800. Zvanično publikovanje *Okstijerna* i *Zločina iz ljubavi.*

1801. Kao autor erotskih romana, uhvaćen je i uhapšen kod svog izdavača Masea kada je zaplenjeno i izdanje (prvo?) *Julijine povesti.* Zatvoren je u Sent-Pelagiju, zatim u Bisetru.

1803. Zahvaljujući naporima njegove porodice, prebačen je u Šaranton gde će, s dopuštenjem upravnika prihvatilišta, organizovati mnoge pozorišne predstave.

1807. Rediguje *Florbeline dane.* Iz njegove sobe su mu zaplenjeni rukopisi.

1813. Zvanično publikovanje *Markize de Ganž.*

1814. Pošto je trideset godina svoga života proveo po raznim tamnicama, umire 2. decembra u Šarantonu. Na njegovom grobnom kamenu nije mu čak bilo ni urezano ime.

Sadržaj

IZABRANA DELA MARKIZA DE SADA

Markiz de Sad
PRIČE I KRATKE PRIČE

Izdavačko preduzeće
RAD
Beograd, Dečanska 12
*
Glavni urednik
NOVICA TADIĆ
*
Korektor
NADA GAJIĆ
*
Za izdavača
SIMON SIMONOVIĆ
*
Štampa
Elvod-print, Lazarevac

Primeraka 1000

CIP – Katalogizacija u publikaciji
Narodna biblioteka Srbije, Beograd

821.133.1-32

САД, Донатјен Алфонс Франсоа, маркиз де
    Priče i kratke priče / Markiz de Sad ; preveo Kolja Mićević.
– Beograd : Rad, 2004 (Lazarevac : Elvod-print). – 211 str. ; 21
cm. – (Izabrana dela Markiza de Sada)

Nasl izvornika: Historiettes, contes et fabliaux / de Donatien
Alphonse François marquis de Sade. – Primeraka 1000. – O
izvorniku: str. 205. – Sažeta hronologija života i dela Markiza de
Sada: str. 207–210.

ISBN 86-09-00845-2

1. Мићевић, Коља

COBISS.SR-ID 113429260

www.ingramcontent.com/pod-product-compliance
Lightning Source LLC
Chambersburg PA
CBHW051132020726
47501CB00005B/1465